LA CASA DE LAS VOCES

LOS | IMPERDIBLES

DONATO CARRISI

LA CASA DE LAS VOCES

Traducción de Maribel Campmany

DUOMO EDICIONES

Barcelona, 2021

Título original: *La casa delle voci*

© 2019, Donato Carrisi
© 2021, de esta edición: Antonio Vallardi Editore S.u.r.l., Milán
© 2021, de la traducción: Maribel Campmany

Todos los derechos reservados

Primera edición: junio de 2021

Duomo ediciones es un sello de Antonio Vallardi Editore S.u.r.l.
Av. de la Riera de Cassoles, 20, 3.º B. Barcelona, 08012 (España)
www.duomoediciones.com

Gruppo Editoriale Mauri Spagnol S.p.A.
www.maurispagnol.it

ISBN: 978-84-18538-13-1
Código IBIC: FA
DL B 8.557-2021

Diseño de interiores:
Agustí Estruga

Composición:
David Pablo

Impresión:
Grafica Veneta S.p.A. di Trebaseleghe (PD)

Impreso en Italia

A Antonio.
Mi hijo, mi memoria, mi identidad.

23 de febrero

Una caricia en sueños.

En el nebuloso confín con la vigilia, un instante antes de caer en el abismo del olvido, el suave toque de unos dedos fríos y finos en la frente, acompañado de un triste y dulce susurro.

Su nombre.

Al oír la llamada, la niña abrió los ojos de par en par. Y en ese mismo instante, sintió miedo. Alguien había venido a visitarla mientras se iba quedando dormida. Podía ser alguno de los antiguos habitantes de la casa; a veces charlaba con ellos o los oía moverse como ratones, rozando las paredes.

Pero los fantasmas hablaban en su interior, no fuera de ella.

También Ado –«el pobre Ado, el cándido Ado»– iba a visitarla. Sin embargo, a diferencia de todos los demás espíritus, Ado no hablaba nunca. Por eso ahora un pensamiento más concreto la turbaba.

Aparte de mamá y papá, nadie sabía su nombre en el mundo de los vivos.

Era la «regla número tres».

La idea de haber violado una de las cinco recomendaciones de sus padres la aterraba. Siempre habían confiado en ella; no quería decepcionarlos. Y menos ahora que papá le había prometido enseñarle a cazar con el arco y que mamá había estado de acuerdo. Pero entonces reflexionó: ¿cómo iba a ser culpa suya?

«Regla número tres: nunca digas tu nombre a los extraños».

No había dicho su nuevo nombre a extraños, y tampoco era posible que alguno de ellos se hubiese enterado accidentalmente. Además, hacía al menos un par de meses que no veían a nadie merodeando por los alrededores de la casa de campo. Estaban aislados en medio de la nada; la ciudad más cercana se encontraba a dos días de camino.

Estaban a salvo. Solo ellos tres.

«Regla número cuatro: nunca te acerques a los extraños y no dejes que ellos se acerquen a ti».

Entonces, ¿cómo era posible? Quien la había llamado era la casa; no encontraba otra explicación. A veces, las vigas producían siniestros crujidos o gemidos musicales. Papá decía que la casa se asentaba en sus cimientos como una señora entrada en años sentada en un sillón y que, de tanto en tanto, necesita acomodarse mejor. En el duermevela, uno de esos ruidos le había parecido el sonido de su nombre. Eso era todo.

La inquietud en su alma se aplacó. Volvió a cerrar los ojos. El sueño, con su silencioso reclamo, la invitaba a seguirlo a ese lugar acogedor y cálido donde todo se disuelve.

Cuando ya iba a abandonarse, alguien volvió a llamarla.

Esta vez la niña levantó la cabeza de la almohada, se incorporó y, sin bajar de la cama, sondeó la oscuridad de la habitación. En el pasillo, la estufa hacía horas que se había apagado. Al otro lado de las mantas, el frío sitiaba su lecho. Ahora estaba completamente despierta.

Quienquiera que la había invocado no estaba en casa; se hallaba fuera, en la oscura noche de invierno.

Había hablado con la voz de las corrientes de aire que se insinúan por debajo de las puertas o entre las persianas cerradas. Pero el silencio era demasiado profundo, y ella, con el corazón latiendo con ímpetu en los oídos como un pez dentro de un vaso, no lograba distinguir ningún otro sonido.

«¿Quién eres?», le habría gustado preguntar a las tinieblas. Pero temía la respuesta. O tal vez ya la conocía.

«Regla número cinco: si un extraño te llama por tu nombre, huye».

Se levantó de la cama. Pero, antes de moverse, buscó a tientas la muñeca de trapo con un solo ojo que dormía a su lado y la agarró para llevarla consigo. Sin encender la luz de la mesilla, se aventuró a ciegas por la habitación. Sus pequeños pasos descalzos resonaban en el suelo de madera.

Debía avisar a mamá y a papá.

Salió al pasillo. El olor del fuego que se consumía lentamente en la chimenea subía por la escalera que conducía a la planta de abajo. Se imaginó la mesa de olivo de la cocina, todavía con los restos de la pequeña fiesta de la noche anterior. La tarta de pan y azúcar que había preparado mamá en el horno de leña y a la que le faltaban tres raciones exactas. Las diez velas que había apagado de un solo soplido, sentada sobre las rodillas de papá.

Mientras se acercaba al dormitorio de sus padres, los pensamientos felices se evaporaron y dejaron paso a oscuros presagios.

«Regla número dos: los extraños son el peligro».

Lo había visto con sus propios ojos: los extraños cogían a la gente, se la llevaban lejos de sus seres queridos. Nadie sabía dónde iban a parar ni qué era de ellos. O tal vez todavía era demasiado pequeña, todavía no estaba preparada, de modo que nadie se lo había querido contar nunca. Lo único de lo que estaba segura era de que esas personas ya no regresaban jamás.

Nunca más.

–Papá, mamá... Hay alguien fuera de la casa –susurró, pero con la determinación de quien no quiere que sigan tratándola solo como a una niña.

Papá se despertó el primero y, un instante después, lo hizo mamá. La niña obtuvo inmediatamente toda su atención.

–¿Qué has oído? –preguntó la madre, mientras el padre cogía la linterna que siempre tenía a mano junto a la cama.

–Mi nombre –contestó la niña, titubeando, temiendo una regañina por haber violado una de las cinco reglas.

Pero ninguno de los dos le dijo nada. Papá encendió la linterna y cubrió el foco con la mano para iluminar apenas la oscuridad de la habitación y que los intrusos no supieran que estaban despiertos.

Sus padres no le preguntaron nada más. No sabían si creerla o no. Pero no porque sospecharan que hubiera mentido, sabían que nunca mentiría sobre algo así. Solo debían determinar si lo que había contado era real o no. A la niña le habría gustado que simplemente se tratase de su imaginación.

Mamá y papá estaban alerta. Pero no se movieron. Permanecieron en silencio, con la cabeza ligeramente erguida, escrutando la oscuridad, como los radiotelescopios de su libro de astronomía, que escrutan lo ignoto que se esconde en el cielo, esperando y a la vez temiendo captar una señal. Porque, como le había explicado su padre, descubrir que no estamos solos en el universo no sería necesariamente una buena noticia: «Los extraterrestres también podrían no ser amistosos».

Discurrían interminables segundos de silencio absoluto. Los únicos ruidos eran el viento que agitaba las copas de los árboles secos, el llanto quejumbroso de la veleta de hierro oxidado en lo alto de la chimenea y los gruñidos del viejo granero, como una ballena durmiendo en el fondo del océano.

Un sonido metálico.

Un cubo cayó al suelo. El cubo del pozo, más concretamente. Papá lo había atado entre dos cipreses. Era una de las trampas sonoras que colocaba cada noche alrededor de la casa.

El cubo estaba situado cerca del gallinero.

Ella estaba a punto de decir algo, pero antes de que pudiera hacerlo, su madre le puso una mano en la boca. Quería sugerir que tal vez se tratara de un animal nocturno –una comadreja o un zorro–, no necesariamente de un extraño.

–Los perros –susurró el padre.

No se le había ocurrido hasta entonces. Papá tenía razón. Si hubiese sido un zorro o una comadreja, después del ruido del cubo al caer, sus perros guardianes sin duda habrían empezado a ladrar para señalar su presencia. Como no lo habían hecho, solo había una explicación.

Alguien los había hecho callar.

Ante la idea de que les pudiera haber ocurrido algo malo a sus amigos peludos, unas cálidas lágrimas le hirvieron en los ojos. Hizo un esfuerzo por no echarse a llorar; su disgusto se mezcló con un repentino ataque de terror.

Sus padres intercambiaron una mirada. Fue suficiente para saber exactamente lo que debían hacer.

Papá fue el primero en bajar de la cama. Se vistió rápidamente, pero sin ponerse los zapatos. Mamá lo imitó, pero además hizo algo que dejó a la niña atónita durante un instante: le pareció que su madre esperaba el momento en que el padre no se diera cuenta, y a continuación vio como metía una mano debajo del colchón, cogía un pequeño objeto y se lo introducía rápidamente en el bolsillo. La niña no tuvo tiempo de ver qué era.

Le extrañó. Mamá y papá no tenían secretos.

Antes de que ella pudiera preguntarle nada, la madre le dio una segunda linterna y se arrodilló delante poniéndole una manta sobre los hombros.

—¿Recuerdas lo que debemos hacer ahora? —preguntó, mirándola fijamente a los ojos.

La niña asintió. La mirada decidida de la madre le infundió valor. Desde que empezaron a vivir en la casa abandonada, hacía alrededor de un año, habían ensayado decenas de veces el procedimiento: así lo llamaba papá. Hasta entonces nunca hubo la necesidad de llevarlo a la práctica.

—Agarra fuerte a tu muñeca —le recomendó su madre. A continuación, cogió su pequeña mano con la suya, cálida y fuerte, y se la llevó.

Mientras bajaban la escalera, la niña se volvió un instante y vio que el padre había cogido uno de los bidones del trastero y ahora esparcía el contenido por las paredes de la planta de arriba. El líquido se filtraba a través de las vigas del suelo y tenía un olor penetrante.

Cuando llegaron a la planta inferior, mamá la arrastró consigo hacia las habitaciones traseras. Los pies descalzos topaban con astillas de madera, la niña apretaba los labios intentando ahogar los quejidos de dolor. Aunque ya no hacía falta, era inútil seguir ocultando su presencia. Allí fuera, los extraños ya se habían percatado de todo.

Los oía moverse alrededor de la casa, querían entrar.

En el pasado, ya les había sucedido que algo o alguien fuera a amenazarlos al lugar donde creían estar a salvo. Al final, siempre habían logrado esquivar el peligro.

Ella y su madre pasaron junto a la mesa de olivo donde estaba la tarta de cumpleaños con las diez velas apagadas. Junto a la taza esmaltada de leche con la que habría desayunado al día siguiente, junto a los juguetes de madera que su padre había construido para ella, la caja de galletas, los estantes con los libros que leían juntos cada noche después de cenar. Cosas a las que tenía que decir adiós, una vez más.

La madre se acercó a la chimenea de piedra. Metió un brazo en el humero para buscar algo. Por fin encontró el extremo de una cadena de hierro ennegrecida de hollín. Empezó a tirar de ella con todas sus fuerzas, haciendo que se deslizara alrededor de una polea escondida en la chimenea. Una de las losas de arenisca de debajo de las brasas empezó a moverse. Pero pesaba demasiado, necesitaban a papá. Fue él quien inventó ese sistema. ¿Por qué tardaba tanto en reunirse con ellas? Ese imprevisto todavía las asustó más.

–Ayúdame –le ordenó su madre.

Agarró la cadena y tiraron a la vez. Con el ímpetu, la madre dio un codazo a un jarrón de arcilla que estaba en la repisa de la chimenea. Vieron cómo se estrellaba contra el suelo, impotentes. Un sonido sordo recorrió las estancias de la casa de campo. Un instante después, alguien empezó a llamar con fuerza a la puerta de entrada. Esos golpes retumbaron como una advertencia.

Sabemos que estáis ahí. Sabemos dónde estáis. Y venimos a buscaros.

Madre e hija volvieron a tirar de la cadena con mayor energía. La piedra bajo las ascuas se movió justo lo suficiente. La madre apuntó la linterna hacia una escalerilla de madera que bajaba hacia los cimientos.

Los golpes en la puerta continuaban, más acelerados.

Ella y su madre se volvieron hacia el pasillo y por fin vieron aparecer al padre con las botellas en las manos: a modo de tapón, tenían un trapo mojado. Tiempo atrás, en el bosque, la niña había visto a su padre encender una de esas botellas y después lanzarla contra un árbol seco que se incendió al instante.

Los extraños golpeaban la puerta de entrada: ante su asombro, las bisagras que la fijaban se estaban desclavando de la pared y los cuatro cerrojos que la atrancaban parecían más frágiles con cada arremetida.

En un instante, comprendieron que esa última barrera no iba a bastar para contener mucho más a los asaltantes.

Papá las miró a ellas y después a la puerta, y a continuación otra vez a ellas. Ya no quedaba tiempo para el procedimiento. De modo que, sin pensarlo demasiado, asintió en su dirección y, al mismo tiempo, dejó en el suelo una de las botellas, pero solo para coger un encendedor del bolsillo.

La puerta cedió de repente.

Mientras las sombras cruzaban el umbral vociferando, la última mirada de papá fue para ella y para mamá, a la vez, como un abrazo. En esos breves instantes, en los ojos de su padre se condensó tanto amor, compasión y pesar que la dulzura del dolor de la despedida se les quedaría grabada para siempre.

Mientras encendía la llama, pareció que el padre esbozaba una pequeña sonrisa, solo dirigida a ellas dos. Seguidamente, lanzó la botella y desapareció junto a las sombras en una llamarada. La niña no pudo ver nada más porque su madre la empujó a la abertura del suelo de la chimenea y la siguió sin soltar el extremo de la cadena.

Bajaron a toda velocidad por los peldaños de madera, estuvieron a punto de tropezar varias veces. De arriba les llegó el fragor sofocado de una nueva explosión. Gritos incomprensibles, excitación.

Al llegar al final de la escalera, en el húmedo sótano, la madre soltó la cadena de hierro para que el mecanismo cerrara la losa de piedra. Pero se atascó con algo y quedó una amplia rendija abierta. La madre intentó desbloquear el mecanismo tirando de la cadena, zarandeándola. Sin resultado.

Según el procedimiento, en caso de ataque, la familia tendría un refugio allí abajo mientras la casa ardía por encima de sus cabezas. Tal vez los extraños se asustarían y saldrían corriendo, o tal vez pensaran que habían muerto en el incendio. El plan preveía que, cuando arriba hubiese vuelto la calma, ella, mamá y papá abrirían de nuevo la trampilla de piedra y saldrían a la superficie.

Pero algo no había salido bien. «Nada» había salido bien. Para empezar, papá no estaba con ellas, y encima, la maldita losa no se cerraba del todo. Mientras tanto, arriba, todo ardía. El humo se iba colando por la rendija y llegaba a su escondrijo. Y en ese angosto sótano no había ninguna vía de escape.

Su madre la arrastró hacia el rincón más alejado de aquella catacumba. A pocos metros de ellas, en la fría tierra bajo el ciprés, estaba enterrado Ado. El pobre Ado, el cándido Ado. Tendrían que sacarlo de allí para llevárselo.

Pero ahora ni siquiera ellas podían escapar.

La madre le quitó la manta de los hombros.

–¿Estás bien? –preguntó.

La niña estrechaba en su pecho la muñeca de trapo con un solo ojo y temblaba, pero aun así asintió con la cabeza.

–Pues escúchame –prosiguió–. Ahora tendrás que ser muy valiente.

–Mamá, tengo miedo, no puedo respirar –dijo ella, empezando a toser–. Salgamos de aquí, por favor.

–Si salimos, los extraños nos llevarán con ellos, ya lo sabes. ¿Es lo que quieres? –afirmó, con un tono de reprimenda–. Hemos hecho muchos sacrificios para que eso no pase, ¿vamos a rendirnos ahora?

La niña levantó su mirada al techo del sótano. Ya podía oírlos, a pocos metros de ellas: los extraños intentaban vencer a las llamas para capturarlas.

—He seguido todas las reglas –se defendió, sollozando.

–Ya lo sé, amor mío –la tranquilizó su madre, acariciándole las mejillas.

Encima de ellas, la casa de las voces gemía en el incendio, como un gigante herido. Era desgarrador. Por la rendija de la losa de arenisca ahora se propagaba un humo más denso y negro.

–No nos queda mucho tiempo –afirmó la madre–. Todavía tenemos una manera de irnos...

Tras decir esto, se metió una mano en el bolsillo y cogió algo. El objeto secreto que le había escondido a papá era un frasco de cristal.

–Un sorbo cada una.

Sacó el tapón de corcho y se lo tendió.

La niña dudó.

–¿Qué es?

–No preguntes, bebe.

–¿Y qué ocurrirá después? –preguntó, asustada.

La madre sonrió.

–Es el agua del olvido... Nos dormiremos y, cuando despertemos, todo habrá terminado.

Pero ella no se lo creía. ¿Por qué el agua del olvido no estaba en el procedimiento? ¿Por qué papá no sabía nada de eso?

La madre la cogió por los brazos, sacudiéndola.

–¿Cuál es la regla número cinco?

La niña no entendía qué necesidad había de repasarlas en ese momento.

–Regla número cinco, venga –insistió la madre.

–«Si un extraño te llama por tu nombre, huye» –repitió ella, despacio.

–¿La número cuatro?

–«Nunca te acerques a los extraños y no dejes que ellos se acerquen a ti» –contestó esta vez con la voz rota por el llanto incipiente–. La tercera es «Nunca digas tu nombre a los extraños», pero yo no lo he hecho, lo juro –se justificó enseguida, recordando cómo había empezado todo esa noche.

El tono de la madre volvió a ser dulce:

–La segunda regla, venga...

Tras una pausa:

–«Los extraños son el peligro».

–Los extraños son el peligro –recordó con ella la madre, seria. A continuación, se llevó el frasco a los labios y bebió un pequeño sorbo. Se lo tendió de nuevo–. Te quiero, amor mío.

–Yo también te quiero, mamá.

La niña miró a su madre, que a su vez la miraba. A continuación, miró el frasco en su mano. Lo cogió y, sin dudarlo más, ingirió lo que quedaba del contenido.

«Regla número uno: confía solo en mamá y papá».

1

Para un niño, la familia es el lugar más seguro de la tierra. O el más peligroso.

Pietro Gerber intentaba no olvidarlo nunca.

—Está bien, Emilian: ¿qué tal si me cuentas lo del sótano?

El niño de seis años, de piel tan clara, casi transparente, que parecía un espectro, se quedó callado. Ni siquiera levantó los ojos del fuerte de pequeños ladrillos de colores que habían estado construyendo hasta ese momento. Gerber siguió añadiendo piezas a los muros, paciente, sin meterle prisa. La experiencia le decía que Emilian encontraría él solo el momento adecuado para hablar.

Cada niño tiene su ritmo, se repetía siempre.

Gerber estaba agachado junto a Emilian desde hacía al menos cuarenta minutos, en la moqueta de los colores del arcoíris de una habitación sin ventanas, en la segunda planta de un edificio del siglo XIV en la Via della Scala, en pleno casco antiguo de Florencia.

Desde sus orígenes, el edificio se había destinado a albergar instituciones caritativas florentinas «para dar refugio a niños perdidos», es decir, a los niños abandonados por familias demasiado pobres para mantenerlos, los hijos ilegítimos, los huérfanos y los menores que eran víctimas de situaciones sociales ilícitas.

Desde la segunda mitad del siglo XIX, el edificio era la sede del tribunal de menores.

El inmueble pasaba desapercibido en comparación con el resplandor de los edificios que lo rodeaban, absurdamente concentrados en pocos kilómetros cuadrados y que hacían de Florencia una de las ciudades más bellas del mundo. Pero tampoco podía considerarse un lugar cualquiera. Por su origen: anteriormente había sido una iglesia. Por los restos de un fresco de Botticelli que representaba la Anunciación de la Virgen.

Y por la sala de juegos.

Además de los pequeños ladrillos con los que Emilian se entretenía, había una casa de muñecas, un trenecito, una gran variedad de cochecitos, excavadoras y camiones, un caballito con balancín, una pequeña cocina para preparar comidas imaginarias, así como varios peluches. También había una mesa baja con cuatro sillitas y lo necesario para dibujar.

Se trataba, sin embargo, de una ficción, porque todo en esos veinte metros cuadrados servía para ocultar la verdadera naturaleza del lugar.

La sala de juegos era a todos los efectos una sala del tribunal de justicia.

Una de las paredes la ocupaba un gran espejo tras el cual se ocultaban la jueza y el fiscal, así como los imputados y sus abogados defensores.

Ese espacio había sido habilitado para salvaguardar la indemnidad psíquica de las pequeñas víctimas a las que les pedían que prestaran declaración en un entorno protegido. Para favorecer su testimonio, todos los objetos presentes en la habitación habían sido escogidos por psicólogos infantiles para que desempeñaran un papel determinante en la narración o en la interpretación de los hechos.

Los niños a menudo se servían de los peluches o de las muñecas. En su relato, reemplazaban a sus verdugos y sometían a los muñecos al mismo trato que habían recibido ellos. Algunos preferían dibujar antes que hablar, otros inventaban cuentos y los sembraban de referencias sobre lo que habían sufrido.

Pero, en ocasiones, algunas revelaciones aparecían de manera inconsciente.

Precisamente por ello, en los pósteres de las paredes, unos alegres personajes de fantasía vigilaban los juegos de los pequeños huéspedes junto a cámaras invisibles. Cada palabra, gesto o comportamiento quedaba grabado y se convertía en una prueba útil a la hora de dictar un veredicto. Pero había matices que los ojos electrónicos no eran capaces de captar. Detalles que, con solo treinta y tres años, Pietro Gerber ya había aprendido a distinguir con precisión.

Mientras seguía construyendo el fuerte de ladrillos

de colores al lado de Emilian, lo estudiaba atentamente, esperando distinguir el más pequeño signo de apertura.

La temperatura interior era de veintitrés grados, las lámparas del techo irradiaban un ligero resplandor azul y, de fondo, un metrónomo marcaba un compás de cuarenta pulsaciones por minuto.

La atmósfera más adecuada para favorecer una total relajación.

Si alguien preguntaba a Gerber en qué consistía su trabajo, él nunca contestaba «Psicólogo infantil especializado en hipnosis». Usaba una expresión que había acuñado la persona que se lo había enseñado todo y que resumía mejor el sentido de su misión.

«Adormecedor de niños».

Gerber era consciente de que mucha gente consideraba la hipnosis como una especie de ejercicio de alquimia para controlar la mente de los demás. O creían que el hipnotizado perdía el control de sí mismo y de su propia consciencia y acababa a merced del hipnotizador, que podía hacer que dijera o hiciese cualquier cosa.

En realidad, simplemente era una técnica para ayudar a personas que se habían extraviado a entrar en contacto consigo mismas.

Nunca se perdía el control, ni la consciencia; la prueba de ello era que el pequeño Emilian estaba jugando como siempre. Gracias a la hipnosis, el nivel de vigilia disminuía para que el mundo exterior dejara de molestar: al excluir las interferencias, aumentaba la percepción de uno mismo.

Pero el trabajo de Pietro Gerber era todavía más concreto: consistía en enseñar a los niños a poner en orden su frágil memoria –suspendida entre juego y realidad– y a distinguir lo que era de verdad de lo que no lo era.

Sin embargo, el tiempo de que disponía con Emilian se acababa, y el experto podía imaginar la expresión contrariada de Baldi, la jueza de menores, escondida detrás del espejo junto a los demás. Fue ella quien lo nombró consultor en ese caso y siempre había estado allí para instruirlo sobre lo que debía preguntarle al niño. A Gerber le correspondía la tarea de encontrar la mejor estrategia para inducir a Emilian a darle esa información. Si no obtenía nada en los próximos diez minutos, tendrían que posponer la vista hasta otra fecha. El psicólogo, sin embargo, no quería rendirse: ya era la cuarta vez que se encontraban, se habían producido pequeños pasos hacia delante, pero nunca verdaderos progresos.

Emilian –el niño espectro– tenía que repetir en sede judicial el relato que un día, inesperadamente, le contó a su maestra de la escuela. El problema era que, desde entonces, no había vuelto a hacer referencia a la «historia del sótano».

Si no había historia, no había prueba.

Antes de declarar fallida la sesión, el hipnotizador se permitió un último intento.

–Si no quieres hablar del sótano, no pasa nada –dijo. Entonces, sin esperar a la reacción del menor, dejó de construir el fuerte. En vez de eso, cogió algunas piezas de colores y empezó una segunda construcción justo al lado.

Emilian se percató y se detuvo a mirarlo, sorprendido.

—Estaba dibujando en mi cuarto cuando oí la cancioncilla... —dijo al cabo de un rato, con un hilo de voz y sin mirarlo a la cara.

Gerber no mostró ninguna reacción, dejando que hablara.

—La del niño curioso, ¿la conoces? —Emilian se puso a recitarla, canturreando—: «Hay un curioso chiquillo - jugando en un rinconcito - en la oscuridad callada - escucha una llamada - hay un fantasma gracioso - que lo llama imperioso - al curioso chiquillo - quiere darle un besito».

—Sí, la conozco —admitió el psicólogo sin dejar de jugar, como si se tratara de una conversación normal.

—Así que fui a ver de dónde venía...

—¿Y lo descubriste?

—Venía del sótano.

Por primera vez, Gerber había conseguido llevar la mente de Emilian fuera de la sala de juegos: ahora estaban en casa del niño. Debía mantenerlo allí el mayor tiempo posible.

—¿Fuiste a ver qué había en el sótano? —preguntó.

—Sí, bajé.

La admisión de Emilian era importante. Como recompensa, el psicólogo le tendió una pieza, permitiéndole participar en la construcción del nuevo fuerte.

—Me imagino que estaría oscuro. ¿No te daba miedo bajar allí tú solo? —afirmó para tantear de entrada la credibilidad del pequeño testigo.

–No –replicó el niño, sin ninguna vacilación–. Había una luz encendida.

–¿Y qué encontraste allí abajo?

El niño se quedó indeciso. Gerber dejó de pasarle más piezas.

–La puerta no estaba cerrada con llave como otras veces –siguió diciendo el niño–. Mamá dice que no debo abrirla nunca, que es peligroso. Pero esa vez la puerta estaba entreabierta. Se podía ver el interior...

–¿Y tú echaste una ojeada?

El pequeño asintió.

–¿No sabes que espiar no está bien?

La pregunta podía provocar efectos imprevisibles. Al oír que lo reprendía, Emilian podía encerrarse en sí mismo y no contar nada más. Pero si quería que la declaración fuera irrefutable, Gerber tenía que correr el riesgo. Un niño que no era capaz de comprender el valor negativo de sus propias acciones no podía considerarse un testigo fiable.

–Ya lo sé, pero no me acordé de que espiar no está bien –se justificó el pequeño.

–¿Y qué viste en el sótano?

–Había gente –dijo solo.

–¿Eran niños?

Emilian sacudió la cabeza.

–De modo que eran adultos.

El niño asintió.

–¿Y qué hacían? –lo apremió el psicólogo.

–No llevaban ropa.

–¿Como cuando vas a la piscina o a la playa, o como cuando te vas a duchar?

–Como cuando te vas a duchar.

La información significaba un valioso progreso en la declaración: para los niños, la desnudez de los adultos es un tabú. Pero Emilian había superado el obstáculo de la vergüenza.

–Y llevaban máscaras –añadió, sin que Gerber se lo hubiese preguntado.

–¿Máscaras? –El psicólogo, que conocía la historia por la maestra de Emilian, se hizo el sorprendido–. ¿Qué clase de máscaras?

–De plástico, con una goma detrás, de esas que solo te tapan la cara –dijo el pequeño–. De animales.

–¿De animales? –repitió el psicólogo.

El niño empezó a enumerarlos:

–Un gato, una oveja, un cerdo, un búho... y un lobo, sí, había un lobo –confirmó.

–¿Por qué llevaban esas máscaras, en tu opinión?

–Jugaban.

–¿Qué juego era? ¿Tú lo conocías?

El niño lo pensó un momento.

–Hacían cosas de internet.

–¿«Cosas de internet»? –Gerber quería que Emilian fuera más explícito.

–Leo, mi compañero del colegio, tiene un hermano más mayor, de doce años. Un día el hermano de Leo nos enseñó un vídeo de internet, estaban todos desnudos y se abrazaban de manera extraña y se daban besos.

29

–¿Y te gustó ese vídeo?

Emilian hizo una mueca.

–Y después el hermano de Leo nos dijo que teníamos que guardar el secreto porque eso era un juego de mayores.

–Comprendo –afirmó el psicólogo, sin mostrar ningún tipo de juicio en el tono de voz–. Eres muy valiente, Emilian, yo me habría muerto de miedo.

–No me asusté porque los conocía.

El psicólogo se paró: el momento era delicado.

–¿Sabías quiénes eran las personas de las máscaras?

El niño espectro olvidó por un instante el fuerte y levantó la mirada hacia la pared del espejo. Detrás del cristal, cinco individuos esperaban en silencio sus palabras.

Un gato, una oveja, un cerdo, un búho. Y un lobo.

En ese momento, Gerber sabía que no podía ayudar a Emilian. Esperó a que el pequeño se sirviera de la experiencia de sus apenas seis años de vida para encontrar él solo el valor de pronunciar los verdaderos nombres de los protagonistas de esa pesadilla.

–Papá, mamá, el abuelo, la abuela. Y el padre Luca.

«Para un niño, la familia es el lugar más seguro de la tierra. O el más peligroso», repitió Pietro Gerber para sus adentros.

–Está bien, Emilian. Ahora contaremos juntos hacia atrás: diez...

2

A la conclusión de la vista, Gerber miró su móvil, que había puesto en silencio, y vio una llamada perdida desde un número que no conocía. Mientras pensaba si era oportuno devolver la llamada, la jueza Baldi le lanzó una pregunta:

–¿A ti qué te parece?

La jueza no esperó siquiera a que Gerber cerrara la puerta del despacho a su espalda. Probablemente le asaltaban las dudas desde que escucharon a Emilian.

El psicólogo sabía perfectamente que la magistrada tenía prisa por compartir con él las impresiones sobre la declaración. Pero la verdadera pregunta era otra: ¿había dicho la verdad Emilian?

–Los niños tienen una mente plástica –declaró el experto–. A veces crean falsos recuerdos, pero no son exactamente mentiras: ellos están sinceramente convencidos de que han vivido ciertas experiencias, incluso las más absurdas. Su fantasía es tan vívida que les parecen de verdad cosas que no lo son, pero al mismo tiempo su mente es tan inmadura que no les permite discernir lo que es real de lo que no lo es.

Obviamente, eso no era suficiente para Baldi.

Antes de sentarse tras el escritorio, la mujer se dirigió a la ventana y, a pesar de ser una mañana de invierno crudo y oscuro, la abrió de par en par como si fuera pleno verano.

—Al otro lado tengo a una pareja de jóvenes padres adoptivos que durante mucho tiempo desearon que les asignaran un niño, dos abuelos cariñosos que serían la alegría de cualquier nieto y un cura que hace años que lucha por salvar a menores como Emilian de profundas dificultades familiares y asegurarles un futuro de amor... Y ese delicioso revoltoso va y nos cuenta un rito orgiástico, pagano y sacrílego.

La jueza intentaba atenuar la contrariedad con sarcasmo; Gerber comprendía su frustración.

Emilian había nacido en Bielorrusia, el hipnotizador había leído una y otra vez su expediente. Según la documentación, lo apartaron de su familia natural cuando tenía dos años y medio, después de haber sufrido todo tipo de maltratos. Papá y mamá ponían a prueba sus ganas de permanecer en el mundo, como si se tratara de un juego de supervivencia. Lo dejaban sin comida durante días, o llorando y chapoteando en sus propios excrementos. Por suerte, se dijo Gerber, los niños no tenían memoria antes de los tres años. Sin embargo, era normal que en alguna parte de la mente de Emilian todavía hubiera residuos de aquel cautiverio.

El padre Luca lo encontró en una institución; enseguida se fijó en él entre decenas de niños: Emilian tenía un retraso en el aprendizaje y a duras penas hablaba. El sacerdote, que dirigía una asociación de adopciones a distancia muy activa en el antiguo país soviético, le encontró una familia: un matrimonio joven perteneciente a su congregación religiosa y, después de interminables y costosos trámites burocráticos, al final consiguieron llevárselo a Italia.

Al cabo de solo un año de estar con una familia feliz, Emilian ya había recuperado la distancia que lo separaba de los niños de su edad y hablaba un italiano bastante fluido. Pero cuando todo parecía estar encarrilado, empezó a manifestar síntomas de una precoz anorexia.

Al dejar de comer, se convirtió en «el niño espectro».

Sus padres adoptivos lo llevaron de un médico a otro, sin reparar en gastos, pero ninguno consiguió ayudarlo. Aunque todos coincidían en que había que buscar el origen de los graves trastornos alimentarios en su pasado de soledad y violencia.

A pesar de la imposibilidad de encontrar una cura, los padres no se rindieron. La madre adoptiva incluso dejó su trabajo para dedicarse completamente a su hijo. En vista de la situación, no era extraño que la jueza Baldi se sintiera muy contrariada porque la adversidad se hubiera ensañado una vez más con la mujer y su marido.

–Me parece que no tenemos alternativa –le recordó, sin embargo, Gerber–. Debemos seguir escuchando lo que Emilian tiene que decir.

–No sé si me apetece demasiado oírlo –afirmó la magistrada con una pizca de amargura–. Cuando eres pequeño, no tienes otra elección que querer a quien te ha traído al mundo, aunque te haga daño. El pasado de Emilian en Bielorrusia es un agujero negro; ahora, en cambio, se encuentra en una situación completamente opuesta y acaba de descubrir que posee un arma potente: el amor de su nueva familia. Usa impunemente ese mismo amor contra ellos, como sus verdaderos padres hacían con él. Y esto solo para experimentar lo que se siente al estar en el lado del torturador.

–La víctima convertida en verdugo –admitió Gerber, que continuaba de pie, inmóvil, frente al escritorio.

–Sí, exacto –confirmó la jueza con determinación, apuntándolo con un dedo a la cara para subrayar que había dado en el clavo. Necesitaba desahogarse.

Anita Baldi había sido la primera magistrada con quien Gerber coincidió cuando todavía era un aprendiz, y eso la autorizaba a usar con él un tono informal. El experto, sin embargo, nunca se había atrevido a hacer lo mismo. Valoraba las lecciones y broncas recibidas de ella con los años y la consideraba la persona más justa y compasiva que conocía en el ambiente judicial. Le faltaban unos meses para jubilarse, nunca se había casado y había dedicado su vida a ocuparse con toda su alma de los hijos que no había tenido. En la pared a su espalda colgaban los dibujos que hacían para ella los niños que pasaban por aquellas salas oscuras. Su mesa era un caos de legajos legales y caramelos de colores esparcidos entre medio.

Uno de esos documentos era el expediente de Emilian. Gerber lo miró pensando que para el niño espectro, por desgracia, no había sido suficiente con cambiar de país, de nombre y de ciudad para lograr también una nueva vida. Por eso, esta vez, Anita Baldi se equivocaba.

–Las cosas no son tan simples –declaró el psicólogo infantil–. Me temo que hay algo más.

Ante esa frase, la jueza se inclinó hacia delante.

–¿Qué te lo hace pensar?

–¿Se ha fijado cuando el niño ha levantado los ojos hacia el espejo? –preguntó, pero su intuición le decía que Baldi no tenía ninguna explicación.

–Sí, ¿y bien?

–A pesar del ligero estado de trance, Emilian sabía que alguien lo estaba observando desde el otro lado.

–¿Tú opinas que ha intuido el truco? –preguntó, sorprendida–. Entonces, todavía es más probable que su historia fuera una farsa –concluyó Baldi, satisfecha.

Gerber estaba seguro de una cosa.

–Emilian quería que estuviésemos allí, y también quería que estuviera su nueva familia.

–¿Por qué?

–Todavía no lo sé, pero lo descubriré.

La jueza ponderó con atención la opinión de Gerber.

–Si Emilian ha mentido, lo ha hecho con un objetivo concreto. Y lo mismo si ha dicho la verdad –sentenció, tras captar al fin el sentido de las palabras del psicólogo.

–Démosle un voto de confianza y veamos adónde

quiere llevarnos con su relato –propuso Gerber–. Es probable que no salga nada de ahí y que él mismo se contradiga, o que todo esto nos lleve a algo que todavía se nos escapa.

No iban a tener que esperar demasiado: en los casos que implicaban a menores, la justicia actuaba más rápidamente y la nueva vista ya se había programado para la semana siguiente.

Un trueno sacudió el aire al otro lado de la ventana. En la ciudad empezaba a desencadenarse una tormenta y, desde la tercera planta, también podían oírse las voces de los turistas procedentes de la Via della Scala mientras se apresuraban a guarecerse.

Pietro Gerber pensó que tenía que marcharse enseguida si no quería verse sorprendido por el aguacero, a pesar de que su despacho estaba a unas pocas travesías del juzgado.

–Si no hay nada más... –dijo, disponiéndose a dirigirse a la salida con la esperanza de que la jueza lo dejara marchar.

–¿Cómo están tu mujer y tu hijo? –preguntó Anita Baldi, cambiando de tema.

–Están bien –contestó, expeditivo.

–Tienes que cuidar bien a esa chica. Y Marco, ¿cuántos años tiene?

–Tiene dos. –Mientras lo decía, seguía mirando hacia fuera.

–Los niños confían en ti, lo noto, ¿sabes? –dijo la mujer, volviendo a hablar de Emilian–. Tú no solo los convences para que se abran, haces que se sientan a salvo.

–Dicho lo cual, siguió un silencio afectado.

«¿Por qué siempre debía seguir un "silencio afectado"?», se preguntó Gerber. Esa breve pausa era el preludio de una frase que conocía bien:

–Él estaría orgulloso de ti.

Al oír nombrar indirectamente al «señor B.», Pietro Gerber se puso tenso.

Afortunadamente, en ese momento el móvil que llevaba en el bolsillo empezó a sonar. Lo cogió y observó la pantalla.

De nuevo el número desconocido que lo había llamado mientras estaba en la vista.

Pensó que se trataba del padre o el tutor de uno de sus jóvenes pacientes. Pero se fijó en que el número tenía un prefijo internacional. ¿Sería algún inoportuno, un centro de llamadas que quería colocarle alguna oferta «imposible de rechazar»? Fuera quien fuese, era la excusa perfecta para marcharse.

–Si me disculpa –dijo, levantando el teléfono para hacerle ver que debía atender la llamada.

–Claro, vete –lo autorizó por fin Baldi con un gesto de la mano–. Saluda a tu mujer de mi parte y dale un beso a Marco.

Gerber bajaba a toda prisa la escalera del juzgado, con la esperanza de llegar a tiempo para evitar la tormenta.

–Disculpe, ¿cómo dice? –preguntó al interlocutor.

Interferencias, descargas... La línea no funcionaba bien. Seguramente se debía al grosor de las paredes del antiguo palacio.

–Espere, no le oigo –dijo al teléfono.

Tras salir del edificio, llegó a la calle en el mismo instante que empezaba a diluviar. De golpe se encontraba en medio de la desbandada de transeúntes que pretendían salvarse del apocalipsis. Con el cuello de la vieja gabardina Burberry levantado y la mano en la oreja, intentaba entender qué quería aquella voz femenina.

–He dicho que me llamo Theresa Walker, somos colegas –repitió la mujer, en inglés, pero con un acento que el psicólogo nunca había oído–. Lo llamo desde Adelaida, en Australia.

Gerber se asombró al descubrir que la llamada procedía del otro lado del planeta.

–¿Qué puedo hacer por usted, doctora Walker? –dijo acelerando el paso mientras el agua se abatía rabiosa a su alrededor.

–He encontrado su número en la página de la Federación Mundial de Salud Mental –afirmó la mujer para acreditarse. A continuación, añadió–: Me gustaría consultarle un caso.

–Si fuera tan amable de esperar, en quince minutos estaré en mi despacho y podrá explicármelo mejor –afirmó él, saltando entre los charcos, mientras giraba por una callejuela.

–No puedo esperar –replicó ella, con tono alarmado–. Está a punto de llegar.

–¿Quién está a punto de llegar? –preguntó el psicólogo. Pero, justo mientras formulaba la pregunta, sintió que le asaltaba un presentimiento.

Y entonces arreció la lluvia.

3

Un escalofrío tortuoso.

Gerber no habría sabido definir de otro modo la consistencia lenta y untuosa de esa sensación. Y tal vez fue precisamente por eso que buscó refugio en uno de los muchos portales de la calle.

Debía aclararlo.

—¿Qué sabe de la AS? —siguió diciendo Theresa Walker.

«AS, es decir, Amnesia Selectiva».

Gerber se quedó descolocado. El tema era objeto de un amplio debate, se trataba de una cuestión controvertida. Para algunos psicólogos era un trastorno difícil de diagnosticar, otros negaban categóricamente su existencia.

—No mucho —afirmó, y era cierto.

—Pero usted, ¿cómo se posiciona en este tema?

—Soy escéptico —admitió—. Según mi experiencia profesional, es imposible eliminar de la memoria «recuerdos específicos».

Según los defensores de la teoría contraria, en cambio, se trataba de un mecanismo de autodefensa que activaba la psique de manera inconsciente. Se producía sobre todo en la infancia. Huérfanos entregados a nuevas familias de repente olvidaban que los habían adoptado; niños que habían sufrido traumas severos o abusos borraban totalmente esas experiencias. En una ocasión, Gerber también tuvo un caso parecido: un menor que presenció el asesinato de la madre a manos del padre, que después se suicidó. Años más tarde, el psicólogo había vuelto a verlo: iba al instituto y estaba convencido de que sus padres habían muerto por causas naturales. Sin embargo, ese episodio no fue suficiente para persuadir a Gerber para que cambiara de idea.

—Yo también creía que no era posible —declaró, inesperadamente, la doctora Walker—. En la base de esta presunta pérdida de memoria no hay un origen fisiológico, como una lesión cerebral. Y tampoco puede explicarla un *shock* porque, cuando se manifiesta, el episodio traumático hace tiempo que tuvo lugar.

—Diría que la eliminación es más que nada fruto de una decisión —estuvo de acuerdo Gerber—. Por ese motivo es improcedente hablar de amnesia.

—Pero la cuestión es si realmente es posible «decidir» olvidar algo —siguió diciendo la doctora—. Es como si la mente estableciera por su cuenta que para sobrevivir al trauma hace falta negarlo con todas las fuerzas: nos esconde esa pesada carga con el único objetivo de permitirnos seguir adelante.

«Mucha gente consideraría una bendición la capacidad de olvidarse de las cosas malas», pensó Gerber.

También era la quimera de la industria farmacéutica: encontrar una píldora capaz de hacer olvidar los episodios más oscuros de nuestra vida. El hipnotizador opinaba que los hechos que nos ocurren –incluso los peores– contribuyen a convertirnos en lo que somos. Forman parte de nosotros, aunque intentemos olvidarlos por todos los medios.

–En los niños en los que se había diagnosticado AS, los recuerdos infantiles volvieron a aflorar en edad adulta sin ningún aviso previo –recordó el psicólogo–. Y las consecuencias del brusco regreso de la memoria siempre son imprevisibles, a menudo dañinas.

La última frase llamó especialmente la atención de Walker, que no dijo nada más.

–Pero ¿por qué me hace estas preguntas? –preguntó Pietro Gerber mientras la lluvia retumbaba en el zaguán del edificio que le ofrecía cobijo–. ¿Cuál es el extraño caso que quería consultarme?

–Hace unos días, una mujer llamada Hanna Hall se presentó en mi consulta para someterse a una terapia de hipnosis: el objetivo inicial era poner en orden un pasado tortuoso. Pero en el transcurso de la primera sesión sucedió algo...

Walker se concedió otra larga pausa. Gerber imaginó que estaba buscando las palabras adecuadas para explicar lo que la había perturbado.

–En mis muchos años de profesión, nunca había presenciado una escena parecida –se justificó antes de proseguir–: La sesión empezó de la mejor de las maneras, la paciente respondía a la terapia y se mostraba colaboradora. Pero, de repente, Hanna empezó a gritar. –Se calló, no podía seguir–. En su mente había aflorado el recuerdo de un homicidio que se remontaba a cuando era solo una niña.

–No lo entiendo: ¿por qué no la convenció para que fuera a la policía? –intervino Gerber.

–Hanna Hall no contó cómo ocurrió el crimen –aclaró su colega–. Pero estoy convencida de que hay algo de verdad.

–De acuerdo, pero ¿por qué me lo cuenta a mí ahora?

–Porque la víctima está enterrada en Italia, en un lugar indeterminado de la campiña toscana, y nadie ha sabido nunca nada –afirmó ella–. Hanna Hall afirma que ha borrado de su mente lo sucedido y por eso ahora se dirige hacia allí: quiere recordar lo que ocurrió.

Hanna Hall estaba de camino a Florencia. A pesar de que no la conocía, la información lo puso en alerta.

–Disculpe: estamos hablando de una persona adulta, ¿verdad? –la interrumpió Gerber–. Hay un error, doctora: debería llamar a otro, yo soy psicólogo infantil.

No tenía intención de ofender a su colega, pero se sentía incómodo y no sabía por qué.

–Esa mujer necesita ayuda y yo desde aquí no puedo hacer nada –siguió diciendo Theresa Walker, sin hacer caso de su intento de librarse–. No podemos ignorar lo que ha dicho.

–¿Podemos? ¿Nosotros? –Gerber estaba perplejo: ¿por qué debería sentirse implicado?

–Sabe mejor que yo que no es aconsejable interrumpir de golpe una terapia de hipnosis –insistió ella–. Eso podría comportar un grave daño a la psique.

Lo sabía, y también iba contra las reglas deontológicas.

–Mis pacientes tienen como mucho doce o trece años –protestó.

–Hanna Hall afirma que el homicidio ocurrió antes de que ella cumpliera los diez –insistió su interlocutora, que no tenía intención de rendirse.

–Podría tratarse de una mitómana, ¿lo ha tenido en cuenta? –replicó Gerber, sin querer tener nada que ver con el asunto–. Le aconsejo vivamente que acuda a un psiquiatra.

–Asegura que la víctima es un niño llamado Ado.

La frase permaneció flotando en el fragor de la lluvia. Pietro Gerber ya no tuvo fuerzas para replicar.

–Tal vez hay un niño inocente, enterrado quién sabe dónde, que merece que se conozca la verdad –prosiguió, con calma, su colega.

–¿Qué tendría que hacer?

–Hanna no tiene a nadie en el mundo, imagínese, ni siquiera tiene móvil. Pero prometió que cuando llegara a Florencia me avisaría: cuando lo haga, le diré que lo llame.

–Sí, pero ¿qué tengo que hacer? –preguntó de nuevo Gerber.

–Escucharla –respondió simplemente Walker–. Dentro de esa adulta hay una niña que solo tiene ganas de

44

hablar: alguien debería entrar en contacto con ella y escucharla.

«Los niños confían en ti, lo noto, ¿sabes?».

Eso había dicho la jueza Baldi un rato antes.

«Tú no solo los convences para que se abran, haces que se sientan a salvo... Él estaría orgulloso de ti».

El «señor B.» no se habría echado atrás.

–Doctora Walker, ¿está usted segura de que después de todos estos años vale realmente la pena? Aunque consiguiéramos recuperar de la mente de esa mujer el recuerdo de lo sucedido a ese tal Ado a través de la hipnosis, el tiempo transcurrido y lo que ha experimentado desde entonces pueden haberlo alterado.

–Hanna Hall dice que sabe quién es el asesino del niño –lo interrumpió ella.

Gerber enmudeció. Volvía a tener la misma sensación desagradable de cuando empezó la llamada.

–¿Y quién es? –acabó preguntando.

–Ella misma.

4

«¿Qué aspecto tiene una niña que ha cometido el homicidio de otro niño?». Tras acceder a hacer una valoración de ese extraño caso, Pietro Gerber se lo estuvo preguntando un buen rato.

La primera vez que vio a esa niña con la apariencia de mujer adulta, a las ocho de una gris mañana de invierno, Hanna Hall estaba sentada en la mitad del último tramo de escaleras que llevaban al rellano de su consulta.

El adormecedor de niños –con la Burberry goteando y las manos en los bolsillos– se quedó parado mirando a esa frágil criatura a la que, a pesar de no haberla visto nunca antes, reconoció al instante.

Hanna estaba enmarcada por el débil resplandor de la ventana, mientras que él permanecía oculto en la penumbra. La mujer no advirtió su presencia. Miraba hacia fuera, la lluvia caía densa y fina en el estrechamiento de la Via dei Cerchi, al final de la cual se vislumbraba una parte de la Piazza della Signoria.

A Gerber le sorprendió no poder apartar la mirada de

ella. La desconocida le suscitaba una insólita curiosidad. Los separaban unos cuantos escalones y, desde donde se encontraba, le habría bastado con estirar el brazo para tocar su largo pelo rubio recogido en una cola con una simple goma.

Tuvo ese repentino impulso de acariciarla porque le dio pena al instante.

Hanna Hall llevaba un suéter negro de cuello alto, una talla más grande de la que necesitaría, que le cubría también las caderas. Vaqueros negros y botines negros con un poco de tacón. Y un bolso negro colgado en bandolera que tenía entre las piernas.

Gerber se asombró de que no llevara consigo una chaqueta o algo más de abrigo. Seguramente, al igual que muchos extranjeros que visitaban Florencia, había menospreciado el clima en esa estación. A saber por qué todo el mundo pensaba que en Italia siempre era verano.

Hanna estaba encorvada, con los brazos abandonados en el regazo, y tenía un cigarrillo colgando entre los dedos de la mano derecha, que apenas sobresalían de una manga demasiado larga. Se veía envuelta en un fino manto de humo y absorta en sus pensamientos.

El psicólogo tuvo suficiente con una ojeada para saberlo todo de ella.

Treinta años, ropa mediocre, aspecto poco cuidado. El negro le servía para volverse invisible. El ligero temblor de las manos era un efecto colateral de los fármacos que tomaba, antipsicóticos o antidepresivos. Las uñas mordidas y las cejas ralas revelaban un persistente estado de ansiedad: insomnio, vértigos y ocasionales ataques de pánico.

No había un nombre para esa patología. Pero él había visto decenas de personas parecidas a Hanna Hall: todas tenían el mismo aspecto un instante antes de sucumbir en el abismo.

Sin embargo, Pietro Gerber no debía encargarse de la adulta, no era de su competencia. Como había dicho Theresa Walker, él debía hablar con la niña.

–¿Hanna? –preguntó dulcemente, intentando no asustarla.

La mujer se volvió de golpe.

–Sí, soy yo –confirmó, en perfecto italiano.

Sus facciones eran agradables. No llevaba maquillaje. Tenía pequeñas arrugas alrededor de sus ojos azules, increíblemente tristes.

–La esperaba a las nueve –le dijo.

La mujer levantó el brazo con el pequeño reloj de plástico que llevaba en la muñeca.

–Y yo esperaba verlo llegar a esa hora.

–Pues entonces disculpe mi anticipación –declaró Gerber con una sonrisa. Pero ella permaneció seria. El psicólogo comprendió que no había captado la ironía, pero lo atribuyó al hecho de que, a pesar de que la mujer hablaba bien italiano, existía cierto desfase lingüístico.

Pasó por su lado y, hurgando en los bolsillos en busca de las llaves, se dispuso a abrir la puerta de la consulta.

Una vez en el interior, se quitó el impermeable mojado, encendió las luces del pasillo y pasó revista a las habitaciones para comprobar que todo estaba en orden mientras mostraba el camino a la insólita paciente.

–Normalmente los sábados por la mañana no hay nadie.

Él debería haber estado en Lucca, en casa de unos amigos, con su mujer y su hijo, pero le había prometido a Silvia que saldrían al día siguiente. Vio por el rabillo del ojo que Hanna escupía un poco de saliva en un pañuelo de papel usado, apagaba en él el cigarrillo y luego se lo guardaba en el bolso. La mujer lo seguía dócilmente, sin decir nada, intentando orientarse en la gran buhardilla del antiguo edificio.

–He preferido que nos viéramos hoy porque no quería que nadie se hiciera demasiadas preguntas sobre su presencia aquí –«o que se sintiera cohibida», pensó Gerber, pero no lo dijo. Por lo general, ese lugar era un hervidero de niños.

–¿De qué se ocupa exactamente, doctor Gerber?

Él dispuso las mangas de la camisa sobre el pulóver naranja e intentó ofrecerle la versión menos complicada.

–Trato a menores con problemas psicológicos de diversa índole. Los casos suelen llegarme a través del tribunal, pero a veces son los familiares quienes me los traen.

La mujer no hizo comentarios. Mantenía cogida la cinta del bolso que llevaba colgado. Gerber pensó que la amedrentaba e intentó que se sintiera cómoda.

–¿Le preparo un café? O tal vez prefiere un té... –le propuso.

–Un té está bien. Dos terrones, gracias.

–Se lo traigo, mientras tanto, puede sentarse en mi despacho.

Le indicó una de las dos puertas al final del pasillo, la única abierta. Pero Hanna se disponía a entrar en la que tenía en frente.

–No, esa no –se anticipó, de manera algo brusca.

Hanna se quedó parada.

–Disculpe.

Hacía tres años que nadie entraba en esa habitación.

La consulta del adormecedor de niños, situada en la buhardilla, era un lugar confortable.

El techo se inclinaba hacia la derecha y tenía vigas de madera, el suelo era de roble y había una chimenea de piedra. Sobre una gran alfombra roja, se esparcían juguetes de madera y de tela, y cajas de latón con lapiceros y ceras. En la librería, los textos científicos se alternaban con cuentos y cuadernos para colorear.

Y también había una mecedora que enseguida conquistaba a los pequeños pacientes: por lo general, querían sentarse en ella durante las sesiones.

Los niños no se fijaban en que en esa habitación no había escritorio. El sitio del psicólogo era una silla Lounge Eames de piel negra con los clásicos acabados de palisandro, con una mesita de cerezo al lado en la que tenía ordenadamente colocados un viejo metrónomo, que servía para las sesiones de hipnosis, un bloc, una estilográfica y un marco de fotos que Pietro Gerber mantenía boca abajo.

Aparte de eso, no había más mobiliario.

Cuando regresó con dos tazas humeantes y ya azucaradas, encontró a Hanna Hall de pie en medio de la habitación: miraba a su alrededor agarrando la cinta del bolso, indecisa sobre dónde sentarse.

—Lo siento —dijo enseguida, al darse cuenta de que estaba cohibida a causa de la mecedora—. Espere un segundo.

Dejó el té encima de la mesita y, poco después, regresó con una pequeña butaca de terciopelo que cogió de la sala de espera.

Hanna Hall se sentó. Tenía la espalda recta, las piernas recogidas y las manos de nuevo en el regazo, encima del bolso.

—¿Tiene frío? —preguntó Gerber acercándole el té—. Claro que tiene frío —contestó para sí mismo—. Los sábados la calefacción no se pone en marcha. Pero lo arreglaremos en un momento...

Se acercó a la chimenea y empezó a trastear con la leña para encender un buen fuego.

—Si quiere, puede fumar —afirmó, imaginando que era una fumadora compulsiva—. A mis otros pacientes no se lo permito al menos hasta que cumplen los siete años.

Una vez más, la broma de Gerber no hizo ningún efecto en el humor de la mujer. Hanna, que se moría de ganas, aprovechó para encender rápidamente un cigarrillo.

–De modo que es usted australiana –probó a decir el psicólogo mientras ponía papel debajo de los palitos de madera solo para romper el hielo.

La mujer lo confirmó con un gesto de la cabeza.

–No he estado nunca allí –añadió él.

Gerber cogió una cerilla de una caja que había en una repisa, la encendió y la metió en medio de la pequeña pira. A continuación, se agachó delante de la chimenea y sopló delicadamente para dar oxígeno a la llama que, al cabo de unos segundos, se avivó. Al final volvió a incorporarse y miró el resultado con satisfacción. Se limpió las palmas de las manos frotándoselas en el pantalón de vicuña y se sentó en su butaca.

Hanna Hall no le quitó la vista de encima en ningún momento, como si lo estuviese estudiando.

–¿Ahora me hipnotizará o qué? –preguntó. Parecía tensa.

–Hoy, no –contestó él, con una sonrisa tranquilizadora–. Solo charlaremos un rato, para conocernos mejor.

En realidad, primero debía valorar si iba a aceptarla como paciente o no. Le había prometido a la doctora Walker que se ocuparía de la terapia de Hanna solo si se daban las condiciones para obtener resultados. Pero eso dependía de la predisposición de cada individuo: a veces la hipnosis no hacía ningún efecto.

–¿A qué se dedica? –preguntó Gerber de buenas a primeras.

Aunque parecía una cuestión sin importancia, era la

pregunta más dura para un paciente. Si tu vida está vacía, no existe una respuesta.

–¿A qué se refiere? –preguntó la mujer, recelosa.

–¿Tiene trabajo? ¿Ha trabajado alguna vez? ¿Cómo pasa su día a día? –intentó simplificar.

–Dispongo de unos ahorros. Cuando se me acaba el dinero, hago alguna traducción del italiano.

–Lo habla muy bien –la felicitó él con una sonrisa.

Saber idiomas suponía una notable apertura hacia los demás y una predisposición a vivir nuevas experiencias. Pero Theresa Walker dijo que Hanna no tenía a nadie y, más aún, ni siquiera disponía de teléfono móvil. Los pacientes como Hall eran prisioneros de su pequeño mundo y siempre repetían las mismas pautas. Sería interesante descubrir cómo era posible que, además del inglés, la mujer conociera tan bien el italiano.

–¿Ha pasado parte de su vida en Italia?

–Solo la infancia, me fui de aquí a los diez años.

–¿Se trasladó a Australia con su familia?

Hanna aguardó un momento antes de contestar.

–La verdad es que no he vuelto a verlos desde entonces... Me crie con otra familia.

Gerber registró la información de que Hanna había sido adoptada. Ese dato era muy importante.

–¿Ahora vive en Adelaida de manera estable?

–Sí.

–¿Es un sitio bonito? ¿Le gusta estar allí?

La mujer se paró a pensar.

–Nunca me lo he preguntado –respondió.

Gerber pensó que con esas formalidades tenía suficiente y fue enseguida al grano.

–¿Por qué decidió someterse a hipnosis?

–Por un sueño recurrente.

–¿Quiere hablarme de ello?

–Un incendio –dijo.

Qué raro, Theresa Walker no se lo había comentado. Gerber anotó el detalle en su bloc de notas. El hipnotizador decidió no forzar a Hanna, ya habría tiempo para hablar de ese tema.

–¿Qué espera obtener con la terapia? –preguntó, cambiando de tema.

–No lo sé –admitió ella.

Los niños eran más fáciles de explorar con la hipnosis. Comparados con los adultos, oponían menos resistencia a que otra persona penetrase en su mente.

–Solo hizo una sesión, ¿verdad?

–La verdad es que fue la doctora Walker quien me propuso esa opción –dijo ella, echando el humo gris por la nariz.

–¿Y usted qué opina de esta técnica? Hable con franqueza...

–Tengo que admitir que al principio no creía demasiado en ella. Me quedaba allí, rígida y con los ojos cerrados, sintiéndome como una estúpida. Seguía todo lo que me decía, ese rollo de la relajación, y mientras tanto me picaba la nariz y pensaba que, si me la rascaba, ella se lo tomaría mal. Habría sido la prueba de que todavía estaba despierta, ¿no?

Gerber asintió, divertido.

–La sesión empezó y fuera hacía un día muy soleado. De modo que, cuando la doctora Walker me dijo que volviera a abrir los ojos, pensaba que habría pasado una hora como mucho. Sin embargo, ya había oscurecido. –Hizo una pausa–. No me había dado cuenta –admitió, desconcertada.

No aludió al grito del que le había hablado la psicóloga y que Hanna emitió mientras se encontraba en estado de hipnosis. A Gerber eso también le pareció extraño.

–¿Usted sabe por qué su terapeuta la ha dirigido a mí?

–¿Y usted sabe por qué estoy aquí? –preguntó ella, reflejando la gravedad de ese motivo–. Tal vez ella también sospecha que estoy loca.

–La doctora Walker no piensa eso en absoluto –la tranquilizó–. Pero la razón que la ha traído a Florencia es bastante singular, ¿no le parece? Usted afirma que, hace más de veinte años, fue asesinado un niño del que solo recuerda el nombre.

–Ado –dijo ella, para subrayar que decía la verdad.

–Ado –repitió el psicólogo, dándole la razón–. Pero no sabe decir dónde ni por qué tuvo lugar ese homicidio y, además, se declara culpable pero tampoco es que esté demasiado segura.

–Era una niña –se escudó ella, como si pensara que era más importante defenderse de la acusación de tener una memoria frágil que de haber sido capaz de matar a alguien a tan tierna edad–. La noche del incendio mamá me dio a beber el agua del olvido, por eso no me acuerdo de nada...

Antes de proseguir, Gerber apuntó en sus notas esa curiosa expresión.

—Pero lo más seguro es que no haya pruebas materiales de ese crimen, lo entiende, ¿verdad? Si había un arma, a saber dónde habrá ido a parar ahora. Y aunque se diera con ella, eso no significa que se pueda relacionar con el delito. Además, sin un cadáver, no puede hablarse de homicidio...

—Yo sé dónde está Ado —reaccionó la mujer—. Todavía está enterrado junto a la casa de campo que se incendió.

Gerber tamborileó con la estilográfica sobre el cuaderno de notas.

—¿Y dónde se encuentra esa casa de campo?

—En la Toscana..., pero no sabría decirle exactamente el lugar. —Hanna bajó los ojos al hacer esta afirmación.

—Entiendo que pueda resultar frustrante, pero no debe pensar que yo no la creo: es más, estoy aquí expresamente para ayudarla a recordar y para establecer junto a usted si ese recuerdo es real o no.

—Lo es —rebatió Hanna Hall, aunque con amabilidad.

—Deje que le explique algo —intentó aclararle Gerber, con paciencia—. Está demostrado que los niños no tienen memoria antes de los tres años —afirmó, recordando lo que había pensado a propósito de Emilian—. Y desde ese momento en adelante, no recuerdan automáticamente: aprenden a hacerlo. En esta operación de aprendizaje, realidad y fantasía se ayudan entre sí, pero a su vez, inevitablemente, se mezclan... Por ese motivo, nosotros, aquí y ahora, no podemos dejar de plantearnos la duda, ¿no le parece?

La mujer pareció tranquilizarse. A continuación, centró la mirada en el gran tragaluz por el que se entreveía la torre del Palazzo Vecchio, oculta por un denso manto de lluvia oscura.

—Lo sé, es una vista para unos pocos privilegiados —se anticipó el psicólogo, pensando que estaba admirando el monumento.

—En Adelaida casi nunca llueve —fue, en cambio, el comentario quejumbroso de ella.

—¿La lluvia la entristece?

—No, me asusta —afirmó Hanna, de manera completamente inesperada.

Gerber pensó en los miles de infiernos por los que esa mujer había tenido que pasar para estar allí, frente a él. Y en todos los que todavía tenía ante ella.

—¿Suele tener miedo a menudo? —le preguntó con delicadeza.

Ella se lo quedó mirando con sus intensos ojos azules. Y cuando respondió, le pareció sincera.

—A cada momento. Y usted, ¿tiene miedo, doctor Gerber?

Al preguntarlo, la mujer miró el marco de fotos boca abajo en la mesita de cerezo. En esa instantánea, el psicólogo posaba junto a su mujer y su hijo de dos años delante de un paisaje alpino. Pero Hanna no podía saberlo. Al igual que no podía saber que para él era importante tener esa foto a su lado, pero la mantenía cubierta porque no habría sido oportuno mostrar el retrato de su familia feliz a niños con graves problemas de afectividad. Gerber imaginó que el gesto de mirar el marco era, en cualquier caso, intencionado. Fuera cual fuese su objetivo, se sintió incómodo.

–Mi madre siempre decía que quien no tiene familia no sabe lo que es el verdadero miedo –continuó la mujer, para hacerle entender que había intuido quién aparecía en la imagen del portarretratos.

–Y hay quien asegura que la vida es un riesgo para todos –replicó el psicólogo para desviar el tema–. Si no aceptásemos esta simple premisa, nos quedaríamos solos para siempre.

La mujer sonrió débilmente, por primera vez. A continuación, se inclinó hacia delante y habló casi en susurros:

–Y si le dijera que hay cosas de las que no puede proteger a sus seres queridos, ¿me creería? Si le dijera que algunos peligros que ni siquiera imaginamos están ya acechando en nuestras vidas, ¿me creería? Si le dijera que existen fuerzas malignas en este mundo de las que no se puede escapar, ¿me creería?

En otras circunstancias, Gerber habría liquidado en su interior las palabras de la paciente como simples desvaríos. Pero el hecho de que esa discusión hubiese empezado por la foto de su familia lo turbó sobremanera.

–¿A qué se refiere? –le preguntó.

Hanna Hall balanceaba la taza de té entre sus manos. Bajó la mirada hacia la bebida caliente y dijo:

—¿Usted cree en los fantasmas, en los muertos que no mueren, en las brujas?

—Dejé de creer en ello hace tiempo —dijo él restándole importancia.

—Esa es precisamente la cuestión... ¿Y por qué sí de pequeño?

—Porque era ingenuo y no poseía los conocimientos que he adquirido de adulto: la experiencia y la cultura ayudan a superar las supersticiones.

—¿Solo por eso? ¿No recuerda al menos un episodio de su infancia en que ocurriera algo inexplicable? ¿Algo misterioso de lo que fuera testigo?

—La verdad, no me viene nada a la cabeza. —Sonrió de nuevo el psicólogo—. A lo mejor es que tuve una infancia intrascendente.

—Vamos, piénselo bien: es imposible que no haya nada.

—De acuerdo —le concedió Gerber—. En una ocasión un paciente de ocho años me contó una historia: era verano y estaba jugando con su primo en una casita en la playa, en Porto Ercole. Estaban solos y se desató una tormenta. Oyeron un golpe en la puerta principal y fueron a ver, pensando que alguien había entrado en casa. —Hizo una pausa—. En la escalera que conducía al piso de arriba había huellas de unos pies mojados.

—¿Y fueron a comprobarlo?

Negó con la cabeza.

—Las huellas se detenían en mitad de la escalera.

La historia ocurrió realmente, pero Gerber había omitido un detalle: uno de los protagonistas era él. Todavía podía revivir la sensación que sintió muchos años atrás al ver las huellas mojadas: el sabor amargo en la boca y ese oscuro cosquilleo en la tripa.

–Apuesto a que los niños no contaron nada a sus padres –declaró Hanna Hall.

En efecto, así era. El psicólogo lo recordaba perfectamente: él y su primo no se atrevieron a hablar de ello por temor a que no los creyeran o, todavía peor, a que se burlaran de ellos.

Hanna se quedó absorta.

–¿Podría darme una hoja de su bloc y prestarme un momento la pluma? –preguntó, señalando lo que él tenía en la mano.

La petición le pareció insólita, y además lo dejó descolocado: solo dos personas habían empuñado esa estilográfica. La mujer pareció darse cuenta de su titubeo, pero antes de que pudiera preguntarle sobre el motivo, él decidió complacerla: arrancó una hoja del bloc de notas y quitó el tapón de la pluma.

Al acercarle los objetos, rozó ligeramente su mano.

Hanna pareció no darse cuenta. Escribió algo en el papelito, pero lo tachó enseguida, garabateando encima, como si de repente se lo hubiese pensado mejor. Dobló el trozo de papel y se lo metió en el bolso.

Finalmente, le devolvió la pluma.

–Gracias –dijo, sin añadir ninguna explicación–. Volviendo a su historia, pregúntele a quienquiera: todos los adultos tienen el recuerdo de un acontecimiento inexplicable que se remonta a su infancia –afirmó, segura–.

Pero, de mayores, tendemos a catalogar esos episodios como fruto de la imaginación y solo porque, cuando nos ocurrieron, éramos demasiado pequeños para racionalizarlos.

Al fin y al cabo, era lo que también había hecho él.

–¿Y si, en cambio, de pequeños poseyéramos un talento especial para ver cosas imposibles? ¿Y si en los primerísimos años de nuestra vida tuviésemos realmente la capacidad de ver más allá de la realidad, de interactuar con mundos invisibles, y luego en cambio perdiéramos esa habilidad al convertirnos en adultos?

Al psicólogo se le escapó una breve risa nerviosa, pero era solo una máscara, porque esas palabras le produjeron una impalpable inquietud.

Hanna Hall captó su titubeo. Alargó una mano fría para cogerle del brazo. Después habló con una voz que le heló el corazón:

–Cuando Ado venía a verme por la noche, a la casa de las voces, siempre se escondía debajo de mi cama... Pero no fue él quien me llamó por mi nombre aquel día... Fueron los extraños. –Y, para concluir, dijo–: «Regla número dos: los extraños son el peligro».

5

–Nunca me habías contado la historia de tu primo y tú en la casa de la playa –dijo Silvia desde el sofá del salón, disfrutando de un sorbo de *chardonnay*.

–Es que la había borrado de mi memoria, aunque no porque me avergonzara de ello –objetó él mientras, en mangas de camisa y con un paño de cocina colgado del hombro, acababa de enjuagar el último cacharro antes de meterlo con el resto en el lavavajillas.

Su mujer había hecho la cena, así que ahora le tocaba a Pietro Gerber arreglar la cocina.

–Pero aun así te ha aterrorizado recordar el detalle de las huellas mojadas en la escalera, ¿verdad? –lo instó Silvia.

–Claro que me ha aterrorizado –no dudó en admitir el hipnotizador.

–Y ahora, al volver a pensar en ello, ¿crees que realmente se trataba de un fantasma? –lo provocó.

–Si en aquella época hubiese estado solo, ahora pensaría que me lo había imaginado... Pero Iscio estaba conmigo.

«Iscio» era el apelativo de Maurizio, lo llamaban así desde pequeño. Era un destino que, antes o después, siempre le tocaba a alguien en todas las familias: tal vez a tu hermanita más pequeña le costaba decir tu nombre y, como a todo el mundo le parecía encantador, esa especie de palabra incomprensible se quedaba pegada a ti durante toda la vida.

–Tal vez deberías llamar a Iscio –se mofó ella.

–No tiene gracia...

–No, espera, ya lo tengo: tal vez Hanna Hall tenga poderes paranormales y está intentando revelarte algo, un secreto... A lo mejor es como el niño de aquella película de Bruce Willis que decía: «En ocasiones veo muertos...».

–Esa película es la pesadilla de cualquier psicólogo infantil, así que no bromees –replicó Gerber, siguiéndole el juego.

A continuación, cerró la tapa frontal del lavavajillas y puso en marcha el programa ecológico. Se secó las manos, dejó el trapo encima de la mesa y cogió su copa de vino para reunirse con Silvia.

Después de atenuar las luces, se sentó en el otro extremo del sofá y ella estiró las piernas, poniéndole los pies en el regazo para que se los calentara. Marco dormía en su camita y ahora a Gerber solo le apetecía ocuparse de su mujer. Había tenido una semana difícil. Primero Emilian –el niño espectro– con la historia de la orgía de sus familiares y el cura con máscaras de animales; después los desvaríos de Hanna Hall.

–Ahora en serio –le dijo a Silvia–. Según esa mujer, todos nosotros, cuando somos niños, hemos vivido un episodio al que no podemos dar una explicación racional. A ti, por ejemplo, ¿te ocurrió?

–Tenía seis años –replicó ella, sin pensarlo demasiado–. La noche en que murió mi abuela, a la misma hora sonó el despertador y tuve la impresión de que alguien se sentaba en mi cama.

–¡Joder, Silvia! –exclamó Gerber, que no se esperaba una historia parecida–. ¡Me parece que no volveré a dormir nunca más!

Se echaron ambos a reír y siguieron así durante al menos un minuto. Estaba feliz por haberse casado con ella, pero también porque era psicóloga y se sentía con libertad para hablar de sus casos. Silvia tenía el buen criterio de prestar sus servicios como consultora matrimonial, lo cual era mucho menos estresante que tener que tratar con niños problemáticos, así como mucho más rentable.

Para el ánimo, no hay nada mejor que reír junto a la persona a la que se ama. A diferencia de muchas otras mujeres, y sobre todo de Hanna Hall, a Silvia incluso le parecían divertidas sus ocurrencias. Por eso ahora Pietro Gerber se sentía aliviado. Sin embargo, no duró mucho.

–Theresa Walker, la psicóloga, me dijo que Hall se acusa a sí misma de haber matado a un niño llamado Ado cuando ella también era muy pequeña –recordó, ensombreciéndose–. Hanna vivió en la Toscana con su familia de origen hasta los diez años, después se trasladó a Adelaida y se crio con otra familia. Asegura que había reprimido el recuerdo del homicidio hasta ahora y que ha vuelto a Italia solo para descubrir si es cierto o no lo ocurrido en la casa de las voces.

«Cuando Ado venía a verme por la noche, siempre se escondía debajo de mi cama... Pero no fue él quien me llamó por mi nombre aquel día... Fueron los extraños».

–«Regla número dos: los extraños son el peligro» –repitió Gerber, rememorando las palabras exactas de la presunta asesina.

–¿Qué es eso de «la casa de las voces»? –preguntó Silvia.

–No tengo ni idea –contestó, negando con la cabeza.

–¿Es mona? –indagó la esposa en tono malicioso.

Él fingió escandalizarse.

–¿Quién?

–La paciente... –sonrió ella.

–Tiene tres años menos que yo... y uno más que tú –describió, siguiéndole el juego–. Rubia, ojos azules...

–En resumen, que está como un tren –comentó Silvia–. Pero ¿al menos habrás recabado más información de la tal doctora Walker?

Gerber había revisado las referencias y la ficha personal de su colega en la página de la Federación Mundial de Salud Mental, la misma en que la psicóloga había encontrado su contacto. Junto a la foto de una agradable mujer de unos sesenta años, con el rostro enmarcado por unos vaporosos cabellos rojizos, había un currículum muy respetable.

–Sí, la terapeuta es buena –confirmó.

Silvia dejó la copa de *chardonnay* en el suelo, se incorporó y envolvió su rostro con las manos para que pudieran mirarse a los ojos.

–Tesoro –dijo–. Esa tal Hanna Hall carece de sentido del humor: tú me dijiste que no entendía tus bromas.

–¿Y qué?

–La incapacidad de procesar la ironía es un primer indicio de esquizofrenia. Y luego también tenemos paranoia, delirios y visiones.

–Por tanto, en tu opinión, no me he dado cuenta.

«El "señor B." se habría dado cuenta –se dijo–. Él lo habría visto.»

–Pero es normal. Tú tratas únicamente a niños, como mucho, preadolescentes. No estás acostumbrado a reconocer según qué síntomas porque por lo general aparecen más tarde –lo justificó su esposa, para hacerlo sentir mejor.

Gerber se quedó pensando en lo que le había dicho Silvia.

–Sí, tienes razón –admitió, pero una parte de él le decía que su mujer se equivocaba.

Los esquizofrénicos se limitan a contar sus paranoias, los delirios y las visiones. Al hacer que le viniera a la memoria el episodio de la casa de la playa, Hanna Hall quería que sintiera lo que ella sentía. Y casi lo había logrado.

«Y si le dijera que hay cosas de las que no puede proteger a sus seres queridos, ¿me creería? Si le dijera que algunos peligros que ni siquiera imaginamos están ya acechando en nuestras vidas, ¿me creería? Si le dijera que existen fuerzas malignas en este mundo de las que no se puede escapar, ¿me creería?».

Tal como estaba programado, el domingo fueron a comer a casa de los amigos que vivían en Lucca. Eran un grupo numeroso, más o menos una veintena de personas, de modo que Pietro Gerber tuvo ocasión de mimetizarse entre las charlas y las risas de los demás y nadie se fijó en que ese día estaba especialmente taciturno.

Una idea no paraba de darle vueltas en la cabeza.

Los niños tienen una mente moldeable, se repetía al recordar lo que había dicho a la jueza Baldi a propósito de Emilian. En ocasiones crean falsos recuerdos y se convencen de haberlos vivido realmente. Su fantasía es tan vívida que hace que parezcan de verdad cosas que no lo son, y al mismo tiempo es tan dolorosa que no les permite discernir la diferencia entre lo que es real y lo que no lo es.

Y todo ello también podía aplicarse al Pietro Gerber niño.

Antes de sentarse a la mesa, el psicólogo se retiró un momento a la terraza para hacer una llamada. Si Silvia se lo preguntase, le diría que se trataba del caso de un joven paciente.

—Hola, Iscio, soy Pietro.

—Eh, ¿qué tal? ¿Cómo están Silvia y Marco? —preguntó su primo, sorprendido.

—Están bien, gracias, y vosotros ¿cómo estáis?

Iscio no era ni un año mayor que él, vivía en Milán, trabajaba en la bolsa y había hecho carrera en un banco de inversiones. No se veían desde el funeral del «señor B.» hacía tres años y solo se llamaban para felicitarse la Navidad.

—Ayer Silvia y yo hablábamos de ti.

—¿De verdad? —fingió asombrarse el primo que sin duda se estaba preguntando por el motivo de la llamada—. ¿Y de qué se trataba?

—Es que estoy pensando en volver a abrir la casita de Porto Ercole el próximo verano y quería invitaros a ti, a Gloria y a las niñas.

No era cierto. Odiaba esa casa. Estaba llena de inútiles recuerdos. Pero ¿por qué todavía no la había puesto a la venta?

—Es un poco prematuro preguntármelo ahora —le hizo notar Iscio, ya que estaban en invierno.

—Me gustaría reunir a toda la familia —intentó justificarse Gerber, para que el asunto no pareciera demasiado extraño—. Nunca tenemos la oportunidad de estar juntos.

—Pietro, ¿va todo bien? —preguntó de nuevo su primo, con tono ligeramente preocupado.

—Claro —contestó él, pero por el sonido de sus palabras no parecía creíble, ni siquiera para sí mismo—. ¿Te acuerdas de cuando nos sorprendieron fumando la pipa del abuelo en el cobertizo de las barcas?

—Aún recuerdo la bronca que nos echaron —confirmó el otro, divertido.

—Sí. Nos castigaron una semana entera... ¿Y aquella vez que pensábamos que había entrado en casa un fantasma durante la tormenta? —dejó caer, para que ese recuerdo también pareciese casual.

—¡Cómo iba a olvidarlo! —exclamó su primo, soltando una ruidosa carcajada—. Hoy en día, todavía me aterroriza pensar en ello.

Gerber no se lo tomó bien. En realidad, esperaba que Iscio le dijera que ese episodio nunca había sucedido. Habría sido un consuelo descubrir que se trataba de un falso recuerdo creado en la infancia.

—Y después de casi veinticinco años, ¿cómo te lo explicas?

—No lo sé: el psicólogo eres tú, deberías decírmelo tú.

—Tal vez nos sugestionamos el uno al otro —afirmó Gerber, y quizás ocurriera realmente así.

Al cabo de alguna frase de conveniencia más, colgó y se sintió estúpido.

¿Por qué había hecho esa llamada? ¿Qué le estaba ocurriendo?

A última hora de la tarde, de regreso a casa, mientras Marco dormía en la sillita del coche y Silvia leía las últimas noticias en la tableta, Gerber se preguntaba si era realmente oportuno empezar la terapia con Hanna Hall.

Temía no poder serle de ayuda.

El día anterior, al término de su breve encuentro, la citó para el lunes. En realidad, después de que la mujer lo cogiera del brazo, el psicólogo finalizó la entrevista preliminar con un pretexto. Hanna no se esperaba que terminaran tan pronto y estaba desorientada.

Gerber todavía sentía los dedos helados de la mujer en su piel. Omitió contarle ese detalle a Silvia porque ya sabía lo que le diría. Sabiamente, le aconsejaría que se pusiera en contacto con la doctora Walker para informarle de que interrumpía toda relación con Hanna.

Entre terapeuta y paciente siempre debía haber una distancia infranqueable, una especie de campo magnético o de barrera invisible. Si uno de los dos rebasaba la frontera, por poco que fuera, se producía una especie de contaminación y la terapia quedaba irremediablemente comprometida.

«El psicólogo "observa"», decía siempre el «señor B.»; de igual modo que el documentalista no interviene para salvar a la cría de gacela de las fauces del león, él no podía interferir en la mente del paciente.

Pero, sin saber por qué, Pietro Gerber seguía preguntándose si había propiciado el gesto de Hall. Y de qué modo.

En ese caso, habría sido muy grave.

Al llegar a casa, mientras Silvia preparaba la cena para Marco, se inventó una excusa para ir a la consulta, pero prometió volver pronto.

Cuando llegó a la buhardilla de la Via dei Cerchi, se dirigió enseguida a su despacho.

Encendió la luz y se le apareció la escena de la que había estado intentando huir durante todo el día, sin conseguirlo. El pequeño sillón donde se sentó Hanna Hall todavía estaba en su sitio. Y en la mesita de cerezo, junto al metrónomo, estaban las dos tazas de té que se habían tomado juntos. Se apreciaba en el ambiente el olor rancio que había dejado el cigarrillo de la mujer.

Gerber se dirigió a la librería. Abrió un cajón y sacó un portátil con el que fue a sentarse en su butaca, poniéndoselo sobre las rodillas.

Cuando el ordenador se encendió, se puso a buscar el programa de videovigilancia.

La consulta contaba con un sistema de control de diez cámaras mimetizadas en los objetos más impensables: un robot en una repisa, el lomo de un libro, una lámpara con forma de unicornio, cuadros y otros objetos.

Gerber tenía la costumbre de grabar las sesiones. Las conservaba en un archivo. Lo hacía por precaución, ya que trabajaba con menores y no quería convertirse en el protagonista de una de sus peligrosas fantasías. Pero también lo hacía porque de ese modo podía estudiar mejor a los pequeños pacientes y, ocasionalmente, corregir su estrategia terapéutica.

El día anterior, después de recibir a Hanna Hall, mientras preparaba el té para ambos en la habitación de al lado, puso en marcha el sistema sin que ella se diera cuenta.

Abrió el archivo con la fecha de ese sábado y empezó a observar las imágenes de su primer encuentro. Había una parte que le interesaba más que cualquier otra.

«¿Podría darme una hoja de su bloc y prestarme un momento la pluma?».

Recordó que su petición le pareció bastante insólita y lo dejó descolocado, sobre todo por la pluma.

Era una pluma que había pertenecido al «señor B.».

Y, aparte de Pietro Gerber, nadie estaba autorizado a utilizarla. En realidad, no es que llevara escrita la advertencia de no tocarla. Simplemente, Pietro evitaba que ocurriera.

Así que, ¿cómo se le había podido ocurrir prestársela a una completa desconocida? Podría haberse negado, inventando cualquier excusa. ¿Por qué, pues, se la había dejado?

La respuesta llegó cuando, en la pantalla, apareció la imagen de él pasándole el papel y la pluma a la paciente. Era como lo recordaba.

Al hacerlo, él «le había rozado la mano».

¿Se trató de un gesto intencionado o simplemente había pasado? Y Hanna, ¿se había dado cuenta? ¿Fue esta pequeña familiaridad la causa de que se sintiera autorizada a cogerle el brazo un rato después?

Mientras los interrogantes se agolpaban en sus pensamientos, Gerber volvió a ver la escena en que la mujer tomaba notas y después las tachaba rápidamente. Se veía cómo Hanna, después de doblar el papelito, lo guardaba en el bolso y al final le devolvía la estilográfica.

Gerber puso la grabación en pausa y empezó a buscar una toma mejor. Tal vez alguna de las cámaras estaba situada en una posición más ventajosa respecto a las demás.

De hecho, había una en un cuadro de la pared situada a la espalda de la paciente.

El psicólogo puso en marcha la grabación y, cuando llegó al momento exacto en que Hanna hacía la anotación, intentó leer lo que había escrito.

Se trataba de una sola palabra.

Pero la mujer la había eliminado demasiado rápido con un garabato. Entonces Gerber ralentizó la grabación, pero igualmente resultaba incomprensible.

No se dio por vencido. Volvió hacia atrás, paró el fotograma un instante antes de que Hanna tachara la palabra e intentó ampliarlo.

No tenía mucha práctica con el zum, nunca había tenido que usarlo hasta entonces. Pero tras un par de intentos, logró centrar el objetivo sobre la hoja de papel.

No había manera de descifrar esas pocas letras indistinguibles. Lo único que le quedaba por hacer era acercar la cara lo máximo posible a la pantalla. Lo hizo, aunque sintiéndose un poco ridículo. Pero el experimento obtuvo su recompensa y, con algo de esfuerzo, consiguió leerlo.

Pietro Gerber se levantó de golpe de la butaca. El portátil cayó a sus pies, al suelo. Se lo quedó mirando, incrédulo.

En ese papelito ponía «ISCIO».

Pero él nunca le había dicho a Hanna Hall el apodo de su primo.

6

Pasó la noche en vela.

Estuvo dando vueltas en la cama en busca de una explicación. Pero las que se le ocurrían no le ofrecían ningún alivio.

Hanna Hall conocía la historia del fantasma de la casa de Porto Ercole, pero hizo ver que creía su versión de que le había ocurrido a un paciente de ocho años. ¿Cómo podía saberlo? ¿Había estado buscando información sobre él? Pero ¿cómo lo había hecho en el poco tiempo del que había dispuesto antes de conocerse si no se habían «visto nunca»? Aunque Hanna hubiese sabido quién era su primo, el nombre de Iscio lo usaba «exclusivamente» la familia. ¿Cómo podía ella conocer un detalle tan íntimo? Y cuando estuvieron hablando de extraños episodios de la infancia durante el encuentro preliminar, ¿cómo sabía que Gerber iba a contarle su propia anécdota del fantasma de Porto Ercole si él nunca lo había mencionado, ni siquiera a Silvia?

Durante la noche que pasó en blanco, el psicólogo

tomó una decisión: al día siguiente llamaría a la doctora Walker para decirle que lo sentía, pero que no iba a tratar a la paciente. Sí, era lo más sensato que podía hacer. Aun así, cuando fuera empezó a amanecer, todavía tenía las ideas confusas. Estaba claro que no conseguiría seguir adelante si no llegaba al fondo del misterio y, sobre todo, no podría sacarse de encima esa historia sin saber si se estaba equivocando.

Salió de casa muy temprano, se despidió de Silvia con un beso apresurado. Notó la mirada de su mujer acompañándolo hasta la puerta, pero, por suerte, no le hizo preguntas.

Volvió a la consulta.

Solo estaba el hombre que se encargaba de la limpieza. Gerber se encerró en su despacho para revisar con la mente despejada el vídeo del encuentro preliminar con Hanna Hall. Muchas cosas cambian radicalmente si se observan con los ojos de la mañana, decía siempre el «señor B.» para incitarlo a levantarse temprano y repasar las asignaturas sobre las que iban a preguntarle en la escuela. Tenía razón y, de hecho, él había aprendido a posponer cualquier decisión importante de su vida hasta las primeras horas del día.

Estaba seguro de que, cuando volviera a ver el vídeo, cambiaría de opinión sobre las imágenes de unas horas antes.

Sin embargo, cuando llegó al punto crucial de la grabación, en vez de parecerle todo más claro, la cuestión se complicó todavía más. La noche anterior había conseguido ampliar el fotograma y enfocarlo, aunque fuera acercando la vista a la pantalla. Ahora, en cambio, ya no era capaz de repetir la afortunada combinación de gestos y métodos.

El resultado era que ya no estaba seguro de que la mujer hubiese escrito «ISCIO» de su puño y letra.

Dejó de intentarlo y emitió un bufido de frustración. Al cabo de una hora, Hanna Hall llamaría desde el interfono y él todavía no tenía ninguna estrategia para enfrentarse a ella. Además, se sentía personal y emocionalmente implicado. A pesar de que la situación no podía compararse con aquellas en que entre psicólogo y paciente se anula la necesaria distancia terapéutica, Pietro Gerber ya no estaba convencido de poder ser lo suficientemente objetivo.

Le quedaba muy poco tiempo para tomar una decisión.

En el cartel del antiguo Rivoire, en la Piazza della Signoria, había unas letras doradas en las que se leía «FÁBRICA DE CHOCOLATE A VAPOR». El histórico local, situado en la planta baja del Palazzo Lavison, databa de 1872.

Además de un refugio para el frío de ese triste invierno, era un placer para el olfato.

Pietro Gerber estaba de pie dejándose acunar por los aromas de los pasteles recién horneados, con una taza de café en la mano.

La vio aparecer por el escaparate, doblando la esquina de la plaza con la Via Vacchereccia. Era una mancha negra al final de un grupo de turistas arremolinados en dirección a los Uffizi. Hanna Hall vestía la misma ropa que el sábado anterior: jersey, vaqueros, botines y bolso. Seguía llevando el pelo recogido y, una vez más, su vestimenta era poco indicada para las temperaturas de la estación.

Desde donde se encontraba, Gerber podía mirarla sin ser visto. Imaginó el ruido de sus tacones sobre el adoquinado brillante de lluvia, donde tiempo atrás el pavimento era de terracota florentina, que hacía más ligero el paso de las damas.

La vio entrar en un estanco y ponerse en la fila diligentemente. Cuando fue su turno, Hanna señaló un paquete entre los que estaban expuestos detrás del mostrador. A continuación, hurgó en el bolso y sacó algunos billetes arrugados y unas monedas que esparció ante el dependiente para que la ayudase a contar ese dinero desconocido.

Esos pequeños gestos torpes, que reflejaban inseguridad pero también la incapacidad de tomar parte en el difícil juego de la vida, convencieron a Pietro Gerber de darle otra oportunidad.

Ella no era como los demás jugadores, se dijo el psicólogo. Ella partía ya con desventaja.

Tal vez esa mujer no era tan diabólica como había pensado después de ver el vídeo. Tal vez necesitaba realmente a alguien que la escuchara. De otro modo, no se habría aventurado a viajar a la otra punta del mundo para descubrir si un acontecimiento tan trágico como el asesinato de un niño llamado Ado había ocurrido de verdad y, sobre todo, si ella misma era de algún modo la responsable.

—¿Qué cigarrillos fuma? —preguntó poco después mientras Hanna encendía el primero, sentada en la pequeña butaca que ya conocía.

La mujer levantó la mirada de la llama del encendedor.

—Winnie —dijo y, a continuación, sacó de su bolso un paquete de Winfield y se lo enseñó—. Son australianos, allí los llamamos así.

Gerber aprovechó el gesto para entrever en el bolso el papelito del bloc de notas en el que Hanna había escrito el nombre de Iscio.

—¿Le gusta fumar? —preguntó, antes de que ella se diera cuenta de que estaba fisgando.

—Sí, pero tengo que controlarme. Y no por una cuestión de salud —quiso puntualizar ella—. Donde yo vivo, es un vicio demasiado caro. Un paquete cuesta casi veinte euros y, en los próximos años, el gobierno quiere duplicar el precio para que todo el mundo deje de fumar.

—Por eso aquí en Italia puede desmelenarse un poco —comentó él.

Pero la mujer lo miró confundida. Gerber había olvidado que Hanna carecía de sentido del humor, el diagnóstico de esquizofrenia se veía confirmado de nuevo.

Un rato antes, el psicólogo le había entregado una especie de cuenco que una paciente de cinco años había hecho para él con plastilina. El resultado, de forma irregular y ricamente decorado con esmalte de colores, en la intención de su creadora quería parecer un cenicero.

Comparado con su primera entrevista, Hanna estaba menos tensa y la atmósfera parecía más relajada. El psicólogo había querido recrear las mismas condiciones de su primer encuentro: chimenea encendida, tazas de té y nadie que pudiera molestarlos.

–Creía que no quería volver a verme –afirmó Hanna, de buenas a primeras.

–¿Qué se lo hizo pensar?

–No lo sé... Tal vez su reacción al final de la charla del sábado pasado.

–Lamento que sacara esa conclusión –dijo. Le sabía mal que ella se hubiese dado cuenta.

Hanna guiñó ligeramente sus líquidos ojos azules.

–Entonces, me ayudará, ¿verdad?

–Sí, en todo lo que pueda –aseguró Gerber.

Había reflexionado detenidamente sobre cómo abordar la cuestión. Tal como había acordado con su homóloga australiana, tendría que olvidarse de la adulta y hablar con la niña. Y había una cosa que siempre funcionaba con sus pequeños pacientes y les ayudaba a reconstruir más fácilmente lo que les había ocurrido.

A los niños les gustaba que los escucharan.

Y si un adulto daba muestras de recordar «exactamente» lo que habían dicho con anterioridad, se sentían recompensados y encontraban en su interior la confianza necesaria para seguir con su relato.

–El otro día, al final de nuestro encuentro, dijo una cosa... –Gerber intentó no equivocarse al citar la frase y repitió–: «Cuando "Ado" venía a verme por la noche, a la "casa de las voces", siempre se escondía debajo de mi cama. Pero no fue él quien me llamó por mi nombre aquel día. Fueron los "extraños"». –El hipnotizador había anotado en su cuaderno los tres elementos que le resultaron chocantes–. Acláreme una curiosidad... ¿Cómo podía Ado llamarla por su nombre si estaba muerto?

–Ado no hablaba mucho –puntualizó Hanna–. Yo solo sabía si estaba conmigo o no estaba.

–¿Y cómo podía saberlo? ¿Lo veía?

–Lo sabía –repitió la paciente, sin añadir más explicaciones.

Gerber no insistió.

–Usted recuerda muchas cosas de su infancia, pero entre esas reminiscencias del pasado no aparece el recuerdo de cómo murió Ado. ¿Es exacto? –quiso aclarar una vez más.

–Sí, exacto.

Ninguno de los dos hizo referencia al hecho de que Hanna creía que era la asesina del niño.

–En realidad, es probable que haya borrado una serie de recuerdos, además de ese.

–¿Cómo puede afirmar algo así?

–Porque esos acontecimientos constituyen el itinerario mental que conduce a la memoria de ese episodio en concreto.

Como las migas del cuento de Pulgarcito. Así era como le gustaba explicarlo a sus pequeños pacientes. Los pajaritos del bosque se habían comido el pan, impidiendo que el pobre protagonista pudiera encontrar el camino de vuelta a casa.

–Debemos rehacer el trayecto, y lo haremos con la hipnosis.

–Y bien, ¿está dispuesta a empezar? –le preguntó.

Le había pedido que se sentara en la mecedora, después le dijo que cerrara los ojos y se balanceara al ritmo del metrónomo que había encima de la mesita de cerezo.

Cuarenta pulsaciones por minuto.

–¿Qué pasa si después no puedo despertarme?

Sus pequeños pacientes le habían hecho esa pregunta miles de veces. Era un miedo común, también en los adultos.

–Nadie permanece bajo los efectos de la hipnosis, a menos que así lo quiera –respondió como siempre. El hipnotizador, a pesar de lo que se veía en las películas, no tenía el poder de hacer que el sujeto quedara apresado por su mente–. ¿Qué me dice, empezamos?

–Estoy preparada.

Las cámaras ocultas de la habitación ya estaban grabando la primera sesión de hipnosis. Pietro Gerber releyó los apuntes de su bloc de notas para determinar por dónde iba a comenzar.

–Le explicaré cómo funciona –añadió–. La hipnosis es

como una máquina del tiempo, pero no es necesario re-
latar los hechos siguiendo un orden cronológico. Iremos
adelante y atrás durante sus primeros diez años de vida.
Partiremos siempre de la primera imagen que le venga a
la mente o de una sensación. Normalmente, se empieza
por los seres queridos...

Hanna Hall se aferraba todavía al bolso, que seguía
teniendo en el regazo, pero Gerber notó que el temblor
de los dedos empezaba a remitir. Señal de que se estaba
relajando.

–Hasta la edad de diez años, nunca supe el verdadero nombre de mis padres. Ni tampoco el mío –afirmó
Hanna, cazando ese detalle en algún oscuro rincón de
su mente.

–¿Cómo es posible?

–Conocía bien a mis padres –especificó la mujer–.
Pero no sabía cómo se llamaban de verdad.

–¿Quiere empezar a explicar esta historia a partir de
aquí? –preguntó el hipnotizador.

–Sí –fue la respuesta de Hanna Hall.

7

No veo nada. La primera sensación es el sonido de una campanilla. Como las que se ponen a los gatos en el cuello; «un cascabel». Pero no está en el cuello de un gato. Lo llevo yo, atado con una cinta de color rojo en mi tobillo de niña.

No sé lo que le ha pasado a Ado, pero, de alguna manera, este sonido tiene que ver con lo que le ha ocurrido. A pesar de que todavía ignoro el motivo, este sonido me lleva atrás en el tiempo. Hasta mamá y papá.

Mi familia me quiere. Mi familia me ama.

De modo que, para mí, es normal que mis padres me hayan atado un cascabel en el tobillo para venir a buscarme a la tierra de los muertos.

Soy una niña, para mí estas y todas las demás rarezas conforman la regla.

Mamá siempre dice que en cada cosa se esconde un poco de magia y, cuando no obedezco o hago alguna travesura, en vez de castigarme, me limpia el aura. Papá cada noche se mete en mi cama para contarme un cuento de buenas noches: no sé por qué le gusta tanto inventarse historias de gigantes. Papá me protegerá siempre.

Mi familia es una familia feliz.

Mis padres no son como los demás padres. Aunque eso no lo descubriré hasta después de la noche del incendio, cuando todo cambie. Pero esto es solo el principio, y al principio todavía no puedo saberlo.

No recuerdo el aspecto de mis padres. Aunque sí algunos detalles. A muchos estas pequeñas cosas pueden parecerles insignificantes. Pero para mí no lo son. Porque son solo mías, nadie más puede saberlas.

No sé si mi padre es alto o bajo, delgado o gordo. No soy capaz de describir sus ojos ni su nariz. Pero ¿qué sentido tendría hablar del color de su cabello? Para mí solo cuenta que lo tiene tan rizado y abundante que no consigue peinárselo. Una vez, al intentar dominarlo, el peine se quedó enredado y mamá tuvo que cortar bastante cabello para sacarlo.

Las manos de mi padre son callosas y, cuando me coge la cara, huelen a heno. Nadie más podría saber este detalle. Y es precisamente esto lo que hace de él «mi» padre. Y es por este insignificante detalle que él «nunca» será el padre de nadie más. Y yo seré siempre «su» hija.

Mamá tiene un antojo rosa en el tobillo izquierdo. No es vistoso, al contrario, es pequeñísimo: una cosita preciosa. Debes prestar mucha atención y, sobre todo, estar muy cerca para apreciarlo. Por eso, si no eres su hija o el hombre que la ama, no puedes verlo.

No sé de dónde provienen mis padres, ni cuál es su pasado. Nunca me hablan de mis abuelos ni me han dicho nunca si, en alguna parte, tienen hermanos o hermanas. Parece que estemos juntos desde el nacimiento. Quiero decir que también era así en nuestras vidas anteriores.

Solo nosotros tres.

Mamá está convencida de que podemos reencarnarnos y que transitar de una existencia a otra es tan fácil como pasar de una habitación a otra. Tú no cambias nunca, solo cambia la decoración. De modo que, obviamente, no puede existir un antes y un después.

Somos nosotros, y así será para siempre.

A veces, sin embargo, alguien se queda atascado en el umbral. Es la tierra de los muertos, donde el tiempo se detiene.

Mi familia es un lugar. Sí, un lugar. Quizás para la mayoría de la gente sea una cosa casi normal conocer la tierra de origen, el sitio del que provienen. Para mí no lo es.

Ese lugar, para mí, son mi madre y mi padre.

El hecho es que nunca vivimos el suficiente tiempo en el mismo lugar para sentirlo realmente nuestro. Nos mudamos continuamente. Nunca nos quedamos más de un año.

Con mamá y papá señalamos un punto en el mapa –a voleo, siguiendo nuestro instinto– y vamos allí. Normalmente es un lugar en la parte pintada de verde, a veces en la marrón o parduzca, cerca de alguna mancha azul. Pero siempre lejos de las líneas negras y de los palitos rojos. «¡Hay que mantenerse alejados de las líneas negras y de los palitos rojos!».

Viajamos casi siempre a pie, atravesando prados y colinas o recorriendo siempre carreteras secundarias. O bien vamos a una estación y subimos a un tren de mercancías, de noche, cuando están vacíos.

El viaje es la parte más bonita, la que más me divierte. Los días que pasamos descubriendo el mundo. Y las noches bajo las estrellas: nos basta con encender un fuego, papá coge la vieja guitarra y mamá canta las dulces y melancólicas melodías con las que estoy acostumbrada a dormirme desde que nací.

Nuestro viaje termina siempre con la promesa de seguir viajando. Pero cuando llegamos a nuestro destino, empieza otra vida. Lo que hacemos primero es inspeccionar la zona en busca de alguna casa abandonada. Como ya nadie quiere esas viviendas, pasan a ser nuestras, aunque sea por poco tiempo.

Cada vez que llegamos a un lugar nuevo, nuestros nombres cambian.

Cada uno escoge el que quiere. Podemos ponernos el que más nos guste y los demás no ponen objeciones.

Y así es como tenemos que llamarnos los unos a los otros a partir de entonces. A menudo tomamos prestados los nombres de los libros.

Yo no soy Hanna, todavía no. En cambio, soy Blancanieves, Aurora, Cenicienta, Bella, Sherezade... ¿Qué niña en el mundo puede decir que siempre ha sido una princesa? Excepto las princesas de verdad, obviamente.

Los nombres que eligen mamá y papá, en cambio, son más sencillos. Al fin y al cabo, para mí no hay ninguna diferencia: yo no uso nunca sus nuevos nombres, para mí siguen siendo solo «Mamá» y «Papá».

Pero hay una condición. Esos nombres no pueden salir de la familia. Y, sobre todo, no debemos decirlos nunca nunca nunca a nadie más.

«Regla número tres: nunca digas tu nombre a los extraños».

Después de decidir cómo nos bautizamos, mamá nos hace seguir un rito para «purificar» nuestra nueva vivienda. Consiste en ir corriendo por las habitaciones gritando nuestros nombres recién estrenados. Lo hacemos a todo pulmón. Nos llamamos los unos a los otros de una parte a otra, los sonidos se vuelven familiares. Aprendemos a fiarnos de esos nombres. A ser distintos, aunque sigamos siendo los mismos.

Por ese motivo, cada nueva casa se convierte para mí en la casa de las voces.

No llevamos una vida fácil. Pero a mis ojos, mamá y papá hacen que parezca como un gran juego. Son capaces de convertir cada adversidad en diversión. Si alguna vez no tenemos suficiente comida, para olvidar el hambre, papá coge su guitarra y los tres nos acomodamos en la cama de matrimonio y nos pasamos el día calentitos contándonos historias. O cuando llueve a través del tejado roto, vamos por la casa con los paraguas abiertos y colocamos ollas y cazuelas para hacer resonar las gotas e inventar canciones.

Estamos los tres y nadie más. No hay otras mamás ni otros papás, y tampoco otros hijos. Es más, ni siquiera sospecho que existan otros niños.

Por lo que yo sé, soy la única en la faz de la tierra.

No poseemos bienes de valor ni dinero. Al no tener contacto con nadie, no lo necesitamos.

Mamá cultiva un huerto del que obtiene espléndidas verduras en todas las estaciones. Y, de vez en cuando, papá va a cazar con el arco.

A menudo tenemos animales de corral: pollos, pavos, ocas y, en una ocasión, incluso una cabra para la leche. Una vez, también una cuarentena de conejos, pero solo porque no pudimos controlar la situación. Siempre se trata de animales que se han escapado de alguna granja y que nadie reclama.

Pero siempre tenemos muchos perros que montan guardia.

No nos siguen cuando cambiamos de casa, por eso no puedo cogerles mucho cariño. Obviamente, cuando viajamos, solo nos llevamos lo indispensable. Una vez que nos establecemos, nos proveemos por ahí de todo lo que necesitamos: ropa, ollas, mantas. Normalmente, todo son cosas que la gente tira u olvida en alguna parte.

Los lugares que escogemos siempre están en zonas rurales que los campesinos han abandonado para trasladarse en busca de un futuro mejor. De las casas abandonadas pueden recuperarse un montón de utensilios todavía útiles. Una vez encontramos un montón de telas y una vieja máquina de coser –una Singer de pedales– y mamá se pasó el verano confeccionando un magnífico guardarropa para el invierno.

No nos hace falta el progreso.

Obviamente, sé que existe el teléfono, la televisión, el cine, la electricidad y los frigoríficos; nunca hemos tenido nada de todo eso, aparte de las linternas eléctricas que guardamos en caso de emergencia.

A pesar de todo, sé cómo es el mundo y tengo una buena educación. No voy al colegio, pero mamá me enseña a leer y a escribir y papá me da clases de matemáticas y geometría.

Lo demás lo aprendo en los libros.

También los encontramos por ahí y, cada vez que tenemos uno nuevo, es una fiesta.

El mundo de las páginas de los libros es fascinante y al mismo tiempo amenazador, como un tigre enjaulado. Admiras su belleza, su gracia, su poder..., pero sabes que, si alargas un brazo entre los barrotes para acariciarlo, no dudará en desgarrártelo. O al menos eso es lo que me explican.

Nos mantenemos apartados del mundo, esperando que el mundo se mantenga alejado de nosotros.

Gracias a mis padres, mi infancia es una especie de aventura. Nunca me pregunto si existe un motivo concreto por el cual vivimos así; por lo que yo sé, cuando nos cansamos de un sitio, hacemos las maletas y nos vamos. Pero, aunque soy pequeña, hay una cosa que comprendo. La causa de nuestros continuos traslados tiene que ver con un objeto que siempre llevamos con nosotros.

Una pequeña caja de madera marrón, de unos tres palmos de largo.

Tiene una incisión encima que papá le hizo con la punta de un cincel al rojo vivo. Cuando llegamos a un lugar nuevo, él excava un hoyo profundo, la introduce en el suelo y la entierra. Solo la sacamos de allí cuando tenemos que marcharnos de nuevo.

Nunca he visto lo que contiene la caja, porque está sellada con brea. Pero sé que dentro está depositado el único miembro de la familia que nunca cambia de nombre: está grabado a fuego en la tapa.

Para mamá y papá, Ado siempre será Ado.

8

Hanna se quedó callada, como si hubiese decidido poner un punto a aquella historia. Podía bastar, de momento.

Pietro Gerber todavía estaba desorientado. No sabía qué pensar. Pero había un lado positivo: en ciertos momentos, escuchando a la paciente, había oído la voz de la niña que anidaba en su interior. Alrededor de ella, estrato a estrato, se había ido sedimentando la mujer de treinta años que ahora tenía delante.

–De acuerdo. Ahora quiero que empiece a contar conmigo hacia atrás, después abrirá los ojos –le dijo el adormecedor de niños, y empezó como siempre por el número diez y acabó en el uno.

Hanna lo imitó. A continuación, abrió sus increíbles ojos azules en la penumbra del estudio.

Gerber alargó una mano para detener el balanceo de la mecedora.

–No se levante enseguida –la aconsejó.

–Tengo que respirar profundamente, ¿verdad? –preguntó ella, sin duda recordando las indicaciones de su primera hipnotizadora, Theresa Walker.

–Exacto –confirmó él.

Hanna empezó a inspirar y a espirar.

–Usted no recuerda los verdaderos nombres de sus padres biológicos, ¿verdad? –preguntó Gerber, para corroborar que lo había entendido bien.

Hanna negó con la cabeza.

Era normal que los niños dados en adopción no conservaran en su memoria a la familia de origen. Pero Hanna se trasladó a Australia a la edad de diez años, debería haber recordado el nombre de sus verdaderos padres.

–Incluso yo no fui Hanna Hall hasta mi llegada a Adelaida –puntualizó la mujer.

–Y cuando vivía en la Toscana, se trasladaban continuamente.

La mujer asintió para confirmar también ese segundo dato.

Mientras el psicólogo tomaba nota, ella preguntó educadamente:

–¿Puedo usar el baño?

–Claro. Es la segunda puerta a la izquierda.

La mujer se levantó, pero antes de salir, se sacó el bolso que llevaba colgado y lo colocó en el respaldo de la mecedora.

El gesto no pasó desapercibido a Pietro Gerber.

Cuando Hanna salió de la habitación, él se quedó mirando ese objeto negro de piel sintética que se balanceaba ante él como un péndulo. En su interior se escondía el papelito que le había dado a Hanna Hall durante su encuentro preliminar y en el que ella tal vez había escrito el nombre de Iscio. «No podía saber el apodo de mi primo», se repitió. Ese pensamiento se estaba convirtiendo en una obsesión. Pero para descubrir el engaño, tendría que violar la privacidad de la paciente, hurgar en sus cosas, traicionar su confianza.

El «señor B.» nunca lo habría hecho. Es más, sin duda habría incluso desaprobado la misma tentación.

Los segundos pasaban y Pietro Gerber no acababa de tomar una decisión. La verdad estaba allí, al alcance de su mano. Coger y leer esa nota, sin embargo, significaba implicarse todavía más en esa extraña relación. Y ya era suficientemente insólito que Hanna Hall fuera una de sus pacientes.

Poco después, la mujer regresó del baño y lo sorprendió mirando la mecedora.

—Disculpe, creo que no queda jabón —dijo.

Gerber intentó disimular su turbación.

—Lo siento, le diré al hombre de la limpieza que lo reponga, gracias.

Hanna cogió el bolso y volvió a colgárselo en bandolera. Cogió el paquete de Winnie, encendió un cigarrillo y se quedó de pie, fumando.

—Antes ha dicho que sus padres le pusieron un cascabel en el tobillo para ir a buscarla a la tierra de los muertos —citó casi textualmente Gerber—. ¿Lo he entendido bien?

—Sí —confirmó ella—. Uno de esos cascabeles que suele

ponerse a los gatos en el cuello. El mío tenía un bonito lazo de raso rojo –repitió.

–¿Y eso ocurrió? –la apremió, escrutando sus ojos con atención–. ¿Ocurrió que usted muriera y ellos fueran a buscarla?

La mujer no apartó la mirada.

–Cuando era pequeña, morí varias veces.

–¿Ado también llevaba un cascabel como el suyo?

–No... Ado no lo llevaba, por eso se quedó allí.

Sin duda, Hanna podía leerle en la cara su total escepticismo, la sospecha, el recelo. Tal vez sentía que la compadecía, pero Gerber no tenía más herramientas para ayudarla a distinguir lo que era real de lo que no lo era. Solo así podría liberarla: demostrándole que sus demonios no existían.

–¿Los niños saben cosas que los adultos no conocen, Hanna, por ejemplo, cómo volver del mundo de los muertos?

–Sí, así es: los adultos han olvidado esas cosas –afirmó ella con un hilo de voz, mientras los ojos se le llenaban de una extraña nostalgia.

Gerber podía oír su voz interior: tal vez Hanna habría querido llorar de rabia y gritar su disgusto porque él se resistía a admitir la posibilidad de que existen fuerzas oscuras que se mueven a nuestro alrededor. Porque era como los demás y se obstinaba en tener la mente cerrada.

En cambio, la mujer exhaló una profunda calada del cigarrillo y dijo:

—¿Su hijo le llama alguna vez en mitad de la noche porque hay un monstruo debajo de su cama?

Aunque no soportaba que de nuevo sacara su familia a colación, Pietro Gerber asintió, intentando parecer conciliador.

—Para tranquilizarlo, como buen papá que es, usted se agacha para comprobarlo y demostrarle que en realidad no hay nada de lo que tener miedo —afirmó Hanna—. Pero mientras levanta las mantas, usted también siente un escalofrío secreto al pensar durante solo un instante que podría ser todo verdad... ¿Puede negarlo?

Por mucho que fuera un hombre extremadamente racional, no podía.

—De acuerdo, lo dejamos aquí por hoy —le anunció, poniendo fin a la sesión—. Lo retomaremos mañana a la misma hora, si a usted le va bien.

Hanna no dijo nada. Pero antes de despedirse, con un gesto de fumadora empedernida, se lamió rápidamente el pulgar y el índice y aplastó con los dedos la punta del Winnie, como si aplastara la cabeza de un insecto. El cigarrillo exhaló una pequeña nube de humo. Cuando estuvo segura de haberlo apagado, en vez de dejarlo en el cenicero de plastilina que le había dado Gerber, Hanna cogió la hojita que llevaba doblada en el bolso, estrujó en ella la colilla y la tiró en la papelera que había en una esquina de la habitación.

Pietro Gerber siguió con la mirada la parábola de la bolita de papel, hasta que quedó depositada junto a los otros residuos.

Le pareció que Hanna se daba cuenta, pero no dijo nada. Al contrario, tal vez era precisamente lo que quería: satisfacer su curiosidad.

–Bueno, que tenga un buen día –dijo, antes de salir de la buhardilla.

Gerber esperó a reconocer el ruido de la puerta de entrada al cerrarse, sintiéndose como un idiota. «Es increíble que haya caído en un truquito tan banal», se dijo. Sacudió la cabeza y se rio de sí mismo, pero la risa escondía toda su frustración. A continuación, se levantó de la butaca y, sin prisa, se dirigió a la papelera. Miró hacia abajo, esperando incluso no encontrar nada, como la tonta víctima de un truco de magia.

En cambio, la bola de papel estaba allí.

Metió el brazo para cogerla y empezó a desplegarla. Seguro que desde ese momento iban a cambiar muchas cosas.

Pero tenía que saberlo.

El papel pertenecía a su bloc de notas. Y la tinta con la que había sido escrita la palabra y después borrada con una tachadura era la de la pluma que nunca había prestado a nadie.

Solo que el nombre escrito a mano no era «ISCIO».

Sino «ADO».

9

–Así pues, ¿le ha parecido que estaba bien?

–Su aspecto es un poco dejado, fuma bastante y he notado que le tiemblan las manos, pero no le he preguntado si toma algún medicamento.

–A mí me dijo que estuvo tomando Zoloft una temporada, pero después lo dejó porque tenía demasiados efectos secundarios –le informó Theresa Walker.

En Adelaida eran las nueve y media de la mañana, mientras que en Florencia era medianoche. Silvia y Marco dormían cada uno en su cama y, en la cocina, Pietro Gerber intentaba hablar en voz baja para no despertarlos.

–¿Le ha dicho dónde se aloja y cuánto tiempo se quedará en Florencia?

–Tiene razón, debería haberme informado. Lo solucionaré.

El psicólogo había pasado el último cuarto de hora al teléfono resumiendo en inglés el extraño relato de Hanna sobre su infancia.

–¿Hay algo que le haya impresionado especialmente, doctor Gerber?

–Hanna ha mencionado un par de veces un incendio –recordó, cambiándose el móvil de una oreja a la otra–. Durante la sesión, se ha referido concretamente a la «noche del incendio».

«... La noche del incendio mamá me dio a beber el agua del olvido, por eso no me acuerdo de nada...».

–No sé qué decirle –dijo su colega–. A mí no me lo comentó.

–Qué raro, porque me ha dicho que buscó respuestas en la hipnosis precisamente a causa de ese sueño recurrente.

–El sueño puede estar conectado a un acontecimiento del pasado: algo que la marcó.

Gerber, de hecho, había pensado que se trataba de una pausa entre un antes y un después.

–La mujer se refiere a la infancia como si fuese un bloque separado del resto de su vida... Por otra parte, «Hanna Hall» es una identidad que asumió a partir de los diez años. Es como si la adulta y la niña no fueran la misma persona, sino dos individuos distintos.

–Puede ser, mientras usted profundiza en su pasado en la Toscana, yo indagaré en su presente australiano –propuso Theresa Walker, anticipándose.

–Es una excelente idea –concordó él.

Efectivamente, aparte del hecho de que vivía gracias a las ganancias de trabajos ocasionales como traductora, no sabían nada más de la paciente.

—Conozco a un investigador privado –le aseguró Walker–. Le pediré el favor de que haga algunas averiguaciones.

—Yo podría intentar ponerme en contacto con los padres biológicos de la mujer –afirmó Gerber–. Siempre que todavía estén vivos, claro está.

—Supongo que no será fácil descubrir quiénes eran después de veinte años.

—Sí, tiene razón.

A saber qué habría sido de ellos. Gerber recordó su decisión de llevar una vida solitaria en lugares apartados, sus continuos traslados y la vida precaria.

«Nos mantenemos apartados del mundo, esperando que el mundo se mantenga alejado de nosotros».

—Escogían un lugar sobre un mapa e iban hasta allí, pero manteniéndose alejados de «líneas negras y palitos rojos».

—Carreteras principales y centros urbanos –tradujo su colega–. ¿Por qué?

—No tengo ni idea, pero Hanna está convencida de que vivió una especie de aventura y de que sus padres hacían más llevaderas las estrecheces convirtiendo la miseria en un juego creado solo para ella... Todo ello dominado por una especie de espíritu *new age*: el padre cazaba con arco y la madre llevaba a cabo extraños ritos, la limpieza del aura y cosas así.

—Eran los años noventa. Es un poco anacrónico –reflexionó una escéptica Walker.

—Durante nuestro primer encuentro, Hanna hizo referencia a fantasmas, brujas y muertos que no mueren: parece firmemente convencida de que todo era real.

«De modo que, para mí, es normal que mis padres me hayan atado un cascabel en el tobillo para venir a buscarme a la tierra de los muertos».

—Yo no me preocuparía por si la familia era estrambótica o por las supersticiones —aseguró la psicóloga—. Lo que me da que pensar son los nombres.

Theresa Walker tenía razón: el hecho de que Hanna Hall hubiese cambiado varias veces de nombre en el transcurso de su infancia también inquietaba a Gerber.

La «identidad» de un individuo se forma en los primeros años de vida. El nombre no forma simplemente parte de ella, sino que es su envoltorio. Se convierte en el imán alrededor del cual se recogen todas las peculiaridades que definen quiénes somos y nos hacen de alguna manera únicos. El aspecto, los rasgos distintivos, los gustos, el carácter, las virtudes y los defectos. Al mismo tiempo, la identidad es fundamental para determinar la «personalidad». La transformación de la primera hacía que la segunda corriera el riesgo de ir degradándose en algo peligrosamente indefinido.

El hecho de sustituir un nombre por otro, aunque solo sea una vez en la vida, provoca desestabilización y graves daños a la autoestima. Por eso la ley hacía que los trámites para cambiar de identidad fueran extremadamente complejos. ¿Qué consecuencias había producido en Hanna Hall el proceso de continua metamorfosis?

«Soy Blancanieves, Aurora, Cenicienta, Bella, Shere-zade... ¿Qué niña en el mundo puede decir que siempre ha sido una princesa?».

Mientras oía la voz de la paciente repitiendo esas frases en su cabeza, Gerber abrió el bote de cerámica donde Silvia guardaba las galletas y metió la mano para coger una de chocolate. Le dio un mordisco distraída-mente.

–Hanna quiso dejar claro que su familia era una familia feliz –dijo mientras abría la nevera y tomaba la leche.

–¿Y cree que es una afirmación falsa?

A Gerber le volvió a la mente Emilian, el niño es-pectro.

–En este momento también me estoy ocupando de un niño bielorruso de seis años que dice haber visto a sus padres adoptivos en medio de una especie de rito or-giástico en el que también participaban los abuelos y un cura... Asegura que llevaban unas extrañas máscaras de animales: de gato, oveja, cerdo, búho y lobo –enumeró con exactitud–. El tribunal me ha encargado establecer si está mintiendo, pero la cuestión no solo puede limi-tarse a eso... Para un niño, la familia es el lugar más se-guro del mundo, o el más peligroso: cualquier psicólogo infantil lo sabe perfectamente. Solo que un niño no sabe ver la diferencia.

La doctora Walker reflexionó sobre ello un momento.

–Así que, en su opinión, Hanna, de pequeña, ¿no es-taba a salvo?

–Está el asunto de las reglas –contestó–. Hanna Hall ha citado un par: «Los extraños son el peligro» y también «Nunca digas tu nombre a los extraños».

–A lo mejor, para saber cuáles y cuántas eran esas reglas, y, sobre todo, de qué servían, debería profundizar antes en la palabra «extraños» –sugirió Walker.

–Sí, yo también lo pensaba.

–¿Hay algo más?

–Ado –contestó el psicólogo.

Se hurgó en el bolsillo del pijama donde había metido el papel del bloc de notas con lo que había escrito la mujer.

«ADO».

–Hanna me pidió que le dejara papel y la pluma para anotar el nombre. Me he estado preguntando qué la impulsó a hacer algo así.

–¿Y qué respuesta se ha dado?

–Quizá simplemente quiso llamar mi atención.

Walker sopesó la información dejando escapar un breve sonido como comentario.

–Usted graba las sesiones con los niños, ¿verdad?

–Sí –admitió Gerber–. Guardo los vídeos de cada encuentro. –Probablemente su colega también lo hacía con los pacientes que trataba. Llegados a ese punto, debería haberle contado la historia de Iscio y la ilusión de haber visto el nombre de su primo escrito en el papel que le había dado a la paciente, pero no quería dar la impresión de haberse dejado sugestionar por Hall. En vez de eso, acabó diciendo–: Y también creo que Hanna al final tiró el papel a la papelera intencionadamente para que yo lo encontrara.

A la doctora Walker le sorprendió esa manera de actuar.

–Siga grabando las sesiones con Hanna –le recomendó.

–Por supuesto, puede estar tranquila –le aseguró él, esbozando una sonrisa.

–Se lo digo en serio –insistió ella–. Soy más vieja que usted, sé de lo que hablo.

–Confíe en mí.

–Disculpe, a veces soy demasiado vehemente con los colegas más jóvenes. –Pero su tono parecía realmente preocupado a pesar de que, por el momento, la psicóloga no quiso explicar el motivo.

–Tal vez me sería útil que me enviase el vídeo de la primera sesión de hipnosis de Hanna en Adelaida.

–No soy tan moderna, todavía hago las cosas a la vieja usanza –confesó ella.

–¿Quiere decir que toma apuntes todo el tiempo? –se asombró Gerber.

–No, no –contestó Walker, divertida–. Tengo una grabadora digital: le haré llegar el audio de la sesión a su correo electrónico.

–Perfecto, gracias.

Theresa Walker parecía contenta de que al final hubiese aceptado tratar a Hanna.

–En cuanto a sus honorarios...

–No es ningún problema –se anticipó Gerber. Hanna Hall no se podía permitir pagar nada, era evidente para ambos.

—Estas llamadas intercontinentales nos costarán una fortuna —se rio Theresa Walker.

—Pero usted tenía razón: esa mujer necesita ayuda y, por lo que ha contado durante la primera hipnosis, pienso que todavía queda mucho por explorar en su memoria.

—¿Qué efecto está provocando Hanna en usted? —le preguntó de sopetón su colega.

Gerber se quedó perplejo, no sabía qué responder. Se quedó callado durante un segundo de más y Walker habló por él.

—Tenga cuidado —dijo.

—Lo tendré —prometió Gerber.

Cuando colgaron, se quedó un rato más en la cocina, pensando delante de un vaso de leche fría y comiendo un par más de galletas de chocolate, en la penumbra, iluminado solo por la luz de la nevera abierta.

Se preguntaba el efecto que Hanna Hall estaba produciendo en él y por qué no había sabido responder a la doctora Walker.

Cada paciente se reflejaba en su terapeuta. Pero también sucedía lo contrario; era inevitable. Especialmente cuando se trataba de niños. Por mucho que cualquier psicólogo intentara mantener la distancia, se hacía imposible no implicarse emocionalmente ante algunos de los horribles relatos.

El «señor B.» le había enseñado muchas maneras de sobrevivir a todo ello. Métodos con los que crear una especie de coraza invisible, pero sin perder la empatía necesaria.

«Porque si el horror te sigue hasta casa, ya no puedes salvarte», decía siempre.

Gerber se levantó de la mesa, dejó el vaso vacío en el fregadero y cerró la nevera. Caminaba descalzo por la casa silenciosa, directo al dormitorio.

Silvia estaba acurrucada debajo de las mantas con las dos manos recogidas entre la mejilla y la almohada. El psicólogo la miró y se sintió culpable. Había algo que lo unía a Hanna Hall. Por eso era tan solícito y atento con la paciente, por eso se sentía en la obligación de ayudarla.

«Yo tampoco sé ya quién soy», se dijo. El secreto lo atormentaba desde hacía tres años y no podía confiárselo a Silvia.

Antes de meterse en la cama al lado de su mujer, fue a echar una mirada a Marco. Él también dormía plácidamente en su cama, velado por una lámpara nocturna con forma de cactus y en la misma posición que su madre. Era idéntico a ella incluso en eso, se dijo. Y el pensamiento lo consoló.

Después se agachó hacia la almohada y le dio un suave beso en la frente. El niño esbozó una débil protesta, pero no se despertó. Estaba calentito, aunque el padre sabía que al cabo de unas horas apartaría las mantas de una patada y le tocaría a él ir a ponérselas bien otra vez. Cuando ya estaba a punto de irse a dormir se quedó parado un instante en la puerta.

«¿Su hijo le llama alguna vez en mitad de la noche porque hay un monstruo debajo de su cama?».

La voz de Hanna Hall se insinuó de nuevo entre sus pensamientos. Negó con la cabeza, se dijo que era fácil dejarse sugestionar a esas horas de la noche. Pero no se movió.

Seguía mirando la rendija oscura debajo de la cama de Marco.

Dio un paso, después dos. Cuando estuvo de nuevo junto a la cama, se agachó diciéndose que era un idiota y repitiéndose que no había nada que temer. Pero su corazón no estaba de acuerdo y latía más fuerte de lo normal.

«... pero mientras levanta las mantas, usted también siente un escalofrío secreto al pensar durante solo un instante que podría ser todo verdad...».

Gerber se dejó convencer por la vocecita que lo invitaba a comprobar qué secreto se escondía en la oscuridad que anidaba bajo el sueño de su hijo. Cogió una punta del edredón y lo levantó de golpe. La luz verdosa de la lámpara de cactus lo precedió en la exploración de la oscura cavidad. Pietro Gerber la recorrió con la mirada.

No había ningún monstruo, solo juguetes olvidados allí abajo.

Volvió a bajar el cubrecama. Se sentía aliviado, pero al mismo tiempo enfadado consigo mismo por haber cedido ante un miedo injustificado. Resopló y decidió irse a dormir. Dio un par de pasos, Marco se movió apenas en su cama y Gerber lo oyó...

Un sonido metálico, cristalino.

El psicólogo se volvió, petrificado. Rogando y suplicando que solo estuviese en su cabeza. Pero el sonido se repitió. Y procedía de debajo de las mantas de Marco. Era una llamada. Y era para él.

Volvió a acercarse a la cama y, con un gesto decidido, destapó al niño.

No era una alucinación. Mientras toda su racionalidad se evaporaba, se quedó mirando, impotente, ese objeto anómalo, venido directamente del infierno de Hanna Hall.

Alguien había atado una cinta de raso rojo en el tobillo izquierdo de su hijo. Y en esa cinta había colgado un cascabel.

10

Habían quedado en verse a las siete y media, así Hanna no se cruzaría con los otros pacientes que empezaban a llegar más o menos hacia las nueve.

Gerber salió de casa para dirigirse a la consulta hacia las siete. Una vez más, no había dormido demasiado. Pero, en esta ocasión, el motivo era serio. Mientras recorría las calles del centro histórico, caminando a paso ligero, podía oír el sonido desafinado del cascabel que llevaba en el bolsillo de la chaqueta.

Una llamada desde la tierra de los muertos.

No sabía cómo esa cinta de raso rojo había ido a parar al tobillo de su hijo. Le aterrorizaba la idea de que Hanna se hubiese acercado tanto a su familia. Y no lograba comprender cuál podía ser el verdadero motivo.

Una pregunta lo torturaba más que cualquier otra: ¿«cuándo» había tenido lugar el encuentro entre Marco y Hanna Hall?

El día anterior, el niño solo salió de casa para ir a la guardería y la niñera se encargó de llevarlo y de recogerlo por la tarde. No fueron a pasear por el parque porque hacía mal tiempo. No hubo ninguna fiesta de cumpleaños en la ludoteca, nada fuera de lo previsto. La única respuesta era que el contacto se produjera en el trayecto entre su casa y la guardería, excluyendo la mañana, porque Hanna estuvo con él.

Gerber no le había dicho nada a Silvia sobre el descubrimiento de esa noche, no quería preocuparla, pero le molestaba tener que escondérselo. A pesar de que el secreto que le ocultaba desde hacía tres años era mucho peor que este, también esta vez se dijo que solo lo hacía para protegerla.

–Acompaña tú a Marco a la guardería hoy, yo iré a recogerlo –le había pedido antes de salir de casa.

Silvia, que le estaba dando el biberón a su hijo, le preguntó el motivo de esa insólita petición. Pero él se marchó fingiendo que no la había oído.

No podía pedirle explicaciones a Hanna Hall porque era casi seguro que negaría cualquier participación. Tampoco podía interrumpir bruscamente la relación con ella porque, al no tener pruebas, podría tacharse de negligencia con una paciente. Y, al fin y al cabo, había algo que le desaconsejaba adoptar soluciones drásticas porque no podía preverse cómo reaccionaría al sentirse rechazada.

Se preguntó qué haría en su lugar el «señor B.». Sin duda ese bastardo no se habría dejado implicar hasta ese punto.

Quince minutos más tarde, Gerber cruzó el umbral

de la consulta y se encontró delante al hombre de la limpieza.

–Buenos días –lo saludó, distraído.

Pero el hombre se lo quedó mirando, inusualmente contrariado.

–¿Qué ocurre? –preguntó el psicólogo.

–Le he dicho que esperase fuera, pero me ha explicado que usted le había dado permiso y no he sabido qué hacer –dijo titubeando.

Gerber percibió en el aire el olor de los Winnie de Hanna. Ella también llegaba temprano.

–No se preocupe, está todo en orden –dijo para tranquilizar al hombre, a pesar de que nada estaba «en orden».

Siguió el rastro del cigarrillo por el pasillo de la gran buhardilla. Esperaba encontrarla en su despacho pero, cuando estaba a medio camino, se fijó en que la puerta de en frente estaba abierta. Aceleró el paso en el improbable intento de impedir lo que ya había ocurrido, empujado más por la cólera que por la urgencia. Esa mujer se había pasado de la raya, ya le advirtió que no lo hiciera, que estaba prohibido.

El «señor B.» no habría querido que una desconocida entrase allí.

Pero cuando llegó a la puerta de esa parte de la consulta, cuyo umbral no se había cruzado en tres años, Gerber se quedó parado.

Hanna estaba de espaldas, de pie en el centro de la habitación, el brazo del cigarrillo levantado y apoyado elegantemente en el costado. Iba a llamarla, pero fue ella quien se dio la vuelta. Seguía vistiendo la misma ropa y llevaba consigo una bolsita de papel de la que asomaba un paquete de regalo. Gerber no se preguntó qué era, estaba demasiado furioso.

–¿Qué es este lugar? –preguntó ella con aire inocente, señalando la moqueta verde como la hierba, el techo azul atravesado por delicadas nubes blancas y pequeñas estrellas luminosas, los altos árboles de cartón piedra con las copas doradas enlazados por largas lianas de cuerda.

En cuanto dio un paso en el bosque de su padre, los propósitos belicosos de Gerber se desvanecieron sin que se diera cuenta y emergió en él una oleada de nostalgia.

Era el efecto que provocaba ese lugar a todos los niños.

Para contestar a la pregunta de Hanna, el psicólogo se volvió hacia una mesita con un tocadiscos: en el plato había un vinilo polvoriento. Gerber pulsó una palanca y el brazo automático se posicionó delicadamente en el surco. Después de un par de giros en silencio, empezó a sonar una alegre cancioncilla.

–Son el oso y Mowgli –afirmó al cabo de unos segundo Hanna Hall, reconociendo las voces–. «Busca lo más vital» –añadió, sorprendida, recordando el título de la canción–. *El libro de la selva.*

La versión de dibujos animados de Disney del clásico de Kipling.

–Este era el despacho de mi padre –empezó a confiarle Gerber, asombrándose incluso él mismo–. Aquí recibía a sus pequeños pacientes. «Él fue quien me enseñó todo lo que sé», pensó, pero no lo dijo.

—Este era el despacho del doctor Gerber sénior –constató Hanna, sopesando la información.

—Aunque los niños lo llamaban «señor Baloo».

Había vuelto a cerrar la habitación y seguía un poco molesto. Al entrar en su despacho encontró a Hanna fumando en la mecedora como si nada, con el paquete de regalo en el suelo y lista para una nueva sesión de hipnosis.

La mujer no se daba cuenta de que había invadido un espacio muy privado y, sobre todo, que había reabierto viejas heridas. Era como si estuviera exenta del mundo de los demás. No era capaz de conectarse a las emociones del prójimo. Parecía no conocer los buenos modales elementales de la convivencia entre individuos. Tal vez fuera por culpa del aislamiento en el que había vivido de pequeña. Lo cual todavía hacía de ella una niña que tenía que aprender muchas cosas de la vida.

La doctora Walker tenía razón: Hanna Hall constituía un peligro. Pero no porque fuera potencialmente violenta, sino a causa de su inocencia. El cachorro de tigre juega con el cachorro humano. Pero el primero no sabe que puede matar al otro. Y el otro no sabe que podría morir a manos del primero, decía siempre su padre. La relación entre él y Hanna podía compararse con ese ejemplo, por eso tendría que ir con mucho cuidado con ella.

Gerber se metió una mano en el bolsillo y palpó la cinta roja con el cascabel para que le sirviera de recordatorio. A continuación, se sentó en la butaca fingiendo que trasteaba con el móvil para apagarlo antes de empezar la sesión. Quería que ella percibiera su disgusto.

–¿Es cierto que no puede interrumpirse de golpe una terapia con hipnosis, ya que, el hacerlo, puede tener graves consecuencias para el paciente? –lo interrogó Hanna con candor, para que cesara ese oprimente silencio.

–Sí, es cierto –tuvo que confirmar el psicólogo.

Su actitud era infantil, pero la pregunta ocultaba un doble significado subliminal. Hanna quería saber si estaba enfadado con ella, quería que la tranquilizara. Pero también era un modo de decirle que estaban unidos y que él no podría desligarse de ese vínculo tan fácilmente.

–He reflexionado sobre lo que me contó el último día –dijo Gerber, cambiando de tema–. Me describió a su madre y a su padre a partir de unos pocos detalles: el antojo en el tobillo de ella y los cabellos rebeldes de él.

–Porque, usted, ¿cómo describiría a sus padres? –replicó Hanna, invadiendo una vez más su esfera personal.

–No estamos hablando de mí. –Hizo un esfuerzo para mantener la calma. Aunque, si hubiese tenido que elegir un modo, habría dicho que su madre era inmóvil, muda y sonriente. Se debía a que, desde que él tenía más o menos la edad de Marco, el único recuerdo de ella estaba impreso en las fotos familiares guardadas en un álbum encuadernado en piel. En cuanto a su padre, lo único que podía decirse del «señor B.» era que se trataba del hombre más solícito del mundo con los niños.

–¿Se ha fijado en que, cuando se le pide a un adulto que describa a sus padres, nunca te cuenta cómo eran de jóvenes, sino que tiende a describir a dos viejos? –afirmó Hanna–. He pensado a menudo en este detalle y he llegado a una conclusión: en mi opinión es porque, cuando venimos al mundo, ellos ya están. Y al ir creciendo no puedes imaginarte que tus padres puedan haber tenido veinte años, aunque tal vez en esa época tú ya estuvieses en sus vidas.

A Gerber le dio la impresión de que Hanna lo estaba despistando. Quizás hablar de los padres relegando el relato de su propia infancia era una manera de no tener que afrontar una dolorosa realidad. Tal vez sus padres estaban muertos o habían continuado con su vida de eremitas sin ella. En cualquier caso, no quería hacer una pregunta directa, confiaba en que fuera ella quien le revelase lo ocurrido cuando estuviese preparada.

–Sus padres eligieron llevar una vida nómada...

–De pequeña viví en varias zonas de la Toscana: Aretino, Casentino, Garfagnana, en los Apeninos, en Lunigiana y en Maremma... –confirmó Hanna–. Pero eso no lo supe hasta más tarde. Fue después cuando averigüé cómo se llamaban esos lugares. Si en aquella época me hubiesen preguntado dónde me encontraba, no habría sabido qué responder.

–Al final de la sesión anterior hizo alusión al hecho de que la causa de esos continuos cambios podía estar relacionada con Ado –le recordó Gerber–. Con la pequeña caja con su nombre grabado en la tapa que siempre llevaban consigo a todos los lugares donde vivieron.

–Ado siempre estaba enterrado al lado de la casa de las voces –confirmó Hanna.

–Para entender qué relación había entre usted y Ado, deberíamos ir paso a paso.

–De acuerdo.

–Los «extraños» –dijo el psicólogo.

–¿Qué quiere saber?

Gerber leyó lo que había anotado con anterioridad en su bloc.

–Me habló de «reglas», y citó un par de ellas...

–«Regla número cinco: si un extraño te llama por tu nombre, huye» –empezó a enumerar Hanna–. «Regla número cuatro: nunca te acerques a los extraños y no dejes que ellos se acerquen a ti. Regla número tres: nunca digas tu nombre a los extraños. Regla número dos: los extraños son el peligro. Regla número uno: confía solo en mamá y papá».

–Por lo tanto, diría que estas cinco reglas determinaron la relación de usted y sus padres con el resto de la humanidad –dedujo el psicólogo–. Cualquier otro individuo que no fuera sus padres había que considerarlo como una amenaza potencial, de modo que el mundo solo estaba poblado por seres malvados –concluyó con un evidente paroxismo.

–No todos –especificó Hanna Hall–. Nunca he dicho eso.

–Pues explíquemelo mejor, por favor...

–Los extraños se escondían entre la gente normal.

A Gerber le vino a la memoria una película muy antigua en la cual los extraterrestres sustituían a las personas mientras dormían y después vivían tranquilamente en medio de la gente sin que nadie se diera cuenta.

–Si los extraños no eran distintos de los demás, ¿cómo podíais reconocerlos?

–No podíamos –respondió Hanna, abriendo los ojos azules y mirándolo como si fuera un razonamiento clarísimo.

–De modo que se mantenían a distancia de todo el mundo. Me parece un poco excesivo, ¿no cree?

–¿Qué sabe de las serpientes? –preguntó entonces la mujer, inesperadamente.

–Nada –adujo Gerber.

–Cuando ve una, ¿es capaz de determinar si es venenosa?

–No –tuvo que admitir el psicólogo.

–¿Y qué hace para no correr riesgo?

Gerber hizo una pausa.

–Apartarme de todas.

Se sentía incómodo. En el razonamiento de Hanna no cabían objeciones.

–¿Por qué les daban miedo los extraños? –preguntó.

La mujer se ausentó con la mirada, tal vez perdida en imágenes oscuras.

–Los extraños cogían a las personas, las apartaban de sus seres queridos –dijo–. Nadie sabía dónde se las lle-

116

vaban ni qué les ocurría después. O puede que yo fuera todavía demasiado pequeña y mis padres no quisieron contármelo... Lo único que sabía era que esas personas ya no regresaban. Nunca más.

Sin añadir ningún comentario, Gerber puso en marcha el metrónomo. Ante esa señal, Hanna cerró los ojos y empezó a balancearse en la mecedora.

11

La primera vez que percibo la presencia de los extraños tendría unos siete años.

Para mí, hasta ese momento, solo existíamos «nosotros y los demás».

En mi breve existencia, no había coincidido con muchas personas. Los demás siempre son minúsculos y distantes, pasan por el horizonte y puedes medir su altura con el índice y el pulgar. Pero yo sé que existen. Sé que viven todos juntos, normalmente en grandes ciudades. Pero también sé que algunos de ellos son como nosotros. Se trasladan de un sitio a otro, invisibles. Cada uno tiene sus motivos para apartarse del mundo. Hay quien escapa de la guerra o de algo malo que les ha pasado, hay quien se ha perdido, quien se ha marchado y ya no quiere regresar o quien, simplemente, está solo porque no acepta que otra persona le diga lo que tiene que hacer.

Los que pertenecemos a esta categoría de vagabundos somos una especie de comunidad. A pesar de que nunca hemos estado juntos en un mismo sitio, nos vamos dejando señales que solo nosotros sabemos interpretar. Mi padre es capaz de hacerlo. Un árbol con la corteza grabada con un símbolo determinado, unas piedras colocadas de cierta manera en el margen de un camino. Marcan una pista que hay que seguir o señalan un peligro que hay que evitar. Nos dicen dónde encontraremos comida o agua. Dónde la gente podría fijarse en nosotros y, en cambio, dónde pasaríamos desapercibidos.

Nosotros también cumplimos con nuestra parte. Cada vez que dejamos una casa de las voces, tenemos el deber de dejarla lista para quien venga después. Papá lo llama «el código del caminante». En él hay preceptos como: no contamines el agua, deja siempre las cosas mejor de como las has encontrado, no prives a los demás de la posibilidad de vivir allí.

Gracias a estas enseñanzas, tengo una visión positiva de los seres humanos en general, a pesar de que nunca nos relacionamos con ninguno.

Pero todo esto terminó en la granja de los Ström.

La zona está deshabitada en kilómetros a la redonda. Hemos montado una tienda en el margen de un gran bosque. Papá no ha enterrado la caja de Ado porque es un alojamiento provisional. La caja está en la tienda con nosotros. Llevamos aquí casi una semana.

Esta vez el viaje para llegar hasta la zona en la que hemos decidido establecernos ha durado más de lo previsto, casi un mes. Estamos a finales de noviembre y ya empieza a hacer frío. Para calentarnos solo tenemos unos sacos de dormir y algunas mantas. Por la mañana temprano, mamá enciende un fuego para hacer la comida y papá se carga la mochila a la espalda y se va a inspeccionar los alrededores. No regresa hasta que empieza a oscurecer.

Una noche, estoy a punto de dormirme en la tienda cuando oigo a mis padres hablar junto al fuego.

–Si no encontramos pronto una casa, nos tocará pasar el invierno aquí –dice papá.

El sonido de su voz no me gusta. No es alegre como siempre, está preocupado.

–¿No podríamos regresar? –propone mamá.

–No, no podemos –contesta él, tajante como nunca lo he escuchado antes.

–Pero se nos están acabando las provisiones.

–Según el mapa, hace mucho tiempo aquí cerca había una mina de carbón. Al lado construyeron un poblado para los mineros y sus familias. Ahora estará deshabitado.

–Podríamos quedarnos allí. Tengo que plantar el huerto; ya solo nos queda tiempo para una sola cosecha.

–No sé si es una buena idea –afirma papá–. Aunque la zona está bastante aislada y, probablemente, nadie ponga los pies allí durante el invierno... una aldea esconde demasiados peligros y es difícil de vigilar.

–¿Qué vamos a hacer, pues? Quedarnos aquí es una locura, tú también lo ves.

–A partir de mañana no volveré al anochecer como he

hecho hasta ahora –le dice–. Iré lo más lejos que pueda hasta que encuentre un lugar donde vivir.

Desde mi saco de dormir puedo oír como mamá empieza a sollozar. Papá se acerca para abrazarla, lo sé porque veo moverse su sombra en la tela de la tienda.

–Todo irá bien –le asegura.

Yo también quiero llorar.

Papá se fue una mañana temprano y casi han pasado dos días. Mamá siempre está triste, taciturna, pero intenta que yo no me dé cuenta.

Cuando amanece el tercer día, mientras recogemos leña para hacer una nueva hoguera, vemos que papá aparece por el bosque. Tiene una extraña sonrisa estampada en el rostro.

–He encontrado un sitio –nos anuncia poco después, descargándose la mochila. La abre y nos pide que miremos el interior.

Son latas: judías, carne y atún.

–¿De dónde has cogido todo esto? –pregunta mamá, que no puede creer lo que están viendo sus ojos.

–Hay una granja a un par de días de camino, pero para llegar hay que cruzar un río.

Enseguida me miran. Papá me enseñó a nadar muy pronto, pero para la corriente de ese río se necesita mucha fuerza en los brazos.

–Puedo hacerlo –digo.

Cuando llega el momento, me da miedo mirar ese río rabioso, pero me lo quedo para mí. Papá me ata una soga alrededor de la cintura, después se la enrolla alrededor de los hombros. Entre nosotros hay una distancia de un par de metros. Mamá hace lo mismo con la caja de Ado.

—No te cojas a la cuerda, es solo por seguridad —me instruye papá—. Debes nadar —me conmina antes de tirarnos juntos al agua.

Al principio estoy tan aterrorizada por si no lo consigo que ni siquiera siento el frío. Nado. Pero, al cabo de unos diez metros, veo que las fuerzas me abandonan. Los brazos se mueven hacia delante sin que avance ni un centímetro. El río me está cogiendo, tira de mis piernas hacia abajo. Empiezo a bracear. Busco la soga, no la encuentro. Me hundo. Una, dos, tres veces. Aunque ya sé que no debería hacerlo, la cuarta vez abro la boca para ponerme a gritar. Papá me explicó cuando me enseñó: «Si te estás ahogando, lo último que hay que hacer es pedir ayuda». De hecho, en cuanto lo intento, me entra agua helada. Se me abre paso por la garganta, baja impetuosa a la tripa y llena los pulmones en vez del aire.

Después todo se vuelve negro.

Un peso se cierne sobre mi esternón. Después un torrente caliente me brota de repente por la boca y me cae encima. Abro los ojos de golpe. Noto los cantos rodados en la espalda y comprendo que estoy tumbada en la orilla; no sé cómo, pero lo sé. El cielo es blanquísimo, el sol, una esfera fría y opaca. Mi padre está encima de mí, detrás de él está mamá: me mira asustada mientras él vuelve a aplastarme el tórax con ambas manos. Otro chorro de agua sale disparado hacia el aire desde mis pulmones.

–Respira –me grita papá.

Intento inspirar, pero solo consigo introducir en el organismo un fino hilo de oxígeno. La operación se va repitiendo, muchas veces. Me parece que soy una de esas bombas para hinchar las ruedas de las bicicletas. Siento un ardor intenso en el pecho. Todavía no lo sé, pero papá acaba de fisurarme una costilla.

Pero he regresado de la tierra de los muertos. Y por fin respiro. Poco, pero respiro.

Mi padre me incorpora y me da unas palmadas enérgicas en la espalda para hacerme toser. Mientras tanto, miro hacia abajo: el agua que ha salido de mis pulmones forma pequeños regueros que vuelven afligidos a reunirse con el río. Pienso que el río se está apartando de mí, como un demonio derrotado que debe renunciar a un alma y regresa humillado al infierno.

Mamá me estrecha en sus brazos, papá nos abraza a ambas. Estamos allí, de rodillas, dando gracias a Ado por no haberme llevado consigo.

Papá enciende enseguida un fuego para que me seque. Mientras espero, tiemblo de frío. Mamá me quita la ropa y, después de rasgar unas tiras de la tela de la tienda, me las ata alrededor del pecho, a la altura de un cardenal que se va ensanchando a simple vista y que pronto será de mil colores.

—¿Puedes caminar? —me pregunta.

—Sí, sí que puedo.

El bosque es muy espeso. Papá nos abre camino en una maraña de ramas que, sin que nos demos cuenta, nos arañan la piel de los brazos, las espinillas, las rodillas y la cara. El sol desaparece durante largos minutos, cubierto por las copas de los árboles. Después vuelve a aparecer, pero solo para ocultarse de nuevo. Alrededor todo es húmedo y volvemos a estar mojados.

En vez de dos días de camino, al final tardamos cuatro en llegar.

El pequeño valle aparece ante nosotros, lejos y al mismo tiempo cerca. En medio discurre un torrente con unas ruinas al lado.

La granja de los Ström.

El nombre está grabado en una piedra gris en las inmediaciones de la casa. También se lee el año de construcción: 1897. Entramos y miramos a nuestro alrededor. La casa es grande, pero la mayor parte de las habitaciones están vacías. Las únicas habitables se encuentran en la planta baja.

Hay una gran estufa de hierro fundido que también sirve para cocinar. Hay muebles. Una mesa con cuencos de esmalte todavía en su sitio. Una alacena con ollas y cazuelas. En la despensa hay un montón de provisiones de todo tipo: botes de arroz y galletas, harina, azúcar, conservas, leche en polvo y condensada, queso, latas de alubias, de atún y de carne, incluso sirope de frambuesa. En los armarios se apiñan mantas y sábanas. Y todavía hay algo de ropa colgada. Las camas están hechas.

Todo reposa bajo una pátina de polvo. La primera impresión es que el tiempo se ha detenido en ese lugar. Los habitantes originarios hace tiempo que abandonaron la casa. Pero alguien vino después. Colocó su ropa, reparó el tejado y la bomba de agua y roturó la tierra para plantar un huerto. Alguien que después volvió a marcharse dejando víveres, enseres y ropa de vestir para quienes llegaran detrás, respetando al pie de la letra «el código del caminante».

Alguien como nosotros.

Lo primero que hace papá es cavar un hoyo al lado de un castaño que está en el margen del bosque. Introduce la caja y la cubre con tierra fresca. Ado estará a salvo, protegido por el gran árbol nudoso.

Mamá enciende incienso para congraciarse con el viejo caserío. Después canta para sí misma y ahuyenta las energías negativas. A continuación, escogemos nuestros nuevos nombres. Yo hace rato que pienso en el mío y me muero de ganas de ponérmelo. «Cenicienta».

Como siempre, nos separamos y damos vueltas por las habitaciones gritándolos. Somos felices. Ninguno de nosotros lo dice abiertamente, pero la alegría depende de ser conscientes de haber escapado de un montón de dificultades. De la alternativa de pasar el invierno en una tienda, con frío y sin comida. Del río colérico que ha intentado separarnos para siempre. Subo la escalera corriendo y la costilla fisurada me duele más. Cuando llego a la buhardilla, descubro algo que no me espero. Algo que puede turbar nuestra alegría, lo sé en cuanto lo veo.

Es la primera «señal».

Alguien lo ha trazado en el suelo con tiza. Tres figuras estilizadas, infantiles. Un hombre, una mujer y una niña. El sol se filtra entre las vigas del techo e ilumina la penumbra polvorienta. Miro esos seres filiformes y enseguida pienso una cosa:

Los conozco. Esa familia somos nosotros.

Decido no decir nada a mamá y papá. No quiero estropear su felicidad. De modo que borro las líneas de tiza arrastrando la suela de los zapatos por encima.

Encendemos la estufa de hierro fundido y para cenar mamá prepara una sopa caliente. Papá ha encontrado una botella de vino tinto en la despensa, dice que hay más. Me permiten beber un dedo, diluido con agua del pozo. En la mesa no digo ni una palabra, pero ese vino me lleva lejos. Sigo pensando en el dibujo. ¿De verdad que esas personas somos nosotros? ¿Cómo es posible? La respuesta que me doy es que ya hemos estado aquí. Pero ¿cuándo? ¿Y por qué lo hemos olvidado?

Mamá ha prometido que, en cuanto tenga tiempo, me coserá una muñeca.

Al día siguiente ocurre algo raro. Estoy ayudando a mamá a tender las sábanas en la parte de atrás, pero ella se queda parada. La observo llevarse una mano a la frente para protegerse los ojos del sol. Ha visto algo. Dirige la mirada al establo abandonado que está a unos cien metros de nosotras.

Por una ventana de madera entran y salen enjambres de moscas.

Decidimos avisar a papá, que está partiendo leña al otro lado de la casa. Cuando llega, se sitúa a nuestro lado y contempla la escena.

–Está bien –dice, serio–. Voy a ver.

Poco después, lo vemos salir del establo. Se cubre la boca y la nariz con la manga de la camisa. Se dobla hacia el suelo para escupir. A continuación, hace un gesto para llamar a mamá.

Ella se me queda mirando.

–Tú espera aquí –ordena, y se reúne con él.

Cuando papá va a coger el hacha y unos cuantos sacos de cal, comprendo que los animales que pertenecían a los viejos habitantes de la granja están muertos. Pero lo que desconcierta a mis padres es la manera en que han muerto. Esa noche, mientras estoy jugando en la sala de estar, los veo confabular en la mesa de la cocina. Alcanzo a entender que las vacas del establo se volvieron locas porque no tenían comida.

«El código del caminante» prescribe que, cuando te vas de un sitio, hay que dejar a los animales libres.

Esas pobres vacas, en cambio, se quedaron encerradas.

Los días pasan y se hacen cada vez más cortos. Cada mañana cojo flores del campo y las llevo bajo el castaño. Las dejo allí para Ado. Pero luego siempre me quedo un rato hablando con él de las cosas que pasan aquí y de las que, al parecer, solo yo me doy cuenta.

Las señales.

Aparte de las vacas muertas y del dibujo en el suelo, por la noche las puertas dan golpes. Pero solo en el piso de arriba, donde no hay nadie. Papá dice que es normal, que en la granja hay muchas corrientes de aire. Pues, entonces, ¿por qué nunca ocurre durante el día? Nadie sabe contestarme.

Mamá todavía no me ha cosido la muñeca, dice que hay demasiadas tareas que hacer y dentro de poco podría empezar a nevar. Pero ha repetido el rito de purificar la casa. Mamá siempre dice que las casas recuerdan las voces de quienes las han habitado, pero hablan una lengua que no conozco, que está hecha de susurros y me da miedo. De modo que, para acallar las voces, escondo la cabeza debajo de las mantas.

Es de día. Llevo una falda larga de terciopelo que me llega hasta los tobillos, una chaqueta de punto de rombos de colores, un jersey de cuello alto, calcetines de lana y botines. Mamá me ha dicho que cuando salga de casa también debo ponerme la bufanda. Me divierto aplastando las hojas acartonadas que cubren el prado de delante de la granja, me gusta el ruido que hacen. El viento cambia y de repente se vuelve más frío. Por nuestro pequeño valle discurren nubes negras. La hierba del prado está seca, por eso hasta ahora no me fijo en algo que sobresale del suelo. Es un trozo de tela. Me acerco, cauta y al mismo tiempo curiosa. Me agacho sobre las rodillas y observo, intentando adivinar qué hay allí enterrado. Alargo una mano, toco el retal de colores. A continuación, con los dedos, empiezo a cavar alrededor. Es un bracito. Es blando. Después también sale el otro, y las piernecitas sin pies. Al final, la cabeza, más grande en comparación con el resto del cuerpo. La muñeca de trapo ahora me observa con su único ojo. Le limpio la tierra de los cabellos de lana. Estoy contentísima por ese regalo inesperado. No me pregunto cómo ha ido a parar allí abajo, ni quién lo habrá hecho. Ni siquiera me pregunto quién será la niña a la que se la han cosido. Decido que ahora es mía y que siempre estaremos juntas.

No obstante, la muñeca es otra señal.

Ha llegado el invierno que esperábamos y temíamos. La nieve empieza a caer copiosa. Nieva durante días enteros, sin parar. Después para, pero sabemos que será por poco tiempo, porque el cielo todavía está blanco y cargado.

Estoy harta de estar siempre encerrada en casa. Papá también lo está, pero no dice nada para no enfadar a mamá, que opina que en esta estación tenemos que mantenernos calentitos. Una mañana, mientras desayunamos, papá nos comunica que saldrá a cazar con el arco. Ha encontrado el rastro de un buen jabalí que merodea por los alrededores, sería una lástima dejarlo escapar. Podríamos tener carne fresca durante mucho tiempo y no vernos obligados a comer siempre la de las latas. Mamá lo escucha y asiente con su habitual expresión paciente, pero no está del todo convencida. Yo paso la mirada del uno al otro para ver cómo terminará la cosa. Papá saca todo un muestrario de buenos motivos y los condimenta con una buena dosis de sentido común. Mamá lo deja hablar, porque ya sabe que al final ella tendrá la última palabra. Yo espero que diga que sí, de este modo al menos tendremos algo que hacer durante las largas jornadas. Cortar y conservar la carne, curtir la piel. Y tal vez papá cuelgue en casa la cabeza del jabalí como amuleto de la suerte. Mamá al final se pronuncia, pero sus palabras no se las espera nadie.

—Está bien, pero iremos los tres —sentencia con una sonrisa.

La alegría me llena la tripa y me salen chispas de los ojos.

Mamá y yo preparamos un refrigerio a base de bocadillos con leche condensada y una cantimplora de agua fresca con sirope de frambuesas y lo metemos todo en una mochila de tela. Papá engrasa la cuerda del arco y se cuelga el carcaj en bandolera con una treintena de flechas puntiagudas. Dejamos la estufa encendida para encontrar la casa caldeada a nuestro regreso. Nos ponemos los abrigos, los gorros de lana y unas botas gruesas.

Nuestros pasos se hunden en la nieve alta. El bosque está tranquilo. Es como si la tierra absorbiera todos los sonidos. Incluso el más pequeño ruido rebota en las paredes invisibles del eco hasta perderse en la lejanía.

Papá ha encontrado las huellas del jabalí y, para sorprender a la presa, nos precede unos cuantos metros. Voy cogida de la mano de mamá y sé que debo estar en silencio. Observo la escena, ansiosa. Después, no sé por qué, alzo los ojos al cielo. Me quedo desconcertada. Como no puedo hablar, solo levanto la mano y señalo lo que he visto. Ella también lo ve y se tapa la boca para no gritar. Papá, sin embargo, oye igualmente su gemido ahogado. Vuelve hacia nosotras para ver lo que está ocurriendo. Al final, cuando él también mira hacia arriba, tampoco puede moverse.

En una rama de un árbol, muy arriba, cuelgan tres pares de zapatillas deportivas. Dos de adulto y uno de niño. Se balancean como péndulos, lentamente, en la brisa helada del bosque.

Pienso enseguida en los anteriores habitantes de la granja de los Ström. Los que se marcharon antes de que llegásemos nosotros. ¿Cómo puede alguien irse de un sitio sin zapatos?, me pregunto. La respuesta es que esas personas nunca se marcharon. Todavía están aquí, o alguien se las llevó.

Y entonces comprendo que están muertos o que quien los ha cogido todavía está cerca. Y no sé qué me da más miedo.

—Mamá, ¿qué les ha pasado a esas personas?

Ella calla, intenta sonreírme, pero la angustia es más fuerte. Frunce los labios de manera poco natural y convierte esa sonrisa en una mueca.

Es de noche. El fuego crepita en la chimenea de la sala de estar. Papá está fuera, dando una vuelta a la casa para comprobar no sé qué. Al final, no hemos cazado ningún jabalí. Hemos regresado, dejando esos zapatos balanceándose en el árbol.

—¿Quieres que le cosamos el otro ojo a tu muñeca? —me pregunta mamá, intentando distraerme de la preocupación de lo que ha ocurrido esa tarde.

—No, gracias —contesto yo, educada—. Mi muñeca está bien así. Solo tiene un ojo, pero con él puede ver cosas que nosotros, en cambio, no podemos ver. Cosas invisibles.

Un escalofrío hace que mamá se estremezca. Quizás mi muñeca le da miedo.

Mientras duermo, mi muñeca de trapo ve a mamá y a papá discutiendo en la cocina.

–Tenemos que irnos de aquí enseguida –dice mamá, casi echándose a llorar.

–No podemos movernos antes de la primavera, tú también lo sabes: debemos esperar a que la nieve se derrita –le responde papá, intentando calmarla.

–¿Y si vinieran a buscarnos también a nosotros? –le pregunta ella, mirándolo desesperada.

Mi muñeca no entiende quiénes son estas personas que pueden aparecer en cualquier momento.

–Tú también has visto los zapatos en el árbol, las vacas del establo –prosigue mamá–. Y nunca nos hemos preguntado de dónde proceden todas las cosas que hay en la casa y por qué los que estuvieron antes que nosotros las dejaron aquí.

–Es cierto. No nos lo hemos preguntado. Pero necesitábamos un sitio en el que quedarnos, no habríamos sobrevivido de no encontrarlo.

Mamá coge a papá por la camisa, atrayéndolo.

–Si vienen, se la llevarán y no volveremos a verla nunca más... –Y, a continuación, añade–: A los extraños no les interesamos nosotros, solo quieren hacernos daño.

La muñeca oye esa palabra. «Extraños». Y enseguida viene a contármelo. También es la primera vez que los oigo nombrar. Y, además, la primera vez que tengo la clara sensación de que nuestra vida nómada no es por decisión propia. Estamos huyendo de algo, aunque no sé de qué.

El invierno es largo y, mientras esperamos la llegada de la primavera, nos cuidamos de esconder nuestra presencia. Por ejemplo, no encendemos el fuego de la estufa o de la chimenea hasta que está oscuro, cuando es más difícil que alguien desde lejos pueda advertir el humo.

Pasan los meses y por fin la nieve empieza a derretirse alrededor de la granja Ström. Pero no lo suficiente como para poder marcharnos. Mamá está más nerviosa de lo normal y papá no consigue calmarla. Está convencida de que los extraños están a punto de llegar y de que debemos hacer algo para impedir lo peor. Yo no sé en qué consiste ese peor del que habla mamá. Pero tengo miedo de todos modos.

Una tarde la encuentro cosiendo algo al lado de la ventana de su habitación, donde hay más luz. No sé qué es, pero ha descosido el dobladillo de raso de un viejo vestido de fiesta y ha desprendido algo plateado de una escarapela que hemos encontrado en un baúl. Papá, en cambio, se ha encerrado en el establo con unas tablas de madera y lo oigo serrar y dar martillazos.

Después de cenar, antes de meternos en la cama, papá se acomoda en la vieja butaca y me sienta sobre sus rodillas. Mamá se acurruca a nuestro lado, en la alfombra.

Tienen algo para mí. Un regalo. Los ojos me brillan de alegría. Cojo enseguida el paquete marrón con el lazo de rafia y lo abro.

En el interior hay una pulsera de raso rojo con un cascabel.

Mamá me lo ata en el tobillo y dice:

—Mañana jugaremos a algo muy divertido.

Me cuesta dormirme por lo excitada que estoy. Y, cuando me despierto, me precipito a desayunar para descubrir por fin algo más del juego misterioso. Gracias al cascabel, mis pasos tintinean alegres por la casa. Mis padres ya se han levantado y me esperan en la sala de estar. Están de pie delante de la chimenea, me sonríen y después dan un paso a un lado: en la alfombra, a su espalda, hay una caja de madera como la de Ado. Pero un poco más grande.

—El juego consiste en aguantar el mayor tiempo posible aquí dentro —me explica papá—. Venga, adelante: vamos a probar.

Estoy perpleja. No quiero entrar en esa caja. ¿Qué clase de juego es este? Pero los veo tan contentos que me sabe mal decepcionarlos, de modo que hago lo que me dicen. Me tiendo y los observo desde abajo mientras se inclinan sonrientes hacia mí.

—Ahora pondremos la tapa —dice papá—. Pero tú tranquila, por ahora solo la dejaré apoyada.

Ese «por ahora» no me gusta. Pero no digo nada.

Hacemos la prueba y ellos cuentan juntos el tiempo que pasa, mientras yo me pregunto qué tengo que hacer para ganar en este juego.

–Después de desayunar, cerraremos la tapa –me anuncia mamá–. Ya verás, será divertido.

No es divertido en absoluto. Este juego me da miedo. Cuando papá empieza a clavar la tapa, los golpes retumban a mi alrededor y en mi cabeza. Cada martillazo es un sobresalto. Cierro los ojos. No está sucediendo de verdad, es solo un horrible sueño. Y me echo a llorar. Oigo la voz de mamá.

–No llores –dice, con su tono más severo.

Aquí dentro está oscuro y es estrecho: no puedo mover los brazos.

–Cuando creas que ya no puedes más, mueve la pierna con el cascabel. Nosotros lo oiremos y abriremos la caja –me explica papá.

–Pero debes aguantar lo máximo posible –me pide mamá, y empieza otra vez a contar.

Las primeras veces hago sonar el cascabel antes de que llegue a cien. Me gustaría parar, pero ellos insisten, dicen que es importante. No entiendo por qué, pero no puedo siquiera rebelarme. No me lo permiten. Seguimos así durante todo el día. A veces mis sollozos son tan imparables que ellos también se sienten mal, me doy cuenta. Entonces lo dejamos un rato, pero después empezamos de nuevo desde el principio.

Por la noche estoy tan cansada y abatida que ni siquiera puedo cenar. Mamá y papá me llevan a la cama,
se quedan conmigo acariciándome las manos hasta que
me quedo dormida. Me besan y me piden perdón. Después, al final, ellos también lloran.

A la mañana siguiente, mamá viene a despertarme. Me
pide que me vista y me lleva fuera. Veo a papá de pie
bajo el viejo castaño. Tiene una pala en la mano.
Mientras nos acercamos, me doy cuenta de que ha ca-
vado un hoyo junto a donde Ado está enterrado. A sus
pies está mi caja. Me empiezan a brotar las lágrimas.
«¿Por qué me hacéis esto?». Tengo mucho miedo.
Mamá y papá nunca me han hecho daño, para mí este
miedo es completamente nuevo y, por ese motivo, más
aterrador.
   Mamá se arrodilla delante de mí.
   –Ahora bajaremos la caja al agujero. Haremos las co-
sas poco a poco, después llegará el momento en que papá
echará tierra encima.
   –No quiero –digo, entre sollozos.
   Pero la mirada de mamá es dura, no deja lugar a la
compasión.
   –Cuando sientas que te falta el aire, haz sonar el cas-
cabel y te sacaremos.
   –No quiero –repito, acongojada.
   –Escucha: tú eres una niña especial.
   «¿Niña especial?». No lo sabía. ¿Qué significa?

–Por eso papá y yo debemos protegerte de los extraños. Los extraños te están buscando. Si quieres vivir, debes aprender a morir.

Después de varios intentos, llega el momento de la prueba definitiva. Papá ya ha sellado la caja. Al cabo de un rato, oigo la tierra caer a puñados sobre la tapa. Un ruido disperso, violento. A medida que la capa se hace más espesa encima de mí, los sonidos se atenúan. Noto que la pala se clava en el suelo, rítmicamente. Y también siento mi respiración acelerada. Después solo queda eso y los latidos de mi pequeño corazón, que retumban en mis oídos. Pero el silencio de alrededor es peor que la oscuridad. Pienso en Ado. Nunca me he preguntado qué siente al estar encerrado en su caja bajo tierra. Ahora me da pena. Ni siquiera lleva un cascabel atado al tobillo. Nadie puede ayudarlo. ¿Cuánto tiempo ha pasado? He olvidado empezar a contar. La respiración se vuelve afanosa. No resistiré mucho tiempo. Agito la pierna y el sonido del cascabel es ensordecedor, me molesta. Pero continúo. No quiero quedarme más tiempo aquí abajo. No quiero morir. Pero no ocurre nada. ¿Por qué no oigo la pala clavándose de nuevo en el suelo? Entonces me surge una duda terrible. ¿Y si mamá y papá no pueden oírme? ¿Y si se han equivocado? Empiezo a gritar. Sé que no debería hacerlo, que es como cuando estuve a punto de morir en el río. «Si te estás ahogando, lo último que hay que hacer es pedir ayuda». El aire se consume rápidamente y me siento como una vela dentro de un vaso dispuesto al revés. La respiración se hace más tenue, la voz se apaga: ya no puedo emitir ningún sonido. Me debato violentamente en este espacio reducido, presa de espasmos y convulsiones, y no puedo parar.

Una mano invisible se posa en mi boca. Estoy muerta.

12

Hanna resurgió de repente, revolviéndose en la mecedora y abriendo mucho los ojos. Todavía se estaba ahogando.

–... cuatro, tres... –Pietro Gerber se apresuró a hacer la cuenta atrás para ayudarla a recuperar el contacto con la realidad–. Dos, uno. Respire –la exhortó–. ¡Vamos, respire!

Estaba rígida y se agarraba con fuerza a los apoyabrazos. Forcejeaba.

–Ahora ya no está en la casa, eso es el pasado –intentó convencerla el hipnotizador, cogiéndole la mano.

Gerber estaba tan inmerso en el relato que ni siquiera él estaba seguro de encontrarse realmente a salvo en su despacho. Podía oír el sonido del cascabel guardado en su bolsillo. Y sentía el mismo horror que Hanna Hall. «Y había vuelto a tocarla». Pero había sido el pánico, se dijo. Y también recordar a su hijo durmiendo con esa maldita cinta roja en el tobillo.

Al final la mujer se convenció, retomó el contacto con

la realidad que la rodeaba y empezó a respirar de nuevo de manera regular.

–Así, muy bien –la animó el terapeuta, y, mientras tanto, deslizó su mano apartándola de la de ella.

Hanna seguía mirando a su alrededor, todavía no se fiaba.

Gerber fue hasta la librería. Abrió una de las puertas y cogió una botella de agua, le sirvió un poco en un vaso, se lo tendió a la paciente y observó que estaba temblando. «Tengo que calmarme», se dijo. Temía que ella se diera cuenta.

–Estoy muerta –repitió, en cambio, Hanna, mirándolo con ojos asustados–. Estoy muerta.

–Nunca ocurrió.

–¿Y usted cómo lo sabe? –preguntó, casi implorando.

El psicólogo volvió a su sillón.

–Si hubiese ocurrido, usted no estaría aquí –fue la respuesta más obvia pero también la menos apropiada que le vino a la cabeza. No debía olvidar que trataba con una mujer aquejada de graves paranoias. Subrayar la evidencia no serviría para hacer cambiar de idea a alguien que vivía inmerso en un embrión de miedos.

–Había borrado de mi memoria la granja de los Ström.

–Lamento que el recuerdo haya aflorado bruscamente y, sobre todo, que despertar de la hipnosis haya sido traumático.

Hanna, sin embargo, pareció digerir el *shock* en un instante. La expresión de su rostro cambió, volvía a ser tan aséptico como siempre. Metió una mano en el bolso y sacó el encendedor y un Winnie, como si no hubiese pasado nada.

Gerber se asombró por el repentino cambio. Era como si dos personalidades distintas habitaran en la misma persona.

—Ellos podían oírme...

—¿Los extraños?

—Mis padres... Desde arriba del agujero podían oír claramente el sonido del cascabel, me lo dijeron después. Pero no me desenterraron enseguida. —Hanna aspiró una larga calada, estudiando la reacción de Gerber—. Sabían que iba a perder el sentido, pero su objetivo era comprobar cuánto tiempo podía aguantar allí abajo. El cascabel servía para hacerme creer que podía pedir ayuda, pero en realidad solo era un mecanismo para que me portara bien.

—¿Y piensa que hicieron lo correcto?

—Los extraños nunca vinieron a la granja de los Ström y, cuando llegó el verano, nos fuimos de allí.

—No era esa la pregunta... —insistió el psicólogo.

Hanna lo pensó un momento.

—El deber de un padre y una madre es proteger a sus hijos. La caja era el mejor escondrijo que podían idear: los extraños no me encontrarían. Mis padres debían impedirlo a toda costa... Al fin y al cabo, era una «niña especial». —Sonrió amargamente.

—¿En qué cree que consistía el que usted fuera especial?

Hanna no dijo nada. Sacudió la ceniza del cigarrillo en el cenicero de plastilina y después miró el reloj.

—Dentro de poco llegarán los otros pacientes, tal vez sea mejor que me vaya.

Gerber no tuvo nada que objetar. A continuación, vio que la mujer cogía del suelo la bolsa con el paquete de regalo que había traído consigo esa mañana.

—Lo he comprado para su hijo.

Fue entonces cuando el psicólogo se dio cuenta de que el papel de colores envolvía un libro.

—No puedo aceptarlo —dijo, intentando no ser descortés.

Ella pareció decepcionada.

—No quería ofenderlo.

—No me ha ofendido.

—No pensaba que estuviera mal.

—No está mal, pero es inoportuno.

Hanna se quedó pensando, como si intentara comprender algo que se le escapaba.

—Por favor, no me haga volver al hotel con esto —afirmó, ofreciéndole de nuevo el paquete.

Has entrado sin permiso en la habitación de mi padre. Te has acercado a mi familia. No sé cómo, pero le has puesto a mi hijo un cascabel en el tobillo. No permitiré que vuelvas a invadir mi vida.

—No es beneficioso para la terapia —le explicó—. Es necesario que entre nosotros haya siempre una distancia de seguridad.

—¿Seguridad para quién? —replicó la mujer.

—Para ambos —fue la respuesta tajante de Pietro Gerber.

Recordó que le había prometido a Theresa Walker que se preocuparía por saber dónde se alojaba Hanna. Dado que había mencionado un hotel, pensó en aprovechar la ocasión.

–¿En qué hotel de Florencia se hospeda? –preguntó.

–En el Puccini: es viejo y no incluye el desayuno, pero no podía permitirme nada mejor.

Gerber memorizó el nombre. En caso de necesidad –o peligro–, tendría que saber dónde localizarla.

La mujer apagó la colilla en el cenicero, recogió sus cosas y se dispuso a marcharse. Pero entonces se volvió de nuevo hacia él.

–En su opinión, ¿debería sentir rabia hacia mis padres por la historia de la caja?

Le devolvió la pregunta:

–¿Le parece que debería sentirla?

–No lo sé... Cada vez que nos cambiábamos de casa de las voces, mis padres ideaban un modo para mantenerme a salvo. La caja era uno de ellos. Con los años hubo diferentes escondites: cavidades en las paredes, compartimentos en los muebles, un cuchitril secreto debajo de la chimenea. –Seguidamente, Hanna hizo una pausa–. ¿Qué estaría dispuesto a hacer para defender a su hijo?

–Cualquier cosa. –Fue la respuesta inmediata de Gerber. Y remarcó la frase para hacerle entender que la advertencia también la incluía a ella.

144

En cuanto Hanna salió de la buhardilla, en la mente de Pietro Gerber empezaron a girar vertiginosamente imágenes angustiosas.

«Si quieres vivir, tienes que aprender a morir».

Para intentar apaciguar su inquietud, el hipnotizador sintió la necesidad de comprobar la veracidad de algunos puntos del relato de la mujer. No disponía de demasiados elementos. Empezó por la granja de los Ström.

Hanna había mencionado una aldea de mineros abandonada y el psicólogo recordaba que había habido algunos asentamientos en las colinas situadas entre las provincias de Grosseto, Pisa y Livorno.

Seguramente la casa se encontraba en las inmediaciones.

Ström, sin embargo, no era un apellido típico toscano. Pero cuando lo buscó en internet, Gerber descubrió que, efectivamente, a finales del siglo XIX, una familia de origen danés se había trasladado a aquella zona para dedicarse a la ganadería.

Abrió un mapa con fotos de satélite y empezó a buscar el río en el que Hanna había estado a punto de ahogarse. Siguiendo su curso, localizó una densa masa forestal. Amplió todavía más la imagen y distinguió unas ruinas, ahora casi borradas por la maleza, al lado de un arroyo.

La granja todavía estaba allí. Con el establo y el castaño bajo el que Hanna Hall probablemente había experimentado lo que significaba ser enterrada viva.

«¿Qué estaría dispuesto a hacer para defender a su hijo?».

Durante las horas siguientes, Gerber debería haberse dedicado a sus pequeños pacientes, pero no podía concentrarse. La experiencia de esa mañana lo había marcado. Y, además, la última frase de Hanna antes de despedirse lo aterrorizaba. ¿Qué pretendía decir con eso? ¿Era una amenaza?

Se estaba produciendo el peor de los inconvenientes que podían aparecer en su profesión: el paciente intentaba asumir el control. Normalmente era una condición suficiente para interrumpir inmediatamente la relación. Pero, como bien sabía, en el caso de la hipnosis no era aconsejable. Sin embargo, tenía la impresión de que la terapia se le estaba escapando de las manos.

Hacia mediodía, al término de una sesión con una niña de nueve años que tenía pesadillas con frecuencia, decidió tomarse un descanso y llamar a su esposa.

–¿Me echabas de menos? –le dijo ella, alegre y sorprendida por la inesperada novedad–. No sueles llamarme por la mañana.

Silvia se quejaba a menudo de que su marido tenía el don de la inoportunidad. Pero esta vez parecía que le gustaba.

–Me apetecía hablar un rato contigo, nada más –se justificó él, incómodo.

–¿Un mal día? Esta mañana, en el desayuno, me ha parecido que lo era –dijo la mujer recordando el modo en que había salido de casa, deprisa y con el rostro sombrío.

–Los he tenido mejores –admitió Gerber.

—No me hables —se lamentó ella—. Esta mañana en la consulta he tenido que lidiar con una parejita de recién casados que, al volver de la luna de miel, han desarrollado un instinto homicida recíproco.

– He entrado en la habitación cerrada después de tres años —la interrumpió Gerber, sin saber por qué y sin añadir detalles de cómo había sido la entrada en el bosque de *El libro de la selva*.

Silvia se quedó callada por un instante.

—¿Y cómo te sientes ahora?

—Desorientado...

Su mujer y el «señor B.» nunca se conocieron. Y, obviamente, su padre no tuvo tiempo de ver nacer a su nieto. Pietro Gerber encontró a la mujer de su vida pocos meses después de la muerte de su progenitor. Tuvieron un noviazgo rápido. Amor a primera vista, habría dicho alguien.

La verdad era que él necesitaba encontrarla.

La estuvo buscando. Puso bastante empeño. Sentía la necesidad de formar una familia, puesto que en la que había crecido ya era solo un doloroso recuerdo del pasado. Tal vez su afán por casarse y tener un hijo no había sido la mejor idea. Seguramente Silvia habría querido disponer de algo más de tiempo. Se había perdido la despreocupación de la época del noviazgo, cuando todavía se ignora todo del otro y lo bonito es descubrirse poco a poco. De hecho, hubo un momento en que la decisión de ir a vivir juntos hizo que todo peligrara y, aunque después las cosas se arreglaron, ambos seguían teniendo la impresión de haberse saltado algún paso entre conocerse y la promesa de pasar el resto de su vida juntos.

–¿Por qué no me hablas nunca de él?

Gerber no se dio cuenta de que estaba apretando el móvil, los nudillos se le habían puesto blancos por la tensión.

–Porque ni siquiera soy capaz de referirme a él como «mi padre»...

Ella ya se había dado cuenta, pero nunca habían hablado del tema. Gerber empezó a llamarlo «señor B.», parodiando ese «señor Baloo» con el que solían dirigirse a él los niños que trataba. Era, sobre todo, un modo de expresar su desprecio por su padre ahora que ya no estaba.

–Nunca has querido contarme lo que sucedió entre vosotros dos –constató Silvia con evidente pesar.

Pero Pietro no tenía fuerzas para confesarle su secreto.

–¿Podemos cambiar de tema, por favor? Ni siquiera sé por qué lo he sacado.

–Claro. Solo una cosa –insistió su esposa–. Si tanto lo odias, ¿por qué haces el mismo trabajo que él?

–Porque cuando descubrí quién era realmente, ya era demasiado tarde.

Silvia no siguió preguntando. Él se lo agradeció. Tal vez un día sería capaz de decirle la verdad, pero de momento era suficiente.

–Mi ayudante me ha traído un paquete hace un rato –dijo ella, cuando ya estaban a punto de colgar–. Te lo quería comentar en casa, pero ya que estamos...

148

—¿Qué paquete? —preguntó Gerber, alarmado.

—Parece un libro: alguien lo ha dejado en mi consulta para Marco.

Se despidió rápidamente, intentando sobre todo no asustar a Silvia. Después cogió el impermeable, bajó la escalera corriendo a más no poder y llamó a un taxi.

La ansiedad lo devoraba. La idea de que su hijo —su niño— pudiera estar en peligro por culpa suya lo volvía frágil e irascible al mismo tiempo.

Le dio al taxista la dirección de la guardería y le rogó que fuera lo más rápido posible. A pesar de ello, le pareció un viaje larguísimo.

«¿Qué estaría dispuesto a hacer para defender a su hijo?».

Hanna Hall había dicho «defender», no «proteger». Quién sabía si había elegido la palabra por casualidad. Pero le parecía que ninguna señal procedente de esa mujer era casual.

Al llegar al jardín de infancia, pagó la carrera y se precipitó a la puerta. Una vez la hubo cruzado, se detuvo, sorprendido y desorientado. Tuvo una inmediata sensación de impotencia.

Lo recibió el sonido cristalino de decenas de cascabeles.

Lo siguió, recorrió el largo pasillo hasta la sala común con un laberinto de tubos, toboganes y colchonetas donde al fin fue a recibirlo una de las maestras.

–El padre de Marco –afirmó, cordial, al reconocerlo–. Viene a recogerlo muy pronto, ¿verdad?

Gerber vio a su hijo jugando junto a los demás niños, trepando una estructura y metiéndose en las galerías. Todos llevaban una cinta de raso rojo en el tobillo. Y en esa cinta colgaba un cascabel.

El psicólogo se hurgó en el bolsillo y sacó el que había desatado de la piernecita de su hijo esa noche. El objeto embrujado que, según la historia de Hanna Hall, servía para regresar de la tierra de los muertos.

–Es un juego sonoro que estamos haciendo desde hace unos días –explicó la maestra, anticipándose a su pregunta–. Se lo pasan muy bien.

Pietro Gerber, sin embargo, no pareció sentir alivio alguno.

13

–Si Hanna Hall se ha fijado en el cascabel que llevaba Marco en el tobillo, significa que ha mentido sobre ese detalle mientras estaba bajo hipnosis.

–La cuestión es que esa mujer ha visto a nuestro hijo –le hizo notar Silvia, irritada–. Significa que nos observa a distancia, tal vez incluso nos sigue.

–¿Por qué iba a colar intencionadamente una mentira aun sabiendo que, muy probablemente, lo acabaría descubriendo?

–¿Quizás porque es una psicópata? –le señaló su mujer.

Pero Pietro Gerber no lo veía claro. Era como el asunto del papel con el nombre de Ado escrito. Rarezas que contribuían a incrementar el misterio que rodeaba a la mujer y que lo ponían nervioso.

Silvia escuchó con impaciencia el resumen que hizo su marido sobre lo que había ocurrido con Hanna Hall desde el principio. Tal como él había imaginado, estaba preocupada por el cariz que estaba tomando esa historia. Llevaban media hora discutiendo en el salón de su casa, se habían saltado la cena porque a ninguno de los dos le apetecía comer. Había demasiada tensión en el ambiente. Debían encontrar una solución lo más rápido posible, antes de que fuera demasiado tarde.

Sentada en el sofá, Silvia seguía hojeando el libro que Hanna le había regalado a Marco.

Una alegre granja.

No era alegre en absoluto, se dijo enseguida Pietro Gerber haciendo una rápida analogía con la granja de los Ström. Una vez más, Hanna había querido mandarle un inquietante mensaje en clave que se prestaba a mil interpretaciones, muchas de las cuales incluso daba miedo considerar.

Parecía un cruel rompecabezas. Cada vez que el psicólogo intentaba resolverlo, descubría que la solución ocultaba otro todavía más sibilino.

–No me gusta nada este asunto –dijo Silvia.

–Puede que Hanna Hall solo esté intentando decirme algo y no soy capaz de entenderlo.

Silvia se levantó de golpe del sofá, tirando al suelo el libro de cuentos.

–¿Por qué la defiendes? ¿No puedes aceptar que te está manipulando?

Estaba furiosa y Gerber no podía reprochárselo.

–Te preguntas si ha mentido sobre el detalle del cascabel, pero, en cambio, no te cuestionas que toda su historia sea una invención. Es absurdo.

–Sus recuerdos son demasiado vívidos para ser fruto

de la imaginación –replicó–. Dios santo, casi la vi ahogarse cuando creía que estaba encerrada en una caja bajo tierra.

Gerber cayó en la cuenta de que había levantado demasiado la voz y, como Marco ya estaba durmiendo, guardó silencio un momento, temeroso de haberlo despertado. Pero no oyeron ningún llanto procedente de su cuarto.

–Escucha –dijo, acercándose a su mujer–. Si es una impostora, lo sabremos pronto. Su psicóloga australiana ha encargado una investigación para recabar información sobre ella.

Eso le hizo recordar que Theresa Walker también le prometió que le enviaría por correo electrónico la grabación del audio de su primera y única sesión con Hanna, pero todavía no lo había hecho.

–Y hay una cosa más –añadió, serio–. Al principio pensaba que la historia del niño muerto cuando ella era pequeña era un falso recuerdo creado por la frágil y enferma mente de una mujer con una desesperada necesidad de atención... Pero ahora estoy convencido de que Hanna Hall dijo la verdad.

Silvia pareció calmarse.

–Si a ti te parece que no mintió, ¿qué crees que sucedió realmente?

–¿Recuerdas el caso de aquella madre que fue condenada en los años cincuenta por el asesinato de su propio hijo?

–Sí, salía en el examen de criminología de la universidad.

–¿Y recuerdas también cuál era mi teoría al respecto?

–Que había sido su hijo mayor quien mató a su hermano y que después ella asumió la culpa, para salvarlo.

«¿Qué es mejor, ser considerada una madre asesina o ser la madre de un asesino»?, se había preguntado Pietro Gerber al imaginar la duda ante la que se había debatido esa mujer.

–¿Qué quieres decirme con esto?

–Hanna Hall asegura que mató a Ado cuando todavía era demasiado pequeña para darse cuenta de la gravedad de su acción... Creo que Ado era su hermano.

Silvia empezó a atar cabos.

–En tu opinión, ¿los padres escondieron el homicidio y, para impedir que les quitaran a su hija, empezaron a trasladarse de un sitio a otro?

Él asintió.

–Y cambiaban continuamente de identidad porque eran fugitivos. Así, si algún entrometido preguntaba a Hanna cómo se llamaba, ella contestaría diciendo el nombre de una princesa.

–Pero aún hay más –afirmó Gerber–. Como sabes, la memoria no se puede borrar, si no es a causa de una lesión cerebral. Más que cualquier otro suceso de la vida, los traumas psicológicos dejan cicatrices invisibles, pero también profundas: los recuerdos que quedan enterrados en el inconsciente afloran antes o después, a veces bajo otras formas... La madre que se sacrifica por su hijo, pensando que así lo salva, en realidad está dejando libre a un asesino que ha archivado el recuerdo de su acción sin antes haber procesado su gravedad y significado y, por tanto, podría repetirla en cualquier momento.

La idea de que Hanna pudiera reiterar su crimen le produjo un escalofrío.

—Los padres de Hanna Hall sabían que huir llevándose consigo el cadáver para borrar el rastro no sería suficiente... —concluyó Silvia.

—Debían ocultar lo ocurrido sobre todo a su hija —confirmó el psicólogo—. Y ahí tienes la historia de los «extraños» y también la de la familia desaparecida en la granja de los Ström.

—Una escenificación.

—Una especie de lavado de cerebro —la corrigió Gerber—. Enterrarla viva era su terapia.

Para convencerla de que era por su bien, la madre le había hecho creer que era una «niña especial».

Silvia volvió a sentarse en el sofá dejándose caer, estaba desconcertada. Pietro se alegraba de que su mujer hubiese aprobado su razonamiento, pero sobre todo se alegraba de que volviera a estar de su parte.

—La mantendrás alejada de nosotros, ¿verdad? —le preguntó ella, preocupada.

—Por supuesto —le aseguró.

No le apetecía en absoluto que Hanna volviera a interferir en su vida.

Silvia se serenó. Entonces la dejó tranquila unos momentos y fue a recoger *Una alegre granja* del suelo. El libro había quedado abierto y con la portada boca arriba. Lo levantó, pero, antes de volver a cerrarlo, Gerber miró distraídamente una de las ilustraciones.

La imagen lo cogió completamente desprevenido. Empezó a hojear frenéticamente el regalo de Hanna Hall preguntándose el sentido de ese nuevo y absurdo rompecabezas.

Lo único que logró decir fue:

–Dios mío...

14

En la sala de juegos las cosas no cambiaban nunca.

Una condición indispensable era que el entorno resultara familiar, imperturbable. Los juguetes que se deterioraban con el uso eran rápidamente reemplazados. Los cuadernos para colorear siempre estaban por estrenar, los lapiceros y las ceras siempre eran nuevos.

A cada visita, se borraba el paso de la anterior. Cada niño debía de tener la impresión de que ese lugar estaba dispuesto solo para él, como un vientre materno.

La hipnosis, para funcionar, necesitaba unos hábitos. Cualquier variación de las condiciones podía representar una distracción y, a veces, eso era nefasto para la terapia.

El metrónomo marcaba un compás que solo existía entre esas cuatro paredes. Cuarenta pulsaciones por minuto.

—¿Qué tal, Emilian? ¿Estás bien? —preguntó el adormecedor de niños cuando estuvo seguro de que el pequeño ya había entrado en un estado de trance ligero.

Emilian estaba terminando el dibujo de un tren de vapor y le hizo un gesto de afirmación con la cabeza. Los dos estaban sentados ante la mesita baja y tenían delante una pila de hojas y un buen surtido de colores entre los que elegir.

Esa mañana, el niño bielorruso llevaba una camiseta un poco ceñida que dejaba en evidencia las señales de su deterioro por culpa de la anorexia. Gerber intentó que su aspecto no lo condicionara: estaba en juego la vida de cinco personas.

—¿Recuerdas lo que me contaste el otro día? —preguntó.

Emilian asintió de nuevo. A Gerber no le cabía duda de que se acordaba.

—¿Puedes volver a contármelo, por favor?

El pequeño se tomó unos momentos. El hipnotizador estaba seguro de que había entendido perfectamente la pregunta, pero no sabía si estaría dispuesto a corroborar su historia. Aun así, era importante para retomarla allí donde había quedado interrumpida.

—Estaba dibujando como ahora y oí la cantilena del niño curioso... —empezó a decir Emilian en voz baja, sin perder la concentración—. Entonces fui hacia el sótano... Allí estaban mamá y papá, el abuelo, la abuela y el padre Luca. Pero llevaban unas máscaras en la cara, máscaras de animales —especificó—. Un gato, una oveja, un cerdo, un búho y un lobo.

—Pero tú los reconociste de todos modos, ¿no es así?

Emilian emitió dos breves sonidos de asentimiento, tranquilo.

—¿Y qué estaban haciendo, te acuerdas?

—Estaban desnudos y hacían cosas de internet...

Gerber recordó que Emilian había elegido esa eficaz metonimia para describir la escena de sexo. El hecho de que hubiese usado más o menos las mismas palabras para confirmar lo que contó en la sesión anterior era alentador. Su recuerdo era nítido, preciso. No se había contaminado con fantasías posteriores.

El psicólogo levantó la mirada un instante hacia la pared del espejo. No podía divisar la expresión de Anita Baldi, pero sabía que la jueza de menores se estaba preguntando una vez más si esa versión de los hechos se correspondía con la verdad. También se imaginó el rostro tenso de los imputados: ¿qué estaría pasando en esos momentos por la mente de los padres adoptivos de Emilian, de sus abuelos y del padre Luca? Su vida dependía de lo que decía o dejaba de decir un niño de seis años.

—¿Fuiste otras veces al sótano?

El pequeño negó con la cabeza, completamente desinteresado. Entonces, para hacer que se centrara, Gerber empezó a repetir la cantilena que Emilian había oído la noche de los hechos y que lo guio hasta la escena que se estaba juzgando:

—«Hay un curioso chiquillo - jugando en un rinconcito - en la oscuridad callada - escucha una llamada - hay un fantasma gracioso - que lo llama imperioso - al curioso chiquillo - quiere darle un besito».

Emilian cogió una cera negra. Gerber advirtió que empezaba a modificar su dibujo.

—La merienda... —dijo.

–¿Tienes hambre? ¿Quieres algo de comer? –preguntó el hipnotizador.

Emilian no contestó.

–¿Es hora de merendar? No entiendo...

Era posible que el niño estuviese intentando irse por las ramas. Pero entonces el pequeño levantó la mirada hacia él y después hacia el espejo: Gerber tuvo la impresión de que el asunto de la merienda servía para distraer a quien lo estaba escuchando detrás del muro. Emilian quería llamar su atención, solo la suya. De modo que el psicólogo se puso a observar el dibujo. Lo que vio no le gustó en absoluto.

El tren de colores se estaba convirtiendo en un rostro. Ojos afilados, pero sin pupilas, una boca enorme y dientes puntiagudos.

En aquellos vagos rasgos se condensaba toda la angustia y los miedos de la infancia. Los monstruos de cuando eres niño son evanescentes, recordó Gerber. Pero están ahí. Y tú los ves.

Cuando hubo terminado, el niño incluso le puso un nombre.

–«Maci» –dijo en voz baja, bautizándolo.

El hipnotizador comprendió que había llegado el momento de liberar a ese inocente de su pesadilla. En la sala de juegos donde todo era siempre igual y nada cambiaba nunca, el adormecedor de niños introdujo una inesperada novedad. Apartó las hojas que Emilian tenía delante y le desveló lo que se ocultaba debajo de ellas desde antes de empezar la sesión. El libro de cuentos que Hanna Hall le había regalado a Marco: *Una alegre granja*.

—¿Has visto alguna vez este libro? —preguntó.

El niño lo observó un momento, pero no dijo nada. El psicólogo empezó a hojear el breve volumen ilustrado. En los dibujos de la granja siempre aparecían los mismos entrañables protagonistas.

Un gato, una oveja, un cerdo, un búho y un lobo.

Una hora antes, siguiendo las indicaciones de Gerber, una asistente social había realizado un registro en el cuarto del niño y había encontrado un ejemplar idéntico a este.

El hipnotizador vio que unas pequeñas lágrimas empezaban a deslizarse por el rostro de Emilian.

—Tranquilo, todo está bien —lo confortó.

Pero no estaba bien en absoluto: una nueva y fuerte emoción había hecho acto de presencia en la placidez de la sala de juegos. El niño espectro había sido descubierto y ahora se sentía expuesto, humillado.

Entonces Emilian agachó la cabeza sobre su dibujo. Muy bajito, repitió:

—Mi merienda siempre está mala...

El pequeño volvía a dar rodeos, sin duda estaba muy confuso.

Gerber pensó que ya era suficiente.

—Ahora vamos a contar al revés empezando por el diez, después todo se habrá acabado: te lo prometo.

La asistente social fue a recoger a Emilian a la sala de juegos. Después de la denuncia que había puesto en marcha el proceso, el niño había sido internado en un centro. Pero a partir de ahora Pietro Gerber no sabía cuál iba a ser su destino.

¿Los padres adoptivos estarían dispuestos a ocuparse nuevamente de él después de haberlos acusado de ser unos monstruos?

El psicólogo permaneció todavía unos momentos más en la sala de juegos. Se levantó de su asiento y se dispuso a detener el metrónomo. Buscó consuelo en el silencio amortiguado de la sala, mirando su propio rostro en el reflejo del espejo tras el que ya no había nadie. Estaba agotado y se sentía culpable por Emilian. Le sucedía cada vez que desenmascaraba la mentira de un niño. Porque sabía que, incluso tras la peor de las mentiras, siempre se escondía un resquicio de verdad hecho de miedo y abandono.

Los padres adoptivos de Emilian no habían hecho nada malo. Pero lo que angustiaba a Gerber era que los verdaderos responsables se habían ido de rositas. No se escondían detrás del inquietante aspecto de animales. Por desgracia, tenían la apariencia de la madre y el padre que lo habían traído al mundo.

El psicólogo salió al pasillo con el libro de Hanna Hall y se lo entregó al secretario judicial para que fuera admitido como prueba de descargo. Se preguntó cómo su paciente había podido enterarse del caso de Emilian. Y de nuevo se vio obligado a admitir que no entendía nada. ¿Hanna estaba dotada de poderes sobrenaturales o solo se trataba de una coincidencia más? Ambas posibilidades eran absurdas, de modo que las descartó enseguida, molesto.

Mientras se esforzaba en buscar una explicación plausible, vio que no muy lejos de él se había formado un corrillo.

Los imputados se habían quedado hablando con los abogados defensores y algunos miembros de su congregación religiosa que habían acudido a apoyarlos. Como era previsible, se sentían aliviados. Todavía no tenían el veredicto, pero ya se daba por supuesto cuál sería. Marido y mujer, muy jóvenes, estrechaban manos y daban las gracias. Los abuelos estaban visiblemente conmovidos. Con toda probabilidad, esas personas nunca se hubieran imaginado que tuvieran que ir a una sala del tribunal de justicia, obligados a defenderse de una acusación deshonrosa. Pero al presenciar esos abrazos, Gerber no pudo evitar sentir todavía más pena por el pobre Emilian, que había perdido la oportunidad de tener una familia.

—¿Cuándo crees que podrás entregarme tu informe final?

El hipnotizador se volvió, cruzándose enseguida con la mirada de la jueza Baldi.

—En cuanto decida si es conveniente o no que me reúna de nuevo con Emilian —dijo.

La jueza se mostró sorprendida.

—¿Tienes intención de volver a verlo? ¿Por qué motivo?

–¿No queremos saber por qué contó esa mentira? –alegó él.

–Lamentablemente, ya lo sabemos: la respuesta está en el pasado de violencia y abusos que sufrió en Bielorrusia. Pero para Emilian era más fácil desquitarse con su nueva familia. Ya lo has oído, ¿no? «Mi merienda siempre está mala» –repitió la jueza.

–Según su opinión, ¿buscaba una excusa?

A Gerber le costaba creerlo.

–Los mentirosos desenmascarados tienden a atribuir su culpa a otra persona, incluso los que tienen seis años... «Como no me gustaba la merienda, me inventé toda esa historia del sótano».

–Entonces usted piensa que ese niño es un sádico.

–No –replicó Baldi–. Creo que, simplemente, es un niño.

No siguieron hablando porque en ese momento el padre Luca estaba llamando la atención de sus feligreses: les rogó que se agruparan para rezar por Emilian. Poco después, se pusieron en círculo, inclinando la cabeza y cogiéndose de las manos, con los ojos cerrados.

Fue entonces cuando Gerber apreció algo anómalo.

Mientras nadie podía verla, en el rostro de la madre adoptiva de Emilian –una mujer bastante atractiva– se formó una sonrisa. No expresaba alivio ni gratitud. En todo caso, parecía una sonrisa de satisfacción que se desvaneció en cuanto volvió a abrir los ojos junto a los demás.

Gerber estaba a punto de comentárselo a Anita Baldi, pero se interrumpió cuando empezó a vibrar su móvil en el bolsillo. Lo cogió y vio en la pantalla un número que ya le era familiar.

–Doctora Walker, esperaba hablar con usted ayer. –Calculó que, si en Florencia era casi mediodía, en Adelaida debían de ser más o menos las nueve y media de la noche–. Tenía que mandarme por *mail* la grabación del audio de la primera sesión de hipnosis de Hanna Hall, ¿recuerda?

–Tiene razón, discúlpeme.

El tono de su voz era agitado.

–¿Qué ocurre? –preguntó Gerber, intuyendo que algo no iba bien.

–Lo lamento, perdone –repitió varias veces su colega–. Lamento haberle metido en todo esto...

15

¿Qué intentaba decirle? ¿Por qué motivo Theresa Walker lo «lamentaba»? Gerber tuvo la sensación de que lo habían engañado.

Salió rápidamente del juzgado y se encontró en la calle, igual que la primera vez que habló por teléfono con la psicóloga. En ese inquietante *déjàvu*, un viento gélido bajaba de los edificios azotándole el rostro. Ahora también estaba a punto de empezar a llover.

–Por favor, tranquilícese e intente explicarse –dijo, con la intención de apaciguar a su colega.

–Tendría que habérselo dicho enseguida, pero me dio miedo... Cuando usted me pidió que le enviara la grabación de la primera sesión con Hanna, comprendí que había cometido un error.

Sin embargo, Gerber seguía estando desconcertado.

–¿No me ha enviado usted el archivo a propósito? ¿Es eso lo que intenta decirme?

–Sí –confesó ella–. Pero lo he hecho con buena intención, créame... Cuando lo escuche, llámeme enseguida. El resto se lo diré de palabra.

¿Qué contenía esa grabación? ¿Qué secreto había decidido esconderle la doctora Walker? Y, lo más importante, ¿por qué justo ahora se había convertido en un problema? Gerber intuyó que había algo más. Algo muy grave. Por el momento, dejó a un lado la grabación y se concentró en esto.

—Está bien —zanjó él—. Pero ¿por qué está tan alterada?

—Mi amigo el investigador privado ya ha terminado de hacer las averiguaciones sobre nuestra paciente.

Gerber recordaba que la doctora Walker iba a pedirle a un conocido que le hiciera ese favor, pero no esperaba que saliera a la luz nada preocupante. Al parecer, se equivocaba.

—En Australia existen seis mujeres que se llaman Hanna Hall —prosiguió la psicóloga—. Pero solo dos rondan la treintena... Una es una bióloga marina de fama internacional, y enseguida me pareció que podía descartarla de inmediato como la persona que estamos tratando.

Gerber le dio la razón.

—¿Quién es la otra?

Theresa Walker hizo una pausa y sorbió por la nariz, estaba asustada.

—La otra, hace un par de años, intentó secuestrar a un recién nacido en pleno día, lo cogió del cochecito en un parque público.

Sin darse cuenta, el hipnotizador fue aflojando el paso progresivamente hasta detenerse del todo.

—No lo consiguió porque la madre del bebé empezó a gritar y ella salió huyendo.

No podía creer lo que estaba oyendo.

—Doctor Gerber, ¿está todavía ahí?

—Sí —confirmó, pero no podía respirar. No sabía por qué, pero estaba seguro de que la historia no acababa así.

—A las pocas horas; la policía dio con Hanna. Cuando los agentes fueron a arrestarla a su casa, encontraron una pala y una pequeña caja de madera.

Gerber de repente se sintió extenuado, temía que el móvil se le resbalara de la mano. Apoyó la espalda en la pared de un edificio y se inclinó, sacudido por escalofríos, a la espera del peor epílogo.

—Durante el juicio no pudo demostrarse, pero la policía sospechaba que Hanna Hall tenía la intención de enterrar vivo al bebé.

7 *de julio*

El día en que se desbarató para siempre la vida de Pietro Gerber empezó con un terso amanecer. El cielo de verano en Florencia tenía una luz rosada, pero en cuanto se posaba sobre los tejados de las casas, se volvía ambarina, especialmente por la mañana.

Cuando terminó el período de prácticas, Pietro alquiló enseguida un piso en la Via della Canonica con el primer sueldo obtenido de su trabajo como psicólogo infantil. Estaba situado en la buhardilla de un viejo edificio sin ascensor y para llegar hasta allí había que subir a pie ocho tramos de escalera. Llamarlo piso era algo atrevido. Lo cierto era que constaba de un cuartito en el que apenas cabía una cama de una plaza y media. Al no tener armario, colgaba la ropa en una cuerda que pendía del techo. Había un rincón que albergaba la cocina y el retrete estaba escondido detrás de un biombo: cuando algún invitado se quedaba a pasar la noche, hacían turnos para usar el baño y, mientras tanto, el otro esperaba en el rellano.

Pero aquel pequeño lugar le permitía ser completamente independiente. No es que estuviera a disgusto en casa de su padre, pero una vez cumplidos los treinta, creía que era importante tener un sitio propio donde vivir y asumir la responsabilidad de pequeñas tareas como pagar las facturas o preocuparse de su manutención.

Otra de las ventajas era no tener que acudir a un hotel cuando hacía alguna nueva conquista; además, la angosta vivienda era menos costosa. Y es que había una cosa a la que Pietro Gerber no podía renunciar: las mujeres eran su gran pasión.

Por lo que todas decían, el joven Gerber era un hombre guapo. Y daba gracias a Dios por no haber heredado la nariz de su padre, ni sus espantosas orejas despegadas. Lo que más les gustaba a las chicas era su sonrisa: «magnética», la definían por lo general. El poder de los «tres» hoyuelos, decía él subrayando el hecho de que eran insólitamente impares.

A diferencia de muchos chicos de su edad, a Pietro no se le pasaba por la cabeza lo más mínimo formar una familia. No se imaginaba pasando toda su vida con la misma persona y no era en absoluto su intención tener hijos. Le gustaban los niños, en otro caso no habría escogido la misma profesión que su padre. Los encontraba mágicamente complejos y eso los hacía más interesantes que los adultos. A pesar de ello, no se veía para nada siendo como su padre.

Esa mañana de julio, Pietro Gerber se despertó a las seis y cuarenta. El sol que se filtraba por las persianas se deslizaba dulcemente sobre el torso desnudo de la encantadora Brittany como un sudario dorado, resaltando la perfecta curva de la espalda. Pietro se puso de lado para disfrutar del espectáculo exclusivo de la criatura dormida boca abajo que estaba a su lado. Los largos cabellos castaños, que sin embargo dejaban al descubierto una tentadora porción de cuello, los brazos cruzados debajo de la almohada como una venus danzante, la sábana que la envolvía hasta la cintura dejando entrever las nalgas esculpidas.

Se conocían desde hacía menos de un día y esa misma noche se despedirían antes de que un avión se la llevara de vuelta a Canadá. Pero Pietro había decidido hacer que sus últimas horas en Florencia fuesen inolvidables.

Le preparó un plan perfecto.

Iba a llevarla a desayunar pastas al Caffè Gilli, después a comprar agua de colonia y cremas de belleza a la Officina Profumo-Farmaceutica, junto a Santa Maria Novella. No podía equivocarse: a las chicas las volvía locas. A continuación, después de una ruta turística pormenorizada en busca de secretos que normalmente no se encontraban en las guías, acabaría el recorrido con un paseo en el Duetto Alfa Romeo hasta Forte dei Marmi y los fabulosos espaguetis *alla versiliese* de Lorenzo. Sin embargo, mientras esperaba a que su joven amiga se despertara, Pietro se puso a pensar en su padre. Porque esas preferencias se las había transmitido él.

El «señor Baloo» amaba su ciudad.

En cuanto podía, le encantaba caminar sin rumbo para redescubrir cosas, olores, personas de Florencia. Todo el mundo lo conocía, todos lo saludaban. Un tipo larguirucho, con el indefectible Burberry y un sombrero de lluvia de ala ancha, aunque hiciera sol. En verano llevaba cómodas bermudas y camisas floreadas, pero también horribles sandalias de cuero. Nunca pasaba desapercibido. Antes de salir de casa se llenaba los bolsillos de globos de colores y caramelos Rossana que después regalaba, indistintamente, a grandes y a chicos.

Cuando Pietro era pequeño, su padre lo cogía de la mano, se lo llevaba a pasear por la ciudad y le mostraba cosas que después formarían parte del repertorio que usaba para impresionar a las chicas. Como por ejemplo el rostro esculpido en una pared exterior del Palazzo Vecchio, que se decía que era el perfil de un condenado a muerte cincelado por Miguel Ángel, que pasó casualmente por allí mientras el criminal era conducido al patíbulo. O el autorretrato de Benvenuto Cellini, oculto en la nuca de su *Perseo*, que solo podía descubrirse subiendo a la Loggia dei Lanzi y mirando la estatua de espaldas. El ovni que aparecía en la pintura de una virgen del siglo xv. O la serie de retratos antiguos de niños expuesta en el Corredor Vasariano.

Pero, entre todas las curiosidades y rarezas, la que siempre había impresionado más a Pietro Gerber de niño era la «rueda del abandono», situada en el exterior del Ospedale degli Innocenti y que se remontaba al siglo XV. Consistía en un cilindro que daba vueltas, parecido a una cuna. Los padres que no podían mantener a sus hijos recién nacidos los depositaban en el artilugio, después tiraban de una cuerdecita atada a una campana que alertaba a las monjas del interior del convento. Hacían girar el cilindro para recoger al bebé y así no se veía obligado a pasar demasiado tiempo a la intemperie. La principal ventaja de la invención era preservar el anonimato de quien abandonaba a la criatura. En los días siguientes, los niños se exponían al público por si algún benefactor quería hacerse cargo de alguno o incluso para dar la posibilidad a los padres biológicos, atormentados por los remordimientos, de recuperarlos.

Normalmente, las chicas de Pietro se conmovían al escuchar la historia. Y eso era bueno para él, porque desde ese momento tenía casi la absoluta certeza de que, al cabo de poco, se las llevaría a la cama. Nunca había depositado demasiada confianza en los sentimientos, no le importaba admitirlo. Como no sabía enamorarse, no pensaba que una mujer pudiera amarlo. Tal vez porque había crecido sin una figura femenina de referencia: su padre se quedó viudo muy pronto.

El «señor Baloo» lo hizo lo mejor que pudo. Dejó a un lado su inmenso dolor y se hizo cargo de criar él solo a un niño de apenas dos años que no tendría ningún recuerdo de su madre.

Hasta la escuela primaria, Pietro no preguntó nunca nada sobre ella y no la echaba de menos. No podía estar triste por alguien a quien no había conocido. Su madre era la guapa señora que salía en las fotos familiares recopiladas en un viejo álbum encuadernado en piel, nada más.

Pero, de los seis a los ocho años, de vez en cuando algo se disparaba en su interior.

Durante ese periodo de tiempo, acribilló a su padre a preguntas; quería saberlo todo. Cómo era su voz, el sabor de helado que prefería, cuándo aprendió a montar en bicicleta o cómo se llamaba la muñeca que tenía de pequeña. Por desgracia, el padre no poseía todas las respuestas y a menudo tenía que improvisar. Después de aquella época, sin embargo, su curiosidad se desvaneció por completo sin ningún motivo. Ya no preguntó nada más y, las pocas veces que en casa salía el tema, la conversación se agotaba al cabo de pocas y estériles frases.

Aunque sí había una frase que su padre remarcaba en cada ocasión.

«Tu madre te quiso muchísimo».

Como si fuera un atenuante para borrar la culpa por haber muerto apenas veintiún meses después de su nacimiento.

Durante mucho tiempo, Pietro no vio al «señor Baloo» con otra mujer. Y ni siquiera se preguntó nunca el motivo. Cuando tenía casi nueve años, sin embargo, ocurrió algo. Un domingo, su padre lo llevó a tomar un helado al Vivoli. Parecía un paseo como cualquier otro, en el que una vez más le contó que ese dulce congelado se creó en Florencia y apareció por primera vez en la corte de los Medici. Después, mientras estaban sentados en las mesitas del exterior del histórico local, se acercó una encantadora señorita y su padre se la presentó como «una amiga suya». El joven Pietro intuyó enseguida que el encuentro no era en absoluto casual como los dos querían hacerle creer. Es más, había sido preparado previamente con otro objetivo. Cualquiera que fuera, él no quería saberlo. Y para dejar claras sus intenciones, no probó ni una cucharadita de su copa jaspeada de gianduja y chocolate. Dejó que se licuara ante los ojos mudos de ambos, con la crueldad que a veces muestran los niños. Nunca había tenido una madre oficial y no quería una de recambio. Desde entonces, no volvió a ver a esa mujer.

Muchos años después, en aquella mañana de julio, la encantadora Brittany empezó a moverse sinuosa en la cama mientras se iba despertando. Se volvió hacia Pietro y, después de abrir los ojos verdes, le regaló la más radiante de las sonrisas.

–Buenos días, espléndida hija de Canadá oriental. Bienvenida a la dulce mañana de Florencia –la saludó solemnemente, dándole una palmada en las nalgas y también un ligero beso en los labios–. Tengo un montón de sorpresas reservadas para ti.

–Ah, ¿sí? –preguntó la chica, divertida.

–Quiero que te sea imposible olvidarme. Dentro de cincuenta años, les hablarás de mí a tus nietos, te lo garantizo.

La joven se estiró hacia él y le susurró en un oído:

–Demuéstramelo.

Entonces Pietro se deslizó bajo las sábanas.

Brittany lo dejó hacer: reclinó la cabeza hacia atrás y entornó los ojos.

En ese momento, el móvil empezó a vibrar. Pietro maldijo a cualquiera que fuera a llamar a esa hora absurda, emergió y contestó al número desconocido.

–¿El señor Gerber? –preguntó una fría voz femenina.

–Sí, ¿quién es?

–Llamo del Careggi, Unidad de Cardiología. Tendría que venir enseguida, por favor.

Las palabras se descompusieron y se volvieron a componer varias veces en su cabeza mientras intentaba comprender su sentido.

–¿Qué ha ocurrido? –consiguió preguntar mientras entreveía su propio pánico reflejado en el rostro de Brittany.

–Se trata de su padre.

A saber por qué, las malas noticias tenían el poder de hacer que de repente todo lo demás pareciera cómico y grotesco. En ese momento, la dulce Brittany, con los labios carnosos y el seno turgente, le pareció risible. Y él se sintió ridículo.

Cuando llegó al hospital, se dirigió corriendo a cuidados intensivos.

La noticia había llegado rápidamente a la familia: en la sala de espera encontró a sus tíos y a su primo Iscio. También había otros conocidos de su padre que habían acudido para saber cómo estaba. El «señor Baloo» era un hombre muy popular; eran muchos quienes lo apreciaban.

Pietro observó a los presentes y todos lo miraron. Tuvo el insensato temor de que pudieran notar en él el olor de Brittany, se sintió frívolo y terriblemente fuera de lugar. Mientras el corazón del hombre que lo había criado cedía de repente, él estaba en compañía de una chica. En ninguna de esas miradas había la sombra de juicio, pero Pietro se sentía igualmente culpable.

La jueza Baldi se acercó y le puso una mano en el brazo.

—Tienes que ser fuerte, Pietro.

Su vieja amiga lo estaba preparando para lo que todos en aquella sala ya sabían. Mirando a esas personas, reconoció un rostro familiar, a pesar de que lo había visto una sola vez, a la edad de nueve años. En una esquina estaba la mujer que su padre intentó presentarle un domingo por la tarde, cosa que él rechazó junto a aquella copa de helado. Lloraba quedamente y evitaba su mirada. En ese momento, Pietro comprendió una cosa que nunca antes había comprendido: su padre no era en absoluto un viudo desconsolado y no había renunciado a crear otra familia porque todavía amara a una mujer que ya no estaba.

Lo había hecho por él.

Un dique en su interior se rompió y le invadió un insoportable remordimiento. Una enfermera fue a su encuentro. Pietro se imaginó que quería preguntarle si quería despedirse por última vez de su padre. ¿Acaso no era el procedimiento habitual? Estaba casi a punto de contestarle que no porque no podía soportar la idea de haberlo privado de la posibilidad de ser feliz de nuevo.

Pero, en cambio, ella dijo:

–Su padre quiere verle. Por favor, venga, está muy inquieto.

Le hicieron ponerse una bata verde y, a continuación, lo acompañaron a la habitación donde su padre estaba conectado a las máquinas que todavía lo mantenían frágilmente con vida. La máscara de oxígeno le cubría el rostro, dejándole descubiertos los ojos reducidos a dos rendijas. Pero todavía estaba bastante lúcido porque lo reconoció en cuanto cruzó el umbral. Empezó a agitarse.

–Papá, tranquilo, estoy aquí –le dijo para calmarlo.

Con las pocas fuerzas que tenía, su padre levantó el brazo y movió los dedos para que se aproximara.

–No debes cansarte, papá –le aconsejó, acercándose a la cabecera de la cama. No sabía qué otra cosa decirle. Cualquier frase habría sido una mentira. Pensó que lo mejor era hacerle saber que lo quería, por eso se inclinó hacia él.

El «señor Baloo» se anticipó y murmuró algo, pero la mascarilla impidió que Pietro lo entendiera. Se acercó todavía más y el padre se esforzó en repetir lo que había dicho.

La revelación cayó como un mazazo en el corazón del joven Gerber.

Incrédulo y desconcertado, Pietro se apartó de su padre moribundo. No podía imaginar que él hubiera elegido precisamente ese momento para confiarle un secreto tan horrible. Le pareció absurdo, irrespetuoso. Le pareció cruel.

Dio un par de pasos inseguros hacia atrás, en dirección a la puerta. Pero no era él quien retrocedía, era la cama de su padre la que se alejaba. Como una barca a la deriva. Como si quisiera poner distancia entre ellos dos. Por fin libre.

Lo que vio en los ojos del «señor Baloo» mientras se decían adiós para siempre no fue pena, sino alivio. Un despiadado y egoísta alivio. Su padre —el hombre más pacífico que conocía— se había desembarazado del bulto indigesto que había mantenido en su interior durante gran parte de su vida.

Ahora ese peso era todo suyo.

16

La lluvia se deslizaba en regueros delgados que se cruzaban en las ventanillas y en el parabrisas. Más allá de la pantalla líquida, todo parecía opaco, evanescente. Las luces de los otros coches se mezclaban, se dilataban, desenfocándose para después desaparecer y volver a aparecer como espejismos.

Pietro Gerber estaba sentado en el asiento del conductor del coche familiar que, desde el nacimiento de Marco, había reemplazado tristemente al flamante Duetto Alfa Romeo. El psicólogo permanecía inmóvil mirando el *smartphone* que sostenía en sus manos.

En la pantalla, el *mail* de Theresa Walker con un archivo de audio adjunto.

«Lamento haberlo metido en todo esto...».

La primera sesión de hipnosis de Hanna Hall.

«... Cuando lo escuche, llámeme enseguida. El resto se lo diré de palabra...».

Unos días antes, la mañana en que la doctora Walker le pidió que se ocupara del caso, su colega le contó que la paciente había empezado a gritar de pronto porque en su mente había aflorado el recuerdo del homicidio de cuando era solo una niña.

¿Qué había cambiado desde aquella primera llamada? ¿Qué había omitido decirle?

Gerber llevaba un par de auriculares conectados al móvil, pero todavía no había encontrado el valor de empezar a escuchar el archivo. Walker le había mentido. Algo más ocurrió durante aquella sesión. Por eso la había mantenido en secreto hasta ese momento, evitando enviarle la grabación.

«Sí. Pero lo he hecho con buena intención, créame...».

Lo que la hizo cambiar de idea fue lo que descubrió su amigo, el investigador privado: el intento de Hanna de secuestrar a un niño de muy corta edad.

«... Durante el juicio no pudo demostrarse, pero la policía sospechaba que Hanna Hall tenía la intención de enterrar vivo al bebé...».

Pietro Gerber inspiró profundamente: el aparcamiento de un hipermercado era el refugio perfecto para esconderse. A última hora de esa tarde invernal, la gente se apresuraba a hacer la compra para regresar pronto a casa. Encerrado en el habitáculo bajo la tormenta, nadie reparaba en él, nadie podía verlo. Y, aun así, no se sentía a salvo.

Lo que fuera que contuviera la grabación, había aterrorizado de muerte a su colega.

«... Tendría que habérselo dicho enseguida, pero me dio miedo...».

Cuando se sintió suficientemente preparado, Gerber dirigió el pulgar de la mano derecha a la pantalla del teléfono. Bastó con un gesto sencillo, una ligera presión sobre el icono adjunto en el *mail*, para abrir las puertas del infierno.

Ruidos de la grabadora. Alguien colocaba el micrófono en la posición correcta y, al hacerlo, raspaba contra algo.

–Bueno, ¿está preparada para comenzar? –se oyó decir a Theresa Walker.

Un instante de pausa.

–Sí, estoy lista –fue la respuesta de Hanna Hall.

Un sonido mecánico: una llave que giraba un engranaje. Cuando el mecanismo estuvo lo suficientemente cargado, empezó a sonar una melodía romántica, discordante.

Cada hipnotizador utilizaba su propio método para inducir el estado de trance. Gerber prefería el metrónomo; era banal, pero tenía su elegancia. El «señor B.» utilizaba una cancioncita de una vieja película de dibujos animados de Walt Disney. Otros, simplemente, pronunciaban frases sugerentes modulando la voz o bien empleaban variaciones de luz. La idea de hacer oscilar un péndulo o un reloj delante de los ojos del paciente era una invención cinematográfica, al igual que la de mirar intensamente la rotación de una espiral.

La doctora Walker utilizaba una vieja caja de música.

La musiquita estuvo sonando un minuto y medio, después empezó a ralentizarse. A medida que se agotaba la cuerda, aumentaba el estado de trance de la paciente, imaginó Gerber.

–Hanna, me gustaría que retrocedieras en el tiempo... Empezaremos desde tu infancia...

–Está bien... –contestó Hanna.

El tono de voz de la doctora Walker era benévolo, tranquilizador. En el fondo, no era más que el inicio de una terapia cualquiera para poner la memoria en orden. Nada en ese ambiente hacía presagiar un epílogo insólito.

–Te explicaré lo que vamos a hacer... En primer lugar, buscaremos un recuerdo feliz: lo usaremos como una especie de guía por tu inconsciente. Cada vez que algo te turbe o te parezca extraño, volveremos a ese recuerdo y te sentirás bien otra vez...

–De acuerdo.

Una larga pausa.

–Y bien, ¿has encontrado algo?

Hanna inspiró y espiró.

–El jardín.

17

Papá sabe perfectamente cuándo empezará la próxima
estación. Le basta con mirar las raíces de las plantas.
O nota el olor que trae el viento y prevé la llega del verano o de la nieve. Algunas noches observa el cielo y,
según la posición de algunas estrellas, le dice a mamá
qué es mejor plantar en el huerto.

No necesitamos un reloj ni tampoco un calendario.
Por eso no sé exactamente qué edad tengo. Yo decido
cuándo es mi cumpleaños: elijo un día y lo comunico.
Mamá prepara la tarta de pan y azúcar y lo celebramos.

Es primavera y nos hemos trasladado hace poco a esta
zona. Me llamo Sherezade y la casa de las voces está situada al lado de un campo de árboles frutales abandonado.

El jardín.

En vez de morir por falta de cuidados, los árboles
han crecido libremente, así que tendremos fruta durante
todo el verano.

La casa está en la cima de una colina. No es muy grande, pero desde aquí arriba se ven muchas cosas. Las bandadas de pájaros alzan el vuelo de repente y planean hasta el suelo, danzando al unísono. Los remolinos de polvo se persiguen molestos entre las hileras. A veces, por la noche, se ven extraños resplandores en la lejanía. Mamá dice que son fuegos artificiales, la gente los hace estallar en el cielo para celebrar algo. Me pregunto por qué no estamos allí con ellos. No obtengo respuesta.

Justo en medio de la casa ha crecido un cerezo. Se ha hecho tan alto que ha roto el techo. Papá ha decidido poner a Ado allí debajo, así las raíces lo protegerán. Aunque pienso que hay otro motivo: de este modo Ado puede estar más cerca de nosotros. Me gusta cuando estamos todos juntos; mamá y papá también están más contentos.

La primavera es una estación bonita, pero el verano es mejor. Me muero de ganas de que llegue el verano. Los días ahora son raros. A veces hace sol, a veces llueve. Cuando llueve, normalmente leo. Pero he terminado todos los libros; algunos ya los he leído varias veces y estoy harta. Papá me promete que buscará otros, pero todavía no lo ha hecho. Me aburro. Así que decido que ya ha pasado bastante tiempo desde mi último cumpleaños, por la noche entro en la cocina y comunico solemnemente a mis padres que mi fiesta será mañana. Ellos me sonríen y lo aprueban, como siempre.

Al día siguiente está todo listo. Mamá ha encendido el horno de leña, pero no solo para hacer la famosa tarta de pan y azúcar. Ha cocinado muchas cosas riquísimas. Pondremos una mesa increíble esta noche, cuando papá haya vuelto de buscar mi regalo.

La tarde pasa rápidamente y estoy tan feliz que no voy a olvidar nunca este día. Prepararme para la fiesta es lo que más me emociona. Con la espera del momento todo se vuelve más hermoso. El mundo está contaminado de mi alegría.

Para la fiesta, mamá ha encendido muchas velas alrededor del cerezo y ha colgado algunas telas de colores en las ramas. Ha extendido una manta para colocar la comida, también hay una jarra de limonada. Papá toca la guitarra y cantamos nuestras baladas. Yo lo acompaño con mi pandereta. A continuación, él deja su instrumento y continúo sola mientras coge a mamá por las caderas y la hace bailar. Ella ríe y se deja llevar. «Solo él sabe hacerla reír así». La falda se abre dejando los tobillos al descubierto, sus pies descalzos sobre el suelo son preciosos. Ella lo mira a los ojos. «Solo ella sabe hacerlo sentir así». Son tan felices que tengo ganas de llorar.

Entonces llega el momento del regalo. No quepo en mí. Normalmente no recibo cosas demasiado grandes, porque es difícil llevárselas cuando nos vamos. Papá me fabrica una honda o talla algo en madera. En una ocasión, me regalaron un castor precioso. Pero esta vez es distinto. Papá desaparece durante un momento en la casa y cuando vuelve lleva consigo una bicicleta.

No me lo puedo creer. Una bici toda para mí.

No es nueva, está un poco oxidada y una rueda es distinta de la otra. Pero ¿qué más da? Es mi bici. Nunca he tenido una; esta es la primera. Estoy tan contenta que me olvido de que no sé montar.

No tardo mucho en aprender. Papá me ha dado un par de clases y, después de alguna caída, ahora ya no hay quien me pare. Corro a más no poder entre las hileras de árboles, mamá dice que mi nube de polvo se ve desde la casa. Entre nosotros hay un pacto: sé que tendré que dejar la bici aquí cuando nos vayamos, pero papá me promete que tendré otras. Aunque ninguna será como esta. Ninguna bici es como la primera bici.

Me ha crecido mucho el pelo, ahora me llega hasta el final de la espalda. Estoy muy orgullosa de mi pelo, es tan largo como el de mamá. Ella dice que, si no quiero cortármelo, por lo menos tengo que llevarlo recogido. Me ha dado uno de sus pasadores, el que tiene una flor azul y que a papá le gusta tanto. Sé lo mucho que significa ese pasador para ella, no lo estropearía por nada del mundo.

Pero una noche vuelvo de uno de mis habituales paseos y resulta que ya no llevo puesto el pasador.

Estoy tan disgustada que no se lo digo a nadie. Y aunque mamá y papá notan que durante la cena no estoy de buen humor, prefieren no hablar de ello. Al día siguiente no consigo encontrarlo. Y eso que hago el mismo recorrido del día anterior. Lo repito una y otra vez, pero nada.

El jardín es un laberinto. Es fácil desorientarse, me digo. Y me prometo que lo recorreré entero hasta que aparezca el pasador de mamá.

El cuarto día, mientras registro una zona más alejada de la casa, sucede algo muy raro. Algo me abofetea de repente. Hundo los talones en la gravilla para frenar y a continuación me vuelvo a mirar.

En el suelo está el pasador con la flor azul. ¿Cómo me ha ido directo a la cara? No ha sido el viento, los árboles a mi alrededor están inmóviles. Empiezo a jadear, sin poder evitarlo.

Regreso a casa con el pasador, pero no cuento nada de lo que ha ocurrido. Todavía debo encontrar una explicación y, a saber por qué, siento que es culpa mía. No sé el qué, exactamente. Pero es mi culpa.

Por la noche no consigo dormir. Decido que al día siguiente iré a ese lugar otra vez. Sí, eso haré. Porque no puedo creer que sea verdad; es una locura que ocurriera algo así.

Por la mañana me tomo el desayuno y me voy enseguida. Me acuerdo de dónde lo encontré. Además, en el suelo todavía está la marca del brusco frenazo con los talones. Hay un silencio raro en este lugar. Ni un insecto, ni pájaros ni otros animales; es como si todas las criaturas de la tierra hubiesen desaparecido. Mientras pienso en cuál puede ser el motivo, miro a mi alrededor y veo una cosa que ayer no estaba. O tal vez no reparara en ella.

Alguien ha grabado una flecha en la corteza de un árbol.

Estoy aturdida, confusa. ¿Qué clase de broma es esta? No puede ser cierto. «Regla número cuatro: nunca te acerques a los extraños y no dejes que ellos se acerquen a ti». Pero no estoy segura de que sea obra suya. Una parte de mí me dice que no tienen nada que ver, esta vez. Y que, por eso, puedo ir hacia donde dice la flecha. Observo en la dirección indicada, no hay nada por aquella parte, solo más árboles. Dejo la bici en el suelo y voy a comprobarlo. Doy una decena de pasos y encuentro otra.

Esta vez la flecha está en la corteza de un melocotonero.

La sigo y aparece una tercera en un almendro. Después una cuarta, una quinta, una sexta. Es una búsqueda del tesoro. Estoy tan excitada que me olvido de que debería tener miedo. Se me da muy bien buscar pistas y, en el fondo, me interesa poco el premio que pueda haber al final. No pienso en ello, quizás porque es la primera vez que no juego sola.

Porque una cosa es segura: esto es obra de alguien.

Llego a un pequeño claro. Para mi sorpresa, la última flecha dibuja un círculo.

¿Qué diantres significa? ¿Dónde tengo que buscar? De repente, me siento estúpida. Como si solo hubiesen querido tomarme el pelo. No es divertido. Pero hay algo raro. Miro a mi alrededor con la sensación de que no estoy sola. Alguien me está observando. Advierto la presencia de un par de ojos clavados en mí.

—¡Eh! —grito a la espesura.

—«¡Eh!» —me responde el eco.

—¡Ven aquí!

—«¡Ven aquí!».

—¿Estás ahí?

—«¿Estás ahí?».

—¿Dónde estás?

—«¿Dónde estás?».

—Sé que estás ahí...

—«Sé que estás ahí».

Yo sé que está. La voz del eco parece la mía..., pero no es la mía, estoy casi segura. Un extraño cosquilleo me trepa por la espalda.

Tengo que volver a la bici. Tengo que volver a casa.

Me paso toda la tarde pensando en ello. En la mesa, mientras como la verdura, dibujo con un dedo entre las migas de pan la flecha circular que he visto en el último árbol. Mamá y papá no se dan cuenta. Mientras enjuago los platos de la cena, no hago más que preguntarme qué será ese símbolo. En la cama no consigo dormirme.

Al día siguiente vuelvo al pequeño claro. Las manos me sudan, estoy intranquila. Pero debo hacerlo o no me lo quitaré de la cabeza. Esa última pista puede que tenga un significado. Es lo único que se me ha ocurrido. Lo sé, es un poco estúpido, pero no sé qué otra cosa pensar. Respiro profundamente y abro bien los brazos. Seguidamente empiezo a girar sobre mí misma. Primero despacio, después cada vez más deprisa. Giro y giro, mirando a mi alrededor. Los árboles se mueven vertiginosamente como un veloz tiovivo. Cada vez más. Voy con cuidado de no perder el equilibrio. Genero una ligera brisa y mis cabellos revolotean. Ahora los árboles giran conmigo.

Y, de repente, entre ellos, aparece un rostro.

Intento parar, pero tropiezo y me caigo hacia atrás. Una carcajada de niña. El corazón me late deprisa, jadeo por el esfuerzo y por la emoción. El sol me ciega, aun así entreveo una sombra que se acerca. Me levanto rápidamente, pero todavía tengo vértigo. Por fin la veo.

–Hola –me dice.

–Hola –le digo.

Lleva un vestidito con unas abejas amarillas y sandalias blancas. Los largos cabellos rubios están más bien peinados que los míos y su piel es muy blanca. La mía, en cambio, está tostada por el sol del verano. Siempre me he preguntado qué aspecto tendrían los otros niños. Ahora lo sé, pero no me parecen tan distintos a mí.

No tengo ni idea de cómo hay que comportarse en estos casos.

–¿Cómo te llamas? –me pregunta.

«Regla número tres: nunca digas tu nombre a los extraños».

–No puedo decírtelo...

–¿Por qué?

–Porque no puedo. –Ya he violado la cuarta regla, no me voy a meter en otro problema.

–De acuerdo, pues nada de nombres.

–Y nada de preguntas –recalco yo enseguida, así no me parecerá que infrinjo demasiado el pacto con mamá y papá.

–Nada de nombres y nada de preguntas –accede ella, y después me tiende una mano–. ¿Te apetece ver una cosa increíble?

Vacilo, no me fío. Pero siento algo que no he sentido nunca antes. El miedo a las consecuencias no es tan fuerte como el incentivo de trasgredir las normas. Entonces le cojo la mano y la sigo. Nunca he tocado a nadie que no fueran mamá y papá. Esta nueva sensación táctil es extraña. Para la otra niña debe de ser normal, pienso, no sé por qué. En el fondo, no sé nada de ella. Yo, simplemente con esto, ya me siento diferente.

Nos paramos de golpe y se vuelve hacia mí.

–Cierra los ojos –me ordena.

«Si he llegado hasta aquí, puedo ir más allá», me digo. Y obedezco.

Noto que me arrastra hacia delante. Mis pies se mueven solos. Me sujeto a la mano de la desconocida hasta que volvemos a pararnos.

–Ya está. Ahora puedes abrirlos.

Lo hago. Delante de nosotras se extiende una llanura blanca. Parece nieve, pero son pequeñas margaritas. Miles, millones de flores. Enseguida comprendo que he ido a parar a un sitio precioso, en el que nunca ha estado nadie aparte de nosotras. Y si la niña que acabo de conocer ha querido compartir conmigo su secreto, entonces yo también soy preciosa. No quiero decirlo, pero hay una palabra que me ronda en la cabeza. Me da vergüenza pronunciarla, espero que lo haga ella.

–¿Somos amigas? –me pregunta.

–Creo que sí –le contesto y sonrío.

Ella también sonríe.

–Entonces mañana volveremos a vernos...

Mañana se convierte también en pasado mañana y el siguiente. Prácticamente nos vemos cada día. Quedamos en el árbol de la flecha circular o en el campo de margaritas. Caminamos muy juntas y hablamos de lo que nos gusta. Como habíamos quedado, no tratamos temas personales. Por eso ella no me pregunta sobre mamá y papá y yo no quiero saber dónde está su casa –a pesar de que cerca de aquí nunca he visto ninguna– o por qué lleva siempre el mismo vestido de las abejas amarillas.

No saber demasiadas cosas la una de la otra no es ningún problema, aunque tal vez debería confesarle que antes o después me marcharé de aquí. Y al igual que no podré llevarme conmigo mi primera bicicleta, también tendré que decir adiós a la única amiga que he tenido nunca.

Un día sucede algo. Estamos sentadas en la orilla de un estanque y lanzamos piedras haciéndolas rebotar en la superficie del agua. Estoy casi segura de que mi amiga está a punto de decirme algo, pero en vez de eso simplemente se vuelve y me mira. Después baja los ojos y me mira la tripa.

–¿Qué pasa? –pregunto.

Ella no contesta, alarga la mano y me levanta la camiseta de tirantes. A continuación, coloca la palma de su mano caliente hacia abajo, al lado del ombligo. La dejo hacer; su caricia, al fin y al cabo, es agradable. Pero me fijo en que ella, en cambio, está alterada.

–No te gustará –me dice.

–¿El qué?

–Pero es necesario.

–¿Cómo? No te entiendo... –Me estoy poniendo nerviosa. ¿Por qué no se explica mejor? Pero nada. Aleja la mano y se levanta de golpe, dispuesta a marcharse–. ¿Nos vemos mañana? –pregunto, porque temo haberla ofendido. Pero no me parece que haya dicho o hecho nada ofensivo.

Ella me sonríe como siempre, pero después me responde:

–Mañana no.

Es de noche. Estoy durmiendo. Doy vueltas en la cama. Estoy soñando. Mi amiga posa su mano en mi tripa, pero esta vez su caricia no es agradable. Esta vez la caricia me hace daño.

Abro los ojos. Todavía está oscuro. Mi amiga ha desaparecido, el dolor no. Todavía está ahí: bajo y profundo. Estoy sudando. Tengo fiebre, lo noto. Me quejo y acuden mamá y papá.

Me ha subido la fiebre. Tengo calor y después tengo frío; después, otra vez calor. No sé dónde estoy, de tanto en tanto pierdo el conocimiento. Estoy en la casa de las voces de la colina, lo sé, pero después ya no lo sé. Allí fuera está la noche y el jardín; el jardín de noche es oscuro, ni siquiera hay luna. Deliro. Llamo a mi amiga, a pesar de que no sé su nombre. Y me duele la barriga. Me hace muchísimo daño. Nunca he sentido tanto dolor. ¿Por qué a mí? ¿Qué he hecho de malo? Mamá, ayúdame, haz que desaparezca. Papá, ayúdame, no quiero seguir estando así.

Los veo. Papá está de pie en medio de la habitación, tiene los brazos cruzados: se balancea de un pie a otro y me mira asustado, no sabe qué hacer. Mamá está de rodillas junto a mi cama, tiene su mano en mi tripa. Llora, está desesperada.

—Perdóname, pequeña mía.

No sé qué debería perdonarle, no es ella quien me hace daño, sino algo dentro de mí. Parece una especie de insecto que está cavando su madriguera en mi vientre. Un insecto negro y verde, largo y peludo. Tiene pequeñas patas afiladas con las que corta la carne y después me chupa la sangre.

Por favor, mamá y papá, quitádmelo de ahí.

En ese momento veo que se acerca una sombra. Es mi amiga, ha venido a verme. La reconozco por el vestido de las abejas amarillas. Se sienta en mi cama. Me aparta el pelo que se me ha pegado a la frente.

–Ya te dije que no te iba a gustar –repite–. Pero es necesario.

¿Necesario para qué? No lo entiendo. Después se vuelve hacia mamá y papá, y veo que ellos no están enfadados por su visita.

–Es necesario para ellos –afirma mi amiga, mirándolos con compasión.

–¿Por qué? –pregunto, jadeando.

–Existe un sitio que se llama hospital –responde ella–. Has leído algo en tus libros, ¿no?

Sí, es cierto, allí va la gente cuando está enferma. Pero nosotros no podemos ir por culpa de los extraños. «Regla número dos: los extraños son el peligro».

–Estás muy mal e incluso podrías morir, ¿lo sabes?

–No quiero morir –digo, asustada.

–Pues es lo que pasará si no tomas enseguida una medicina.

–No quiero morir –repito, gimoteando.

–Mamá y papá lo saben, por eso ahora él tiene miedo y ella te está pidiendo perdón... No pueden llevarte al hospital. Si lo hacen, se acabó.

Mamá llora y me suplica, como si en realidad yo pudiera hacer algo. Papá es distinto; no es mi papá de siempre, el hombre que siempre me hace sentir segura. Parece que haya perdido la fuerza y me mira como yo lo miraría a él si me sintiera en peligro.

—¿Me voy a morir? —pregunto, pero ya sé la respuesta.

—Piénsalo: si te mueres ahora, podremos estar juntas para siempre, aquí en el jardín.

—¿Por qué tengo que morir? —Sé que hay un motivo y no tiene nada que ver con el maldito insecto que se abre camino dentro de mí. Es algo que ha sucedido antes, hace mucho tiempo.

Mi amiga inclina la cabeza hacia un lado, me estudia.

—Ya sabes por qué... Mataste a Ado y ocupaste su lugar. Este es tu castigo.

—Yo no hice eso que dices —protesto.

—Pues sí —replica ella—. Y si no mueres ahora, un día moriréis todos.

18

El grito desesperado de Hanna.

—¡No fui yo, yo no lo maté!

—De acuerdo, ahora cálmate... —La voz de la doctora Walker se impuso sobre la de la paciente—. Debes calmarte. ¿Me oyes, Hanna?

La grabación se interrumpió de golpe antes de que empezara la cuenta atrás que marcaba la salida de la hipnosis.

Pietro Gerber esperó unos segundos más antes de quitarse los auriculares. El eco de los gritos de la mujer perduraba en forma de acúfenos. Ahora el psicólogo infantil necesitaba encontrar el silencio. Descubrió que tenía el cuello y los brazos rígidos y los dedos fuertemente clavados en las piernas, a la altura de las rodillas.

Se repitió que todo había comenzado en esa sesión. Bajo hipnosis, se había formado en Hanna Hall la convicción de que había matado a Ado. No porque tuviese un recuerdo directo del homicidio; se lo había dicho una niña imaginaria. ¿Qué sentido tenía? Habría sido necesario cavar más a fondo en su mente para encontrar el recuerdo exacto, si es que existía. Pero ahora él ya no sabía si se veía capaz de hacerlo.

Tendió una mano hacia el cambio de marchas y, temblando, arrancó el motor. No puso el coche en marcha, solo lo hacía para bajar un poco la ventanilla.

El aire fresco de lluvia invadió el habitáculo, barriendo el olor agrio del miedo. Gerber inspiró y espiró lentamente, intentando recuperarse. Después recordó las palabras de Theresa Walker.

«Cuando lo escuche, llámeme enseguida. El resto se lo diré de palabra».

Le habría gustado volver a casa, con Silvia y Marco. Le habría gustado ir hacia atrás en el tiempo y rechazar la petición de ayuda de su colega. En cambio, se encontraba involucrado en una historia que no entendía y, por encima de todo, sentía que estaba en peligro, aunque no sabía por qué.

Cogió el teléfono móvil y comprobó el nivel de la batería. La grabación de la sesión de Hanna Hall había durado un par de horas y quizás no quedaba bastante para hacer una llamada. Pero debía conocer «el resto», como lo había definido la doctora Walker. Marcó su número, que ya estaba guardado en la memoria del aparato.

–Y bien, ¿la ha escuchado? –preguntó enseguida la psicóloga, tras un par de tonos de llamada.

–Sí –contestó él.

–¿Qué idea se ha hecho?

—La misma que tenía antes: Hanna Hall mató a su hermanito cuando era muy pequeña. Tal vez no fue intencionadamente, tal vez se trató de un accidente. Sus padres pensaron que, aun así, un tribunal les habría quitado a su hija. Además, quisieron proteger a Hanna de lo que había hecho y la apartaron del mundo; nunca debía saber la verdad. Con este objetivo, adoptaron un modo de vida en que los demás no tenían cabida o eran mantenidos a distancia y en el que ellos no tuvieran que necesitar nunca a nadie... Pero, obviamente, para todo esto había un precio: la imposibilidad de recurrir a un médico, por ejemplo.

—¿Usted arriesgaría la vida de su hijo si no fuera por un buen motivo? —preguntó Walker con tono encendido.

—Por supuesto que no —contestó él, de mala gana—. Y con eso, ¿qué pretende demostrar?

—Solo escapar de un peligro más grave podría justificar el comportamiento de los padres de Hanna Hall ante la enfermedad de su hija.

—¿Está hablando de los extraños? —replicó él con tono burlón—. Los extraños no existen. Los padres de Hanna huían de sí mismos y del juicio de la sociedad. Con un hijo puedes permitirte cualquier egoísmo; solo tienes que llamarlo amor.

Él lo sabía muy bien, lo había experimentado con su padre.

—¿Y qué me dice de la niña del jardín?

—Que, desde pequeña, Hanna oía voces... Como todos los esquizofrénicos, por desgracia.

Quería haber hecho caso de la advertencia de Silvia, su mujer había diagnosticado antes que ellos la patología de Hanna. Ahora, en cambio, se veía involucrado con esa loca desconocida sin saber de qué era realmente capaz.

«... Durante el juicio no pudo demostrarse, pero la policía sospechaba que Hanna Hall tenía la intención de enterrar vivo al bebé...».

–Entonces, según su opinión, ¿todo se reduce a una amiga imaginaria? –objetó la doctora, que no quería en absoluto aceptar sus explicaciones.

–Su amiguita rubia, con sandalias blancas y el vestido de abejas amarillas era lo que Hanna habría querido ser y en cambio no era: una niña como las demás. Esta figura es solo una estratagema creada por su mente para no tener que afrontar sola la realidad –replicó crispado el hipnotizador.

–¿Y cuál es?

–Que Hanna siempre ha sabido que es responsable de la muerte de Ado, pero a veces es mejor que la realidad nos la desvele otra persona.

–No es Hanna Hall quien busca excusas para no aceptar la realidad, doctor Gerber... Sino usted.

–¿Se puede saber qué la asusta tanto de esa mujer? Por qué no me explica, en cambio, el motivo por el que me ha mantenido oculta esta grabación hasta hoy...

La doctora Walker hizo una pausa.

–De acuerdo –afirmó entonces–. Yo tenía una hermana gemela, se llamaba Litz.

–¿Y qué tiene que ver? ¿Por qué ha dicho «tenía»?

–Porque murió a los ocho años, apendicitis aguda.

Pietro Gerber dejó escapar una breve carcajada.

–¿Usted piensa de verdad que...?

Su colega no dejó que terminara la frase.

–A pesar de que era invierno, a Litz la enterraron con su ropa favorita: un vestido de algodón con abejitas blancas.

19

La jueza Baldi llevaba una bata larga de terciopelo y deambulaba en zapatillas por el salón de su casa, en el segundo piso de un edificio regio en el Lungarno, a la altura del Ponte Vecchio. La sala tenía un techo artesonado y estaba decorada con un estilo suntuoso. Muebles de anticuario, alfombras, tapices y cortinajes. Además, todas las superficies estaban completamente cubiertas de adornos, principalmente estatuas y objetos de plata.

Durante el siglo XVII, los Baldi fueron unos hábiles mercaderes y amasaron una gran fortuna. Los herederos se habían beneficiado de las rentas durante generaciones, sin tener que preocuparse de nada, ni siquiera de trabajar. La última representante de la estirpe, sin embargo, no se habría conformado llevando una vida ociosa, de modo que decidió ejercer una profesión en el mundo real.

Antes de encerrarse en un despacho del tribunal de menores, Anita Baldi había desempeñado el cargo de magistrada sobre el terreno, ensuciándose las manos y acumulando experiencia en el ámbito de la investigación. A pesar de haber crecido en un lujoso hogar, había estado en apartamentos cochambrosos, chabolas, infiernos domésticos y lugares a los que habría sido imposible llamar «hogar». Siempre a la caza de menores a los que poner a salvo.

Pietro Gerber miraba a su alrededor preguntándose si había hecho bien yendo a pedir consejo a su vieja amiga a esa hora tan tardía. Le había resumido someramente los hechos de los últimos días para poner al día a la jueza, sin nombrar todavía a Hanna Hall. Ahora estaba sentado en un sillón adamascado, pero no podía apoyarse en el respaldo porque todavía estaba demasiado tenso.

Había ido a pedirle un favor.

La magistrada se le acercó con el vaso de agua que le había pedido.

—Es evidente que tu colega se ha dejado sugestionar.

—Theresa Walker es una profesional reconocida. Lleva muchos años haciendo este trabajo —rebatió él, defendiendo a la vez su propio modo de actuar—. Antes de aceptar a la paciente, comprobé sus credenciales en la página de la Federación Mundial de Salud Mental.

—Eso no significa nada. Me has dicho que es una mujer de cierta edad.

—Sobre los sesenta —puntualizó.

—Es probable que a estas alturas de su vida sintiera la necesidad de escuchar ciertas cosas de boca de alguien…, y la paciente se aprovechó de ello.

Gerber no había considerado el aspecto emotivo, tal vez porque tenía treinta y tres años. Pero en vista de que la jueza Baldi se acercaba a los setenta, la explicación era plausible.

—Si yo fuese más frágil y ahora me dijesen que una persona a la que perdí hace mucho tiempo había vuelto bajo la apariencia de un fantasma, sería un consuelo —concluyó la jueza.

—¿Así pues, según usted, la paciente engatusó a la doctora Walker?

—¿Te sorprende? —contestó su amiga, sentándose en uno de los sofás—. Ahí fuera está lleno de estafadores: médiums, magos, ocultistas... Son muy hábiles a la hora de encontrar información sobre la gente, incluso los detalles más íntimos o las cosas que creemos que son completamente privadas. A veces basta con inspeccionar nuestra basura. Lo aprovechan para urdir engaños, ni siquiera demasiado sofisticados, basándose en un simple principio: todo el mundo cree lo que necesita creer.

—Normalmente, estos impostores intentan sacarte el dinero, pero ¿cuál es el móvil de mi paciente? Francamente, no consigo verlo...

—Esa mujer es mentalmente inestable, tú lo has dicho. En mi opinión, ha ideado un engaño para obtener atención y satisfacción... Al fin y al cabo, la idea de poder manipular a alguien provoca un enorme placer.

Para conseguir su objetivo, Hanna Hall introducía en sus relatos detalles de la vida privada de sus terapeutas.

—Al igual que nosotros la observamos y la escuchamos, ella también nos observa y nos escucha. Y, sobre todo, aprende.

La hermana de Theresa Walker muerta prematuramente, su primo «Iscio» o el hecho de que en la guardería de Marco los niños llevasen un cascabel en el tobillo. Aunque el libro de cuentos que había resuelto el caso de Emilian seguía siendo el misterio más incomprensible. Gerber no le habría hablado del caso a Hanna ni en sueños.

Ponderando atentamente ese aspecto, tomó un sorbo de agua de su vaso. A continuación, lo dejó encima de la mesita de cristal que tenía enfrente. Fue entonces cuando advirtió que en la repisa había un dibujo que el niño espectro había hecho en la sala de juegos.

El tren que se transformaba en un rostro malvado. El monstruo «Maci», como lo había bautizado Emilian.

La jueza Baldi lo había guardado, pero no fue eso lo que hizo pensar al psicólogo.

—Comenté algo de Emilian con Theresa Walker —recordó—. Es probable que ella, después, se lo contara a nuestra paciente.

Esa era la conexión. Se sintió aliviado. Pero tener una posible explicación de los «poderes» de Hanna Hall todavía no resolvía su problema y planteaba otros.

—La paciente y la doctora Walker siguen en contacto, pero mi colega no me lo ha dicho. —Se ensombreció—. Es la prueba de que incluso una psicóloga experta como ella se ha dejado sugestionar.

–¿Qué te había dicho? –remarcó la jueza.

Ahora estaba realmente preocupado.

–¿Cómo debería actuar? –preguntó a su amiga.

–¿Crees que la paciente constituye un peligro para ti o para tu familia? –preguntó a su vez la magistrada.

–La verdad, no lo sé... Esa mujer intentó secuestrar a un bebé, tal vez con la intención de enterrarlo vivo.

–No puedes pedir ayuda a la policía porque no podrías acusarla de nada y, además, violarías gravemente el compromiso de confidencialidad entre médico y paciente.

–Según Silvia, nos espía.

–Pero no es suficiente, no es un delito.

Lo sabía perfectamente, por desgracia.

–No dejo de repetirme que no es aconsejable interrumpir bruscamente una terapia de hipnosis, pero la verdad es que tengo miedo de las consecuencias.

–¿Qué tipo de consecuencias?

–Temo que eso provoque una reacción por su parte, que la paciente se convierta en una amenaza. –Se quedó pensando y, al cabo de un instante, dijo–: ¿Qué habría hecho en mi lugar el «señor Baloo»?

–Tu padre no tiene nada que ver en esto, esta vez tendrás que apañártelas solo.

Echaba de menos a ese bastardo, y eso lo enojaba todavía más.

–El investigador amigo de la doctora Walker dijo que en Australia hay dos mujeres de unos treinta años que se llaman igual... Una de ellas es una bióloga marina de fama internacional.

–¿Y eso qué tiene que ver?

–Pensaba en estos dos seres humanos de la misma edad y con el mismo nombre que, sin embargo, tienen un destino tan diferente, nada más. Si yo no hubiese sido hijo de mi padre, tal vez no me habría dedicado a la psicología y ahora no me encontraría en esta situación.

La jueza Baldi se levantó del sofá y fue a sentarse en el reposabrazos de su sillón.

–Ayudar a esa desconocida no resolverá el problema que tienes con él, sea cual sea.

Pietro Gerber levantó la mirada hacia ella.

–Hasta la edad de diez años mi paciente vivió con sus padres biológicos. Estuvieron en muchos sitios, cambiaban a menudo de identidad. Después ocurrió algo: la mujer ha hablado de la «noche del incendio» en la que su madre le hizo beber «el agua del olvido». Ese episodio debió de interrumpir de golpe las relaciones con la familia de origen, ella se fue a vivir a Australia y pasó a ser Hanna Hall para todo el mundo.

Al oír pronunciar por primera vez ese nombre, la jueza Baldi se puso tensa y Gerber se dio cuenta.

–¿Qué has venido a pedirme? –preguntó, recelosa.

–Supongo que hace veinte años Hanna fue apartada de sus padres biológicos, tal vez exista algún documento que explique el motivo. Y quizás alguien se ocupó también del asunto de su hermanito.

–Esa historia es una trola –soltó la jueza–. Despierta, Pietro, no hubo ningún homicidio. Esa mujer te está embaucando.

Pero Gerber todavía no quería tirar la toalla, por eso continuó impertérrito:

—Sus padres biológicos le permitían escoger cómo llamarse, por eso tuvo muchos nombres mientras estuvo en Italia. Hanna Hall es la identidad que asumió cuando llegó a Australia. De modo que supongo que a la edad de diez años fue adoptada por una familia de Adelaida.

—¿Qué haces aquí a estas horas? —lo interrumpió la jueza—. ¿Por qué no estás en casa con tu mujer y tu hijo?

Pero él no la escuchaba.

—Obviamente, solo se trata de elucubraciones. Para saberlo con certeza, necesitaría una autorización para consultar los expedientes reservados del tribunal de menores.

Eran los llamados «Modelo 23», dedicados a los casos de adopción más delicados. Pero eso la magistrada lo sabía muy bien.

Anita Baldi respiró profundamente y a continuación se acercó a un antiguo escritorio. Cogió un bolígrafo y anotó algo en un papel. Acto seguido se lo tendió a Gerber.

—Muéstraselo al funcionario del registro. Te dejará consultar lo que quieras.

El psicólogo cogió la hoja, la dobló y se la guardó en el bolsillo. Se despidió dándole las gracias a su vieja amiga con un simple gesto de la cabeza, sin tener el valor de añadir nada más ni de mirarla a los ojos.

Cuando salió del edificio de la jueza, había dejado de llover. Una neblina gélida subía desde el Arno e invadía las calles desiertas, haciendo imposible ver más allá de tres o quizás cuatro metros de distancia.

Desde alguna parte por encima de él, la antigua campana de la Torre di Arnolfo dio la medianoche. Los tañidos se sucedieron por las calles de Florencia hasta desvanecerse en el silencio.

Gerber echó a andar por el Ponte Vecchio. Sus pasos resonaban metálicos en la quietud amortiguada. Los talleres de los orfebres estaban cerrados, los letreros de las tiendas, apagados. Las farolas del alumbrado público aparecían y desaparecían como opacos espejismos de luz, como almas antiguas y amables; eran la única guía en medio del blanco vacío. El adormecedor de niños las seguía para no desorientarse y estuvo tentado de darles las gracias.

Tras cruzar el puente, entró en el dédalo de callejuelas del casco antiguo. La humedad se insinuaba bajo la ropa, reptando por la piel. Gerber se arrebujó en su Burberry para contrarrestar el frío, pero fue inútil. Así que, para calentarse, apresuró el paso.

Al principio las notas le llegaron de manera desordenada, de lejos. Pero cuando empezaron a acercarse, pudo irlas reuniendo y en su mente tomaron forma de una dulce melodía que pareció reconocer. Aflojó el paso para oírla mejor. Alguien había puesto un viejo disco. La aguja se deslizaba por el surco de vinilo. Pietro Gerber se quedó completamente parado. Ahora las notas llegaban y desaparecían, a ráfagas. Junto a ellas, dos voces algo distorsionadas... pero familiares.

El oso Baloo y Mowgli entonaban *Busca lo más vital*.

Una broma de mal gusto. O tal vez solo una broma malévola. Mientras el frío le penetraba hasta el corazón, pensó en quién podía ser el artífice. Miró a su alrededor. Quien se estuviera riendo de él se escondía en el blanquecino olvido. Pensó enseguida en su padre. Y, desde el infierno, afloraron las últimas palabras que le dijo, el amargo arrebato de un moribundo.

Pero antes de que pudiera racionalizar lo que estaba ocurriendo, la música desapareció de repente. Aun así, el silencio no fue liberador, porque ahora Pietro Gerber temió que solo la hubiese oído en su cabeza.

20

Subía la escalera del juzgado sosteniéndose en la barandilla de hierro; las piernas le pesaban por el cansancio de
otra noche más en vela. Desde hacía al menos un par
de días se olvidaba de afeitarse, pero no se había dado
cuenta hasta ver la reacción de su hijo cuando quiso darle
un beso de despedida antes de salir de casa. Al pasar por
delante de Silvia, ella lo observó con creciente preocupación. La mirada muda de su mujer era más sincera que
cualquier espejo. Esa mañana, encerrado en el baño, se había tomado una pastilla de 10 mg de Ritalin con la intención de combatir las secuelas del insomnio. El resultado
era que iba por ahí como si soñara con los ojos abiertos.

Algunos terapeutas lo llamaban «efecto zombi».

Al llegar a las oficinas del registro, reconoció a la empleada que normalmente veía en las vistas de la jueza
Baldi: una mujer de unos cincuenta años no demasiado
alta, con el pelo rubio perfectamente peinado y gafas
de aumento sujetas con una cadenita dorada colgada al
cuello.

Le mostró la nota que le había dado la magistrada la noche anterior.

–El caso se remonta a hace unos veinte años –explicó–. Una niña de diez años sin nombre que después asumió la identidad de Hanna Hall. Debería haber sido adoptada por una familia de Adelaida, en Australia.

La empleada estudió la nota de la jueza. A continuación, levantó la mirada hacia el rostro cansado de Gerber. Tal vez se preguntara si se encontraba bien.

–Un Modelo 23 –dijo, con tono suspicaz.

–Sí –confirmó el psicólogo sin añadir nada más.

–Lo comprobaré en el ordenador –afirmó la mujer antes de desaparecer en la sala contigua, donde se guardaban los expedientes de los juicios.

Mientras esperaba, Gerber se sentó delante de uno de los escritorios, preguntándose cuánto tiempo tendría que esperar. Había ido muy temprano con la esperanza de terminar pronto. Efectivamente, no tardó mucho.

La mujer volvió con él al cabo de diez minutos, pero con las manos vacías.

–No hay ningún Modelo 23 con ese nombre –anunció.

Gerber no podía aceptarlo, estaba convencido de que, después de la «noche del incendio», Hanna había sido dada en adopción en el extranjero.

–¿Lo ha mirado bien?

–Por supuesto –contestó la funcionaria, quizás un poco molesta–. No consta ninguna niña italiana que haya sido entregada a una familia extranjera y que haya asumido la identidad de Hanna Hall.

Pietro Gerber se sintió abatido. La visita vespertina a Anita Baldi había sido completamente inútil. Y, además, un nuevo nudo se añadía a la telaraña de misterios que rodeaba a la paciente.

Parecía que el pasado de Hanna Hall era un secreto custodiado únicamente en su memoria. Si quería conocerlo, debía entrar de nuevo en la oscuridad de su mente.

Tras abandonar el juzgado, el hipnotizador decidió dirigirse rápidamente a su consulta. Al llegar al rellano, se paró. Alguien lo esperaba ocultándose en la penumbra. Avanzó despacio y la vio: Hanna Hall estaba sentada en el suelo, acurrucada en una esquina junto a su puerta. Estaba durmiendo pero, por un instante, le pareció que se había desmayado.

Lo sacó de dudas el moratón que le cubría el lado derecho de la cara y que incluía el ojo, la sien y parte de la mejilla. Gerber se fijó en que la cinta de su bolso estaba arrancada. La ropa de la mujer también se veía desgarrada y se le había roto un tacón.

–Hanna –la llamó en voz baja, sacudiéndola suavemente.

A pesar de ello, se despertó sobresaltada, abriendo mucho los ojos y apartándose asustada.

–No tenga miedo: soy yo –intentó tranquilizarla.

La mujer tardó un poco en comprender que no estaba en peligro.

—Disculpe —dijo luego, mientras intentaba recomponerse rápidamente, incómoda por el hecho de haber sido sorprendida en ese estado. Con el dorso de la mano se limpió la comisura de la boca por donde había resbalado un hilo de saliva y se arregló el pelo que le había caído sobre la frente; en realidad, solo intentaba tapar la hinchazón.

—¿Qué le ha ocurrido? —preguntó el psicólogo.

—No lo sé —contestó—. Creo que me han asaltado.

Gerber sopesó la información, asombrado. ¿Quién había podido hacerle algo así?, ¿y por qué?

—¿Ha sido cuando venía hacia aquí esta mañana?

—No, sucedió anoche, después de las once.

Gerber intuyó que la mujer había pasado allí toda la noche. No se preguntó el motivo por el que no había vuelto al hotel, porque se acordó del viejo disco que sonaba por las calles desiertas de Florencia. *Busca lo más vital.*

—¿Quiere contarme lo que ocurrió?

—Salí del hotel Puccini, me había quedado sin cigarrillos y buscaba una máquina automática. Había una niebla muy densa y creo que me perdí. Al cabo de un rato oí pasos cerca de mí. Alguien me cogió, me zarandeó y me hizo caer. Me di con la cara en el suelo, creía que querían atracarme, pero el agresor se marchó corriendo. No recuerdo nada más. —Hizo una pausa—. Ah, sí —añadió—, cuando me levanté, tenía esto en la mano...

Abrió la palma para mostrarle el pequeño objeto a Gerber.

«Un botón negro».

El psicólogo lo cogió y lo analizó. Todavía pendía de un hilo descosido.

–Deberíamos ir a la policía –dijo.

–No –contestó inmediatamente Hanna–. No quiero, se lo ruego.

A Gerber le asombró su reacción exagerada.

–Está bien –accedió–. Pero entremos en el consultorio, debemos hacer algo con ese cardenal.

La ayudó a levantarse y, tras abrir la puerta, la sujetó por el pasillo. Aparte del golpe en la cabeza, Hanna cojeaba. Además, daba la impresión de encontrarse en estado de *shock*. Gerber la sostenía por un costado y, desde tan cerca, sentía el olor cálido que exhalaba el habitual jersey negro. No era agradable. Había algo dulce en el fondo de la mezcla de jabón de mala calidad, sudor y tabaco. La hizo sentar en la mecedora.

–¿Tiene náuseas, migraña?

–No –contestó ella.

–Mejor así –le dijo–. Voy a buscar algo para ponerle en esa contusión.

Bajó al bar de la esquina y regresó poco después con un poco de hielo picado dentro de una servilleta. Hanna se había encendido el primer Winnie pero, mientras se lo llevaba a los labios, Gerber se fijó en que la mano le temblaba mucho más que antes.

–Sé cómo conseguirle una receta –dijo, imaginando que sufría síndrome de abstinencia.

–No hace falta –respondió ella, amablemente.

El hipnotizador no insistió. Se arrodilló delante de ella y, sin pedirle permiso, le levantó la barbilla con la punta de los dedos y se acercó para examinarle mejor el moratón. Le acariciaba el rostro haciendo que lo volteara a la derecha y luego a la izquierda. Hanna lo dejaba hacer, pero al mismo tiempo buscaba sus ojos. Él fingió no darse cuenta, si bien la imprevista intimidad empezó a turbarlo. Sentía el cosquilleo de su aliento en la cara y estaba seguro de que ella tenía la misma sensación. Apoyó delicadamente la compresa con el hielo en el punto exacto. Hanna reaccionó con una mueca de dolor, pero después sus facciones se relajaron. Lo observó con sus melancólicos ojos azules, buscando algo en su mirada. Gerber también la miró, después le tomó la mano y se la puso sobre el envoltorio en lugar de la suya.

–Manténgalo presionado –le aconsejó mientras se levantaba apresuradamente, poniendo fin de este modo a cualquier contacto.

Hanna, en cambio, se cogió de su brazo.

–Han vuelto... No sé cómo, pero me han encontrado...

Observando su expresión de dolor, el hipnotizador se vio obligado a preguntarse una vez más si era sincera o si se trataba de otro de los numeritos de una hábil manipuladora. Decidió aclararlo directamente.

–Hanna, ¿usted sabe quién la ha agredido esta noche?

La mujer agachó la cabeza.

–No... No lo sé... No estoy segura –dijo dando rodeos.

–Ha dicho que «han vuelto», de modo que había más de uno –la apremió.

La paciente no lo confirmó, se limitaba a sacudir la cabeza en busca de una respuesta.

–¿Qué significa que la han encontrado? ¿Alguien la estaba buscando?

–Lo juraron los tres...

Gerber intentaba interpretar sus frases inconexas.

–¿Un juramento? No lo entiendo... ¿Quién? ¿Los extraños?

Hanna lo miró de nuevo.

–No: el Neri, Luciérnaga y Ternero.

Esos tres nombres parecían sacados de un cuento de terror.

–¿Conoció a esas personas en el pasado? –preguntó el hipnotizador, intentando comprenderlo mejor.

–Era pequeña.

Gerber intuyó que habrían coincidido alguna vez durante los años en que Hanna estuvo en la Toscana.

–Hoy no puedo someterla a una sesión –dijo sin titubear–. No después de lo que le ha sucedido esta noche.

–Se lo ruego –le suplicó la mujer.

–Su mente está muy resentida; no sería seguro.

–Estoy dispuesta a correr el riesgo...

–El riesgo del que habla es que el recuerdo emotivo de lo que le ocurrió se grabe más profundamente.

–No me importa, hagámoslo.

–No puedo llevarla ahí abajo y dejarla sola con esos tres...

–Tengo que encontrarlos antes de que ellos vuelvan a encontrarme a mí.

Las palabras de la mujer sonaban tan desconsoladas que no se vio con fuerza para seguir oponiéndose. Hurgó en su bolsillo y cogió el botón que tal vez Hanna había arrancado a quien la había agredido esa noche.

–De acuerdo –dijo Gerber, lanzándolo por los aires y cogiéndolo al vuelo.

21

Es un verano tórrido en los pantanos. Hace tanto calor que de día casi no se puede estar al aire libre. Hacia las dos de la tarde, además, todo se detiene y se vuelve silencioso. Incluso las cigarras dejan de cantar. Solo se oyen las plantas hablando entre ellas usando una lengua secreta, hecha de murmullos. Por la noche, sobre la superficie del agua estancada, se entrevé una luz verdosa. Papá dice que es el metano que sueltan las raíces sumergidas de los árboles palustres. El metano es bonito de ver, pero tiene un olor insoportable. Aparte del hedor, de los pantanos salen nubes de mosquitos y, si vas a parar a su interior, no tienes escapatoria. También hay culebras que reptan por la hierba y larguísimas lombrices que excavan la tierra.

Nadie quiere vivir en los pantanos. Excepto nosotros.

Me llamo Bella y la casa de las voces esta vez es una iglesia. Mamá dice que las iglesias son lugares a los que la gente va para buscar a Dios. Pero nosotros no lo hemos encontrado al llegar. Tal vez porque nuestra iglesia hace muchísimo tiempo que está abandonada. Papá dice que lleva aquí por lo menos quinientos años. Sé que son muchos, porque nadie de nosotros vivirá quinientos años. Al menos no en una sola vida.

Cuando llegamos, la iglesia estaba llena de barro. Tardamos un montón en limpiarla. Pero luego, cuando empezó a verse el pavimento, estaba hecho de pequeñas piedras de mil colores. Eran retratos de personas, como si fuera un puzle. Algunos tenían un círculo blanco en la cabeza. Yo me he divertido limpiándolo todo a conciencia, porque quería descubrir qué otros dibujos se escondían ahí abajo. Papá me ha dejado hacer, pero también me ha dicho que era inútil, porque en otoño los pantanos volverían a quedarse con nuestra iglesia. Y todo se llenaría de nuevo de agua y barro.

En otoño, sin embargo, nosotros ya nos habremos ido.

La iglesia tiene un campanario, pero nosotros no podemos tañer la pequeña campana. Los extraños nos oirían y acudirían.

Me gusta este sitio y también le gusta a Ado. Junto a la iglesia hay un cementerio. Hay muchas cruces de hierro y también lápidas. Pero muchas se han movido de la tierra y ahora están esparcidas por el suelo. Mamá, papá y yo hemos elegido una tumba para Ado, la más bonita. Pienso que estará bien aquí.

Lo vela un ángel de piedra.

He encontrado un libro en la iglesia. No lo había visto nunca antes. Se llama Biblia. Mamá dice que es muy antiguo. Está lleno de historias. Algunas son interesantes, otras son extrañas. Por ejemplo, hay una sobre Jesús, llamado Cristo, que es la más larga. Después hay otro que tiene muchísimos hijos y también cuenta cómo será el fin del mundo. Pero la que más me ha gustado habla de un arca construida hace mucho tiempo para salvar a todos los animales cuando el mundo quedó cubierto por los océanos. En el libro hay un montón de reglas, pero no se menciona a los extraños. Una de las reglas que más me gusta la dice precisamente Jesús, llamado Cristo: «Amaos los unos a los otros como yo os he amado».

Yo amo a mamá, a papá y a Ado. Y ellos me aman, eso es seguro. No he entendido para qué sirven las reglas del libro. Pero es precisamente por ellas que las cosas han empeorado.

Voy caminando con mi muñeca de trapo por un sendero. Recogemos moras y las metemos en un cesto, así mamá nos preparará una tarta. Mis dedos están rojos de jugo y también mis labios, porque me he comido unas cuantas.

Estoy tan absorta con lo que estoy haciendo que no me doy cuenta de nada.

—Eh, niña.

La voz que ha hablado parece salida de un pozo o de una caverna. Me vuelvo enseguida y lo veo. El viejo está sentado en un muro de piedras, está liando tabaco en un papelito. Papá también lo hace de vez en cuando. El viejo tiene los cabellos grises y, en mi opinión, no se lava desde hace tiempo. Tiene la piel agrietada y con manchas rojas. Nunca he visto a un viejo de cerca. Mamá me ha explicado lo que les ocurre a las personas con el paso del tiempo. Pero no me imaginaba que de verdad se arrugaran tanto.

El viejo lleva un par de vaqueros, zapatos de cuero y una camisa de cuadros abierta por delante. Su ropa está llena de remiendos y de manchas. A su lado hay un bastón y tiene los ojos raros. Las pupilas son dos canicas blancas.

—Eh, niña —repite—. ¿Sabes dónde puedo encontrar un poco de agua? Por favor, tengo mucha sed...

Lo miro y comprendo que, en cambio, él no puede verme. Solo puede oírme. Por eso me quedo callada y quieta y espero que crea que se ha equivocado, que en realidad no hay nadie por ahí.

—Te lo digo a ti —insiste—. ¿Se te ha comido la lengua el gato, por casualidad? —Entonces se echa a reír muy fuerte—. Un ciego y una niña muda. Qué bonita pareja hacemos.

No sé qué hacer. La cuarta regla dice que no debería acercarme y tampoco dejar que él se me acerque. Pero el viejo no me parece una amenaza. Solo es feo como un viejo. Los sapos de los pantanos también son feos, pero son divertidos. Por eso no debería juzgar por las apariencias. Y además siempre puedo escaparme, está claro que no puede perseguirme.

—¿Eres de verdad? —pregunto, manteniéndome a distancia en todo momento.

—Perdona, no sé a qué te refieres...

—¿Eres una persona de verdad o eres un fantasma? —Ya cometí ese error con mi amiga del jardín, no quiero volver a equivocarme.

El viejo hace una mueca, está desconcertado.

—¿Un fantasma? Diantre, no —exclama. Después se echa de nuevo a reír. La carcajada se convierte en tos. Para parar, escupe al suelo—. ¿Por qué crees que soy un fantasma?

—Desde que nací, no he visto a muchas personas de verdad.

El viejo reflexiona sobre lo que acabo de decir.

—¿Y vives por aquí cerca?

No digo nada.

—Haces bien en no contestar, buena chica. Apuesto a que tus padres te han enseñado a no hacer caso a los desconocidos. Bien... Debes fiarte solo de mamá y papá.

—¿Cómo puedes saberla?

—¿El qué?

—La regla número uno...

—La verdad, conozco todas las reglas —afirma, pero no me lo creo.

—Pues dime otra... —lo pongo a prueba.

—Vamos a ver... —El viejo piensa un rato—. También hay una regla que dice que no debes revelarme tu nombre, ¿verdad?

¿Cómo lo ha hecho? Estoy asombrada. Así pues, es sincero.

—Me gustaría ir a tu casa y beber un poco de agua, si no te molesta.

—No puedo llevarte a mi casa —le contesto amablemente.

—Llevo caminando un día entero y no he bebido nada. —Coge un pañuelo sucio del bolsillo y se lo pasa por el cuello sudado—. Si no bebo, moriré.

—Lo siento si mueres, pero no puedo ayudarte.

—La Biblia dice que hay que dar de beber a los sedientos, ¿no has ido a catequesis?

No me lo puedo creer.

—¿Tú también has leído el libro?

Otra carcajada.

—¡Por supuesto que sí!

—Entonces, ¿también sabes para qué sirve?

—Para ir al cielo —contesta el viejo—. ¿Nadie te ha hablado de eso?

Me avergüenzo, pero es exactamente así.

—El cielo es un sitio precioso donde van las personas buenas al final de sus días. En cambio, las malas van al infierno y arden durante toda la eternidad.

—Yo soy buena —digo enseguida.

—Si es así, entonces tendrás que darme de beber.

Me tiende la mano. No sé cómo actuar. Doy un paso hacia él, pero después me lo pienso mejor. Él lo entiende.

—De acuerdo, haremos una cosa —dice el viejo—. Tú caminas y yo te sigo.

—¿Y cómo lo harás si no puedes verme?

—Mis orejas ven mejor que tus ojos, te lo aseguro.

Cuando llegamos a las cercanías de la iglesia, nuestros perros empiezan a ladrar. Mamá está haciendo la colada. Desde lejos se fija en nosotros y se queda quieta. Por la cara que pone, no se sabe lo que está pensando. Llama a papá, que acude enseguida y también mira en nuestra dirección. Espero que no estén enfadados conmigo.

—Buenos días —saluda el viejo con una sonrisa amarillenta—. Me he encontrado a esta niña tan guapa y ha sido tan amable de traerme aquí.

Me gusta que diga a mamá y papá que soy «guapa». Aunque en realidad no puede saberlo, porque no ve. Sin duda ellos estarán orgullosos del cumplido. Pero por su expresión no lo parece. Al contrario, se muestran preocupados.

—¿Qué quieres? —pregunta papá. Su tono no me gusta.

—Al principio solo quería un poco de agua, pero ahora que lo pienso, también os pediría el favor de dejarme pasar aquí la noche. No os molestaré, solo necesito un rinconcito tranquilo.

Mamá y papá se miran.

—No puedes quedarte aquí —dice mamá—. Tienes que irte.

Estoy decepcionada por esa respuesta. ¿Qué daño puede hacer este pobre viejo? ¿Mamá no quiere ir al cielo conmigo?

—Os lo ruego —suplica el viejo—. He caminado mucho y necesito descansar... —Entonces empieza a olfatear el aire como un perro—. Y además noto que está a punto de desatarse una tormenta.

No sé si papá también ha notado hoy la lluvia en el viento.

—Mañana muy temprano me pondré otra vez en marcha —promete el viejo—. Dentro de dos días debo reunirme con mis dos hijos a los que llevo mucho tiempo sin ver.

Me digo que es bonito que tenga una familia. Quien tiene una familia no puede ser malo. Pero con la última frase del viejo, en los rostros de mamá y papá aparece una sombra.

—Tenemos ensalada *panzanella* para cenar —dice mamá, acabando con las dudas.

—Me parece estupendo, gracias —contesta el viejo, muy contento.

Mamá y yo ponemos la mesa en el centro del altar. Cuando empieza a oscurecer, repartimos casi todas las velas que encontramos en la sacristía el día que llegamos. Es tan bonito este ambiente; parece una fiesta. Nunca hemos tenido invitados a cenar hasta ahora. El corazón me va a estallar.

El viejo se ha puesto a fumar al final de la nave. Papá se ha acercado para hablar con él, pero no sé lo que han dicho. El temor que he notado antes en la cara de mis padres se ha ido. Pero siguen estando raros.

Nos sentamos a la mesa. Papá ha abierto una garrafa de vino que tenía guardada y mamá trae los cuencos con el pan mojado. El aroma a albahaca es delicioso.

—Está riquísima —afirma de hecho el viejo—. No nos hemos presentado —hace notar.

Yo espero que mamá y papá sean los primeros en hablar de este tema, pero no dicen nada.

—Bueno, yo soy «el Neri».

Una vez más, mis padres se miran. Y entonces intuyo que saben quién es. No sé cómo, pero lo saben.

En la mesa hablan muy poco, solo se oye la voz del viejo que retumba en la iglesia. Da la sensación de que es de los que les gusta charlar. No es aburrido; al contrario, tiene muchas cosas que contar. Él también es un peregrino, ha viajado mucho. A diferencia de nosotros, da la impresión de haber estado en todo el mundo. Habla de lugares muy lejanos que solo conozco por lo que he leído en los libros. Por cómo los describe, parecen magníficos. Y me pregunto cómo puede saber tantos detalles si es ciego.

Papá le está sirviendo más vino cuando el viejo le coge la muñeca.

—No sé por qué... pero me parece que todo esto ya lo he vivido —afirma—. En un sueño, tal vez... —Se ríe—. ¿Por casualidad no hemos coincidido ya en alguna parte?

—No —dice papá enseguida—. No lo creo —añade, seguro.

—Pues tengo esta sensación. —A continuación, el viejo se pone serio—. Y no suelo equivocarme con según qué cosas... —Vuelve a olfatear el aire—. Vuestro olor me resulta familiar.

Justo mientras lo está diciendo, un trueno retumba en la iglesia. Una corriente de aire agita la llama de las velas y las sombras empiezan a danzar en las paredes.

—Tal vez sea mejor que nos vayamos a la cama —dice mamá—. Nosotros dormimos en la casa parroquial, tú puedes quedarte aquí.

—Claro, estaré comodísimo, gracias —contesta el Neri muy amable.

Mamá, papá y yo dormimos en la misma habitación, en el segundo piso de la pequeña casa parroquial; ellos en la cama de matrimonio y yo en un colchón en el suelo. Los relámpagos iluminan la noche. Llueve a cántaros. Bien, tal vez la tormenta se lleve consigo el calor. Los truenos me gustan. Me gusta contar el tiempo que separa el rayo del ruido, así sé si las nubes se acercan o se alejan.

Mamá y papá tal vez ya duermen; en cambio, yo no puedo. Las novedades del día me han alterado. En medio del estruendo, me parece oír algo. Es la voz del Neri. No se entiende bien, las frases llegan fragmentadas. Lo único que tengo claro enseguida es que está hablando con alguien. Me levanto para ir a ver, voy con cuidado para no despertar a mamá y papá. Llego a la escalera y miro hacia la planta de abajo, en la oscuridad. Las voces afloran de la negrura, como los cadáveres de los sapos en el estanque. Ahora son mucho más nítidas, pero aun así no se entienden. Además del viejo, proceden de un hombre y de una mujer. Hablan en voz baja, tal vez no quieren molestar. Entonces se callan de repente. «¿Quiénes serán estas personas?», me pregunto. Y me vuelvo a la cama.

Esta vez me quedo dormida. Pero antes de sumergirme en el sueño profundo, un sonido me despierta. Un gemido. Me incorporo y miro a mi alrededor. Ha dejado de llover y la casa parroquial está en silencio. Pero no me lo he imaginado, lo he oído de verdad. El gemido vuelve a oírse. Tenía razón. Alguien está llorando abajo. Alargo un brazo para despertar a papá, pero mi mano cae en la almohada vacía. Me levanto y veo que en la cama de matrimonio no hay nadie. ¿Se han levantado? ¿Adónde han ido sin mí? Voy hacia la escalera, siguiendo ese llanto quedo. No me parece la voz de mamá o papá. ¿Qué está pasando? Antes de ir a comprobarlo, enciendo la vela que hay en la mesilla de noche. Bajo lentamente los escalones, el corazón se me sale del pecho. Pero todavía no sé si debo tener miedo.

Cuando llego abajo, advierto que el llanto proviene de alguien que está justo delante de mí. Avanzo e intento iluminarlo con la vela. La luz ambarina de la llama descubre al viejo Neri. Está sentado en una silla de mimbre, con la espalda encorvada y ambos brazos apoyados en el bastón. Los sollozos le sacuden el pecho y de sus ojos ciegos fluyen copiosas lágrimas.

—¿Qué te ha pasado? —pregunto—. ¿Por qué lloras?

Él parece no haber advertido mi presencia hasta ahora, porque deja de gimotear y dirige su mirada apagada en mi dirección.

—Oh, pequeñita..., ha ocurrido una gran desgracia.

—¿Alguien te ha hecho daño?

El Neri sorbe por la nariz.

—A mí no —responde.

Pienso enseguida en mis padres y el terror me comprime el estómago.

—¿Dónde están mamá y papá? ¿Por qué no están? ¿Adónde han ido?

Antes de contestar, el viejo saca el pañuelo del bolsillo y se suena ruidosamente. ¿Por qué no me lo dice? ¿Por qué pierde tiempo?

—Mis hijos se han reunido conmigo antes de lo previsto.

Miro a mi alrededor, buscándolos. Pero no veo a nadie.

—¿Dónde están? —pregunto.

—Justo detrás de ti —me dice el Neri.

Sé que debería volverme rápidamente, pero no lo hago. Me giro lentamente, la oscuridad a mi espalda me hace cosquillas en el cuello. Me quedo quieta con la vela en la mano ante un muro de oscuridad, intentando vislumbrar algo: un movimiento, una forma. Percibo unos pasos. Después los veo aparecer. Dos figuras humanas. Una más alta, la otra más baja.

El chico es largo y enjuto. Su pelo es liso y le llega por debajo de los hombros. Tiene los ojos hundidos en la frente.

La chica lleva un pantalón de peto verde. Va muy maquillada. Fuma un cigarrillo.

—Él es Ternero, y ella es Luciérnaga —me los presenta el viejo. Es con ellos con quienes hablaba hace un rato.

Ternero lleva un cúter en la mano; se lo pasa por la palma como si lo estuviese afilando. Luciérnaga sujeta un par de tijeras oxidadas. Estoy rodeada.

—Mis hijos no son malos —jura el Neri—. Solo que a veces me irritan.

Los dos se miran y ríen. Yo me vuelvo de nuevo hacia el viejo.

—¿Dónde están mamá y papá? —pregunto, intentando parecer decidida... Pero siento que mis palabras tiemblan; seguramente ellos también se han dado cuenta.

—Si quieres volver a verlos, tienes que darnos algo —dice Ternero. Su voz es aguda como el filo de la hoja que empuña.

—¿Qué queréis? Nosotros no tenemos nada.

—Tenéis una cosa —interviene el viejo—. El tesoro.

Mientras pronuncia esa palabra, su voz cambia. Ya no es quejumbrosa, es mala. Pero nosotros no tenemos tesoros.

—Pero nosotros no tenemos tesoros.

—Sí, tenéis uno.

No es verdad.

—No es verdad.

—La caja —dice el viejo, tranquilo—. La que siempre lleváis con vosotros.

No me lo puedo creer. ¿Quieren a Ado?

—Ahí dentro no hay ningún tesoro —rebato—. Está mi hermano.

Los tres se echan a reír. A continuación, el Neri levanta el bastón, lo golpea en el suelo y todos paran.

—Danos el tesoro y a cambio te devolveremos a tus padres.

Siento que las lágrimas me suben a los ojos.

—No puedo...

El viejo no dice nada.

—No puedo, por favor...

El Neri emite un fuerte suspiro.

—Mira, niña, tu mamá y tu papá no han sido sinceros conmigo esta noche. Y yo me enfado mucho cuando la gente me dice mentiras... Pero lo peor de todo es que a ti también te han mentido, y eso me disgusta muchísimo.

—¿A mí? ¿Qué significa eso?

—Ellos ya me conocían antes de hoy. Me he acordado, nunca me equivoco con los olores de la gente. Pero han hecho ver que no... Ha pasado tiempo desde que estuvimos todos juntos en los tejados rojos...

«En los tejados rojos», ¿a qué se refiere?

—Pero entonces una noche se escaparon con el tesoro, sin decir nada al pobre Neri.

—Lo juro sobre la Biblia: no es cierto que haya un tesoro.

—¡No blasfemes! —me grita el Neri.

Siento que me agarran, una mano me tira del pelo y me hace caer hacia atrás. Luciérnaga se coloca encima de mí y me aplasta con todo su peso, apuntándome a un ojo con las tijeras. Ternero se arrodilla a su lado y me coloca el cúter en la garganta. Noto la hoja arañarme la piel.

—Tranquilos, hijos, sed buenos —los reprende el viejo ciego. Pero ellos no me sueltan—. Ahora nuestra amiga nos dirá dónde está enterrada la caja...

—En el cementerio —digo con un hilo de voz y me quiero morir porque estoy traicionando la confianza de mamá y papá. Pero no sé qué otra cosa hacer.

—¿En qué sitio del cementerio?

—Bajo el ángel de piedra...

La tierra mojada cuesta más de excavar, me lo dijo papá una vez. Ternero es fuerte y cuando hunde la pala parece que la tierra no pese nada. La echa a un lado y vuelve a empezar; es incansable. Luciérnaga sujeta una linterna de gas e ilumina la fosa. El Neri está sentado en una de las lápidas y me ha colocado sobre sus rodillas. Su ternura pegajosa me pone la piel de gallina. El ángel de piedra vela sobre todos nosotros, impotente como todos los ángeles cuando necesitas su ayuda.

—Pero ¿cuánto vas a tardar? —se queja Luciérnaga.

—Juro que como aquí debajo no haya nada, la estrangulo —amenaza su hermano lanzándome una mirada asesina.

—Sí que está —lo tranquiliza el viejo—. Nuestra nueva amiga ha dicho la verdad —afirma, acariciándome el pelo.

No estoy segura de que esos tres sean realmente de la misma familia. Lo cierto es que, en este momento, ya no estoy segura de nada. Solo me pregunto dónde están mis padres. No saber lo que les ha pasado me llena de terror. ¿Qué les han hecho? Y una vez que abran la caja y descubran que no existe ningún tesoro, ¿qué me harán a mí?

El viejo se acerca a mi oído. Su aliento es pútrido y caliente, y me provoca un escalofrío.

—La viuda violeta te está buscando... —me dice—. Eres una niña especial, aunque tú no lo sepas.

Otra vez esa palabra. «Especial». No sé qué significa. ¿Y quién es la «viuda violeta»? ¿Qué quiere de mí?

Un ruido sordo. La punta de la pala ha chocado con algo. Veo que Ternero salta al hoyo y empieza a escarbar con las manos.

—Alúmbralo —ordena el Neri a Luciérnaga.

Yo no me acerco, me quedo en brazos del viejo. Poco después, oigo sus risas salir de la tumba.

—La he encontrado —exulta Ternero.

Veo aparecer sus largos brazos. Sostienen la caja de Ado y la depositan al otro lado del borde del agujero. Luciérnaga le echa una mano a su hermano para salir. Ambos se vuelven hacia el viejo, esperando instrucciones.

—Abrámosla —ordena el Neri.

Sus dos hijos sonríen, satisfechos.

El ciego se levanta y me deja de pie junto a la lápida mientras se acerca a sus compinches. Los veo trastear con la caja. Ternero se ayuda del cúter para raspar la lacra que sella la tapa en la que está grabado el nombre de mi hermanito. Seguidamente mete la hoja en una rendija y empieza a hacer palanca para abrirla.

No quiero mirar. No quiero ver a Ado. No lo soporto. Me pregunto en qué se habrá convertido en estos años, qué queda después de tanto tiempo. Nunca he visto un cadáver antes de ahora. Me asusta lo que veré dentro de un momento. Malditos. Pronto os daréis cuenta de que no hay ningún tesoro. Solo habéis despertado a un niño muerto.

La tapa salta por los aires. Me encuentro detrás de los tres y, a pesar de que me he prometido no hacerlo, echo un vistazo. El viejo ciego también siente curiosidad, quiere saber qué ven.

—Y bien, ¿qué hay? —pregunta.

Ternero y Luciérnaga observan el contenido de la caja, pero ninguno de los dos dice nada. Después se acercan al Neri y le susurran algo.

Veo a Ado. Su rostro es muy hermoso, todavía está intacto. La muerte ha tenido piedad de él. Parece realmente que solo esté durmiendo.

El grito de rabia del viejo sacude la oscuridad. Se vuelve hacia mí y me mira con sus ojos inútiles. En el fondo de esa mirada blanca, veo el infierno. Comprendo que no tendré otra oportunidad de escapar. Me giro y empiezo a correr, lanzándome a la oscuridad.

Siento que la mano del viejo me aferra el brazo izquierdo. Sus uñas se clavan en mi carne. Quiero gritar, pero aguanto la respiración; la necesito. Consigo desasirme, a pesar de que sus garras me dejan un arañazo profundo.

—¡Cogedla, no dejéis que se escape! —ordena, rabioso, a sus hijos.

Los oigo salir disparados tras de mí; intentan seguirme. Ternero y Luciérnaga con la lámpara de gas. No podrán cogerme. Uno de ellos tropieza y se cae, el otro intenta ir a mi paso, pero soy demasiado rápida. «Rápida como una liebre», dice siempre papá. Al cabo de un rato, ya no hay gritos ni pasos detrás de mí. Solo oigo mi respiración. Y entonces me paro. Jadeo, los oídos me zumban y la cabeza me estalla. Pero estoy sola. Me fijo en que he ido a parar a los pantanos. Los sauces llorones me reciben y me mantienen a salvo.

Me quedo allí, de pie. No sé durante cuánto tiempo. La vejiga me estalla, pero me quedo quieta. El amanecer empieza a clarear el cielo y se filtra entre las ramas, viniendo a por mí. Sé que debería volver, pero no sé qué me espera ni qué me encontraré. Al final me decido y recorro el camino de regreso, rogando a un dios que no conozco que me ahorre el dolor de haberlo perdido todo.

Cuando ya estoy cerca de la iglesia, vislumbro a papá en el cementerio, junto al ángel de piedra. Está cerrando la caja de Ado con brea. Corro hacia él y veo que tiene un ojo morado.

–¿Dónde estabais? –pregunto, desesperada.

Él me acaricia.

–Nos habían atado en el campanario, pero ahora ya se han ido –me dice con voz triste, y entonces se fija en el arañazo que tengo en el brazo derecho, obra de las uñas del Neri–. Mamá está dentro, te pondrá una compresa.

No pregunto qué les ha pasado antes de que esos tres me obligaran a revelar dónde estaba enterrada la caja, y tampoco qué ha sido de nuestros perros. Él tampoco me pregunta nada. Me gustaría saber algo de los tejados rojos y de la viuda violeta, pero estoy segura de que no volveremos a hablar de esta historia. Nunca más.

–¿Volverán?

–No –me asegura–. Pero hoy nos marchamos.

22

Era la primera vez que Hanna Hall se refería a Ado como a su hermano.

«Ahí dentro no hay ningún tesoro. Está mi hermano».

Gerber consideró que se trataba de un gran progreso.

La paciente salió de la hipnosis al llegar al «cuatro» sin que fuera necesario terminar la cuenta atrás. Fue un proceso natural, casi liberador.

La parte del relato que contaba la apertura de la caja de Ado había impresionado al psicólogo. El despertar del niño muerto no debió de ser un espectáculo agradable para su hermanita. Sobre todo si la hermanita en cuestión era la responsable de su muerte.

Hanna estaba convencida de haber visto a su hermano con el semblante intacto, su cadáver incorrupto tras el paso del tiempo. No podía ser más que un recurso de la mente para interpretar lo que había visto realmente.

Gerber imaginaba su cuerpecito momificado, ennegrecido y demacrado por los procesos de putrefacción.

Apartó esa imagen y se concentró en lo que había anotado en su bloc: como siempre, los elementos sobre los que profundizar en la segunda parte de la sesión. Mientras tanto, todavía apretaba en su mano el botón que le había entregado Hanna antes de empezar, el único indicio de la agresión nocturna.

–¿Usted piensa realmente que fue uno de esos tres quien la ha asaltado esta noche? No veo ninguna conexión con la historia que me acaba de contar...

Hanna no dijo nada. Se arremangó la manga izquierda y le mostró las viejas cicatrices de tres arañazos en su piel de marfil.

–La última caricia del Neri –dijo.

Después repitió la operación con el brazo derecho. Bajo el jersey había tres surcos más. La sangre se había coagulado en las heridas, pero eran recientes.

Gerber intentó mostrarse imperturbable, a pesar de que no creía que el ciego fuera el causante de las lesiones.

–¿Es consciente de que el Neri ya era viejo cuando usted era niña? Puede que no siga vivo.

Hanna cogió el paquete de tabaco del bolso.

–Usted tiene una relación muy extraña con la muerte, doctor Gerber –afirmó, antes de encenderse un Winnie.

No iba a dejarse arrastrar a otra conversación sobre fantasmas. Debía mantener el control de la situación.

–¿Y qué me dice de la viuda violeta?

–La viuda era una bruja –contestó Hanna, impasible–. Y, a decir del Neri, me estaba buscando...

—Porque usted era una niña especial, ¿verdad? —repitió el hipnotizador.

La paciente asintió y, una vez más, no especificó el motivo por el que la consideraban como tal. Sin embargo, Gerber ya estaba cansado de ese asunto.

—Hace poco ha mencionado que el Neri dijo: «Ha pasado tiempo desde que estuvimos todos juntos en los "tejados rojos"...» —leyó en sus apuntes.

—Sí —confirmó la mujer.

—En su opinión, ¿a qué se refería con esa frase?

Hanna se quedó pensando, aspiró una calada y espiró humo gris. A continuación, negó con la cabeza.

—No tengo ni idea.

El hipnotizador no estaba muy seguro de eso.

—Los «tejados rojos» es una manera de hablar de los viejos florentinos para referirse al San Salvi, un hospital psiquiátrico que ahora ya no existe.

Se lo había contado el «señor B.»: cuando era pequeño, los adultos decían «Ha ido a los tejados rojos» para indicar que alguien se había vuelto loco. En la época de la infancia de su padre, la enfermedad mental era algo insondable. Como la maldición de una bruja, precisamente.

Hanna Hall escrutó su rostro intentando entender a qué se refería con esa aclaración.

—¿Mis padres estaban locos? —preguntó—. ¿Se habían escapado de un manicomio, es eso lo que está diciendo?

Gerber advirtió cierta irritación, pero fingió no darse cuenta.

—¿Por qué no me ha hablado de cuando intentó secuestrar a un bebé en Australia?

Hanna se puso tensa.

—Nunca he hecho nada parecido —se defendió.

«Oh, sí que lo has hecho», pensó.

—¿Qué quería hacerle a ese niño?

—¿Quién se lo ha dicho? Ha sido la doctora Walker, ¿verdad?

Empezaba a ponerse nerviosa. Gerber debía mantener la calma, transmitir autoridad y firmeza.

—La doctora Walker le ha mentido —exclamó, levantándose y empezando a caminar nerviosamente por la habitación—. Yo quería salvar a ese niño...

—¿Salvarlo? —Gerber estaba sorprendido por la superficialidad de su justificación—. Salvarlo ¿de qué?

—De su madre —contestó Hanna rápidamente—. Ella iba a hacerle daño.

—¿Y cómo puede estar segura?

—Lo sé —dijo ella, sin siquiera pensarlo—. Para un niño, la familia es el lugar más seguro de la tierra. O el más peligroso.

Al oír su cita fuera de contexto, Gerber estuvo a punto de estallar.

—Hanna, quiero ayudarla —afirmó, en cambio, intentando aparentar sincera preocupación por sus circunstancias—. En usted hay evidentes síntomas de un tipo de esquizofrenia —intentó explicarle—. Pero, seguramente, otros terapeutas ya le habrán dicho lo mismo...

—Se equivocaban —soltó—. Todos están equivocados.

—Y después de la sesión de esta mañana, sabemos que es probable que exista una tara en su familia biológica... Ahora podemos tratar su patología.

La mujer fumaba y no se conformaba con sus explicaciones.

—Los fantasmas no existen, seguramente el moratón que tiene en la cara y los arañazos del brazo se los hizo usted misma... —la acorraló—. ¿Entiende lo que significa? Es peor que haber sido agredido por alguien, porque significa que no se puede escapar del enemigo que quiere hacerle daño.

Hanna se paró de golpe.

—Tampoco de los fantasmas —aseguró con decisión. Seguidamente le dirigió una mirada indescifrable. Estaba furiosa, pero también había una súplica en su expresión—. Es por lo que le dijo su padre, ¿verdad?

Gerber se quedó petrificado.

—¿Qué tiene que ver ahora mi padre?

Hanna se acercó, resuelta.

—Le dijo algo antes de morir...

Él se sintió de repente vulnerable. Con la sensación escalofriante de que esa mujer podía leer en su interior.

—Sí, su padre le dijo algo —insistió ella—. Y le afectó mucho.

¿Cómo podía saber el secreto que el «señor B.» compartió con él en su lecho de muerte? Nadie los había oído. Y él nunca lo había contado, ni siquiera a Silvia.

—No deben tenerse secretos con la persona a quien se

ama –afirmó Hanna Hall, previendo que seguramente estaba pensando en su mujer.

Habría querido replicarle que no creía en sus poderes sobrenaturales, que esa detallada puesta en escena podía embaucar a alguien como Theresa Walker, pero no a él.

–No hay ningún secreto. Mi padre eligió ese momento para confesarme que, en toda su vida, nunca me quiso.

Ella sacudió la cabeza.

–No es cierto. Eso es lo que usted dedujo... Cuando le habló en su lecho de muerte, la voz que escuchó era ya la voz de un fantasma, ¿no es así?

No dijo nada.

–Adelante, ¿qué le dijo exactamente?

Hanna parecía muy segura de sí misma. Pietro Gerber tuvo la impresión de que nada de lo que le dijera serviría para saciar la curiosidad, ávida y descarada, con que la mujer intentaba excavar en su interior. De modo que optó por la más simple de las verdades.

–«Una palabra» –dijo–. Solo una... Pero no se la diré nunca a nadie.

El adormecedor de niños comprendió algo que se le había escapado hasta ese momento. Algo que lo asustó sobremanera.

Hanna Hall no estaba allí para recibir su ayuda. Esa mujer estaba convencida de que estaba allí para ayudarlo.

23

El San Salvi tenía varios pabellones, cada uno señalado por una letra de la «A» a la «P».

Durante mucho tiempo había sido el hospital psiquiátrico más grande de Europa. Fue fundado en el año 1890 y ocupaba una vasta área de treinta y dos hectáreas. Por su moderna estructura de poblado integrado en un amplio pulmón verde, todavía se consideraba un ejemplo de arquitectura urbana. Edificado en la que más de un siglo antes se consideraba la periferia de Florencia, era a todos los efectos una ciudad dentro de la ciudad, completamente autónoma: tanto el suministro de agua como el de electricidad, la cocina, la iglesia e incluso el cementerio.

Pietro Gerber recordaba perfectamente la descripción que aparecía en uno de los libros de texto de la universidad y que, no obstante, omitía un detalle.

El San Salvi era un infierno. A pesar de la profesión que había elegido, Gerber nunca había puesto los pies en ese lugar.

El nombre «tejados rojos» que los florentinos habían asignado al «asilo de los locos» se debía a cómo se veían desde lejos los edificios de ese mundo aparte. Un lugar en que nadie sabía exactamente lo que sucedía, porque cuando se entraba ya no se volvía a salir.

«Ha pasado tiempo desde que estuvimos todos juntos en los tejados rojos...».

La frase del Neri era elocuente. Él, Ternero y Luciérnaga habían estado internados en el hospital. Y fue precisamente en ese lugar donde conocieron a los padres de Hanna Hall. El hecho de que estos últimos fueran pacientes psiquiátricos no sorprendía a Gerber: su comportamiento estrafalario, la paranoia, la manía persecutoria eran síntomas claros de trastorno mental.

Tras su encuentro con Hanna, el hipnotizador decidió ir al San Salvi con la intención de descubrir si había rastro del paso de la madre y el padre de la mujer.

Llegó con el coche a la entrada principal y observó el lúgubre parque que se extendía al otro lado de la verja: un muro de árboles y vegetación para esconder la visión de ese lugar a los llamados «cuerdos».

Le bastó con llamar al interfono para que alguien activara la apertura automática. Arrancó y se metió por el sendero asfaltado que se adentraba en el bosque.

Al cabo de un kilómetro apareció el primer edificio, el cuerpo central de una elipse. Apagó el motor, bajó del coche y fue acogido por un silencio desolador.

Aparte de algún perro callejero, el lugar llevaba años deshabitado.

Una ley de 1978 había decretado el cierre de todas las instalaciones de internamiento destinadas a los enfermos mentales, partiendo de la conjetura que en su interior se sometía a los pacientes a tratamientos inhumanos y degradantes.

Por fin, una figura salió de una garita. Un hombre robusto, con uniforme azul y un enorme manojo de llaves que le tintineaban en un costado.

—Pensaba que eran los de mantenimiento —se quejó el anciano guarda—. Pero no creo que haya venido por el tubo roto: lleva días perdiendo.

—No. —Sonrió cordial el psicólogo—. Estoy de visita.

—Lo siento, el museo está cerrado. No podían permitirse pagar a nadie para mantenerlo abierto.

—¿Qué museo? —Gerber no sabía que hubiera uno en el San Salvi.

—El que cuenta la historia de este sitio —afirmó el guarda—. ¿Tampoco ha venido por eso?

—Me llamo Pietro Gerber —se presentó enseguida, temiendo que lo echara—. Soy psicólogo infantil.

Hubo una época en que a los aprendices los enviaban al San Salvi para que hicieran allí las prácticas. Pocos lo resistían, los demás normalmente cambiaban de oficio. Sin embargo, cuando él se licenció, ya estaba cerrado.

—¿Psicólogo? —preguntó el hombre, perplejo.

Al sentirse escrutado, Gerber se dio cuenta de que no tenía muy buen aspecto.

—Sí —confirmó.

—¿Y qué está buscando? —El hombre se mostraba receloso.

—La historia clínica de dos pacientes... Me preguntaba dónde habían ido a parar los archivos.

El guarda se echó a reír.

—Junto a todo lo demás —contestó señalando a su alrededor—. Todo se ha echado a perder.

Gerber bajó involuntariamente la mirada a la chaqueta del hombre.

—Ha perdido un botón —dijo, señalándolo.

El guarda lo comprobó. A continuación, señalándolo a él, dijo:

—Usted también.

Gerber se miró. Efectivamente, también faltaba un botón en su Burberry. Lástima que ninguno de los dos se pareciera al que Hanna aseguraba haberle arrancado a su agresor.

«¿Qué me ocurre?», se dijo. De repente, se fijaba en detalles a los que, en otras circunstancias, no habría prestado atención. Se debía a la obsesión que Hanna Hall había vertido en su mente.

—Ha venido hasta aquí para nada —afirmó el viejo guarda—. Pero, si quiere, le hago una visita privada al museo... No ocurre a menudo que venga alguien con quien charlar un rato y hoy parece que las horas de mi turno no pasan.

Después de encontrar la llave adecuada en el manojo que llevaba colgado en el cinturón, abrió una pesada puerta de hierro y lo precedió por un largo pasillo iluminado por altas ventanas protegidas con barrotes.

A ambos lados del recorrido había unos grandes paneles llenos de fotografías. Algunas eran en blanco y negro; otras, en color. Testimoniaban las condiciones de los pacientes que vivían allí. Era un muestrario de miserias humanas, hombres y mujeres vacíos de sí mismos, náufragos a la perenne merced de una tempestad. Se arrastraban por aquella no-vida, vigilados por musculosos enfermeros. Los psiquiatras, en cambio, los observaban desde lo alto de unas pasarelas que conectaban los diferentes pabellones, como si fuera un zoo. A falta de psicofármacos adecuados, la terapia consistía en el uso indiscriminado de insulina y electrochoques.

–Se dividían en tranquilos, apagados y alterados –explicó el guarda–. Después estaban los medio alterados, pero también los enfermos y los paralíticos. Había epilépticos y los guarros, con una vida sexual promiscua. Los viejos estaban en el asilo.

Gerber sabía que en lugares así no solo iban a parar aquellos que padecían una patología mental más o menos grave, sino también quienes tenían una minusvalía y no tenían una familia que pudiera ocuparse de ellos. Hasta unas décadas atrás, entre los internos se incluían alcohólicos, lesbianas y homosexuales porque pertenecían a categorías consideradas indignas de formar parte de la sociedad civil. En efecto, no resultaba difícil que te encerraran en sitios como el San Salvi. Y eso era válido sobre todo para las mujeres. Bastaba con que una fuera desinhibida o que alguien la acusara de tener comportamientos fuera de la línea de la moral imperante para que la enviaran allí, por lo general con el beneplácito de su familia. La mayor parte de los diagnósticos estaba desligada de las exigencias médico-sanitarias reales. Por eso, los viejos solos y sin medios también eran ingresados para que murieran allí.

El San Salvi era el infierno de los pobres, para los que no podían permitirse ni siquiera irse al de verdad antes de tiempo.

El museo con la exposición permanente constituía un hipócrita intento de sanar la herida de Florencia con ese mundo. Por eso Gerber no soportaba continuar allí.

—Me he equivocado —dijo—. Cerraron el San Salvi en el 78, pero las personas que busco eran niños en esa época y descarto que pudieran estar aquí.

Hasta ahora no se le había ocurrido. El Neri había mentido a Hanna al decir que había conocido a sus padres en los tejados rojos. O, más probablemente, Hanna le había mentido a él. Pero, entonces, ¿por qué lo había mandado allí?

—Espere —lo frenó el guarda—. No es exacto... Nadie lo dice, pero el hospital psiquiátrico siguió funcionando todavía unos veinte años más. Está claro que no se podía echar a la calle a quienes se habían pasado gran parte de su vida aquí dentro. Nunca fue un secreto, pero la gente no quería saberlo.

Tenía razón, Gerber no lo había tenido en cuenta.

—Las familias no habrían aceptado volver a meter en

casa a los locos y esos desgraciados no habrían sabido adónde ir.

—Así pues, hubo más admisiones después del 78...

—Este lugar siempre ha sido un vertedero de seres humanos... La orden de cierre tenía buenas intenciones, pero el corazón de la gente no se cambia con un trozo de papel.

Tenía razón, aunque nadie lo admitiera abiertamente. En ese momento, tuvo una intuición.

—¿Ha venido alguien más a visitar el museo últimamente?

—Usted es el primero este año —fue la rápida respuesta del hombre.

—¿Y no ha venido nadie a hacer preguntas?

El guarda lo pensó un momento y sacudió la cabeza. Gerber decidió darle una pista.

—Una mujer rubia que fumaba mucho...

—¿Qué fumaba, dice? Tal vez...

Estaba a punto de pedirle que terminara la frase, pero el hombre se anticipó.

—Aquí dentro a veces ocurren cosas raras... —afirmó, pero en su cara se leía claramente la preocupación de que no lo creyera o, peor aún, de que lo tomara por loco—. No me malinterprete, no soy tonto. Sé perfectamente lo que piensa la gente al respecto... Pero si trabajas en un manicomio abandonado y vas contando ciertas cosas, alguien podría empezar a mofarse de ti.

—¿Qué ha visto? —preguntó directamente el hipnotizador, demostrándole que estaba dispuesto a escuchar sin juzgarlo.

El guarda bajó la voz, que se volvió temerosa.

–A veces los oigo llorar en los pabellones... Otras veces se ríen... De tanto en tanto los oigo hablar entre ellos, pero no se entiende lo que dicen... También les gusta mover las sillas; las suelen poner delante de las ventanas, encaradas al jardín...

Gerber no comentó nada, pero tuvo que admitir que sus palabras hacían mella en él. Quizás fuera un efecto de ese lugar. O quizás porque últimamente su racionalidad se había puesto a prueba más de una vez.

–¿Por qué me está diciendo esto? –preguntó, intuyendo que solo se trataba de un preámbulo.

–Venga, le mostraré algo... –dijo el guarda.

Lo siguió hasta una sala del museo con una fotografía de grupo fechada en 1998 que ocupaba toda una pared. Cuatro filas de hombres y mujeres con bata blanca, ordenadamente colocados delante del objetivo.

–La sacaron el día del cierre. Son los últimos que trabajaron en el San Salvi: psicólogos, psiquiatras, médicos de diferentes especialidades... Ayer, precisamente aquí delante, encontré tres colillas de cigarrillo en el suelo.

–¿De qué marca, lo recuerda? –preguntó enseguida Gerber, pensando en los Winnie de Hanna Hall.

–No, lo siento. Las tiré sin mirarlas.

El hipnotizador se preguntó por qué su paciente se había parado precisamente delante de esa enorme foto. Se puso a observar las caras al igual que seguramente había hecho ella y reconoció un rostro familiar.

Solo la había visto dos veces. La primera, un domingo en el Vivoli, delante de una copa de helado que se derretía sin que él se dignara a probarlo, a la edad de nueve años. La segunda, en el Careggi, en la sala de espera de la Unidad de Cardiología, mientras lloraba la muerte inminente del hombre que ella, seguramente, siempre había amado.

Ahora que Pietro Gerber se la encontraba por tercera vez, comprendió que esa mujer también era importante para Hanna Hall.

En la bata que llevaba en esa vieja fotografía faltaba un botón negro.

24

Mientras conducía de regreso a casa pensaba en cómo podía localizar a la misteriosa amiga de su padre.

En vista de que Hanna Hall la había sacado a relucir, sentía curiosidad por descubrir qué papel le había asignado en su compleja historia. No iba a ser fácil dar con ella. No sabía ni su nombre y tampoco estaba seguro de si todavía estaba viva después de tanto tiempo.

Cuando se hubo puesto el sol, empezó a lloviznar de nuevo. Los limpiaparabrisas barrían las pequeñas gotas, formando estelas brillantes con los reflejos de los rótulos encendidos. Mientras seguía rumiando, a pocos metros de su destino, el cerebro de Pietro Gerber captó una anomalía al otro lado del parabrisas y se puso en alerta.

Apostados ante su edificio había dos reflectores luminosos: las luces de un coche patrulla.

El psicólogo aceleró instintivamente, abrigando el negro presagio de que la presencia de la policía estaba relacionada con él.

Aparcó y bajó del coche, precipitándose hacia el portal. Subió los escalones de dos en dos, sin dejar de mirar hacia arriba por encima de la barandilla para ver a qué piso habían acudido los agentes.

Estaban en el cuarto. Y, concretamente, en su casa.

La puerta estaba abierta y de inmediato reconoció el llanto de Marco y la voz de Silvia hablando con los policías. Fue corriendo hacia ellos.

–¿Estás bien? –dijo jadeando, nada más entrar en el salón.

Su mujer tenía al niño en brazos, ambos llevaban todavía los abrigos puestos como si acabaran de llegar. Silvia parecía angustiada. Los agentes se volvieron hacia él.

–Está todo bien –lo tranquilizó uno de los dos–. No ha pasado nada grave.

–Entonces, ¿por qué están aquí?

Se acercó a su mujer y enseguida le dio un beso en la frente para tranquilizarla. Marco le tendió las manitas porque quería estar en brazos de su padre. Gerber lo cogió.

–A la señora le parece que alguien ha entrado en la casa –explicó el policía.

–No es que me lo parezca, es que es así –protestó ella, y a continuación se dirigió a él–: Cuando he llegado me he encontrado tus llaves puestas en la cerradura, he pensado que habías vuelto antes y que te las habías olvidado en la puerta.

Gerber hurgó instintivamente en los bolsillos del impermeable y, efectivamente, no encontró las llaves. ¿Se las había olvidado allí de verdad o alguien se las había cogido?

–Pero cuando he abierto, tú no estabas –prosiguió su mujer–. Todas las luces estaban apagadas, excepto la del salón. He venido a echar un vistazo y me he encontrado esto...

Señaló hacia un lugar de la sala, al otro lado del sofá. Gerber dio un paso adelante porque el mueble le impedía ver.

El viejo álbum familiar encuadernado en piel estaba abierto en el suelo. Las fotos estaban esparcidas alrededor. Alguien se había tomado la molestia de sacarlas de los compartimentos y tirarlas allí.

Parecía obra de un fantasma. El despecho de un alma inquieta.

Las imágenes se remontaban a su infancia. En las primeras aparecía todavía su madre, las demás eran el repertorio de la soledad de un padre viudo y de un hijo único. Vacaciones, Navidades y cumpleaños en los que siempre se tenía la sensación de que faltaba una pieza, un triste vacío.

Al examinarlas, Gerber se dio cuenta de que hacía años que no miraba esas fotos. Es más, muchas de ellas no las había visto nunca, solo recordaba algunos de los momentos en que fueron sacadas. Después de revelarlas, habían quedado en el álbum sin que nadie las contemplara.

¿Por qué habían vuelto ahora esos recuerdos? Parecía que alguien quisiera llamar su atención. ¿El «señor

B.»? Le vinieron a la memoria las palabras de Hanna Hall.

«... Cuando le habló en su lecho de muerte, la voz que escuchó era ya la voz de un fantasma, ¿no es así?».

—¿Tienen dinero, joyas o relojes en casa? —preguntó uno de los agentes.

Silvia se fijó en que su marido estaba demasiado turbado para responder y lo hizo ella:

—Mi joyero está en el dormitorio.

—¿Podría ir a ver si falta algo? —le pidió el policía.

La mujer se fue para comprobarlo; mientras tanto, Pietro Gerber puso a Marco en el sofá y se desmoronó a su lado. El niño empezó a jugar con los dedos de su mano, el padre todavía se sentía demasiado aturdido para hacerle caso. Aunque estaba seguro de que el intruso no se había llevado nada de valor. Sin embargo, la idea de que un extraño hubiese invadido el espacio de sus seres más queridos lo alteraba profundamente.

—No falta nada —anunció Silvia poco después, regresando a la estancia.

—De ser así, no creo que haya elementos para poner una denuncia —intervino uno de los policías.

—¿Cómo? —Silvia no se lo podía creer.

—Ni siquiera se ha forzado la entrada, ya que las llaves estaban en la puerta.

—¿Y esto qué? —replicó ella, señalando una vez más las fotos en el suelo.

—Tal vez alguien ha querido gastarles una broma.

—¿Una broma? —repitió ella, dejando escapar una risita nerviosa. No quería resignarse a la idea de que el responsable se saliera con la suya.

–No digo que no sea grave, pero es la hipótesis más realista, señora. Y bien, ¿sospechan de alguien?

Ante la pregunta del policía, Silvia dirigió la mirada hacia su marido. Gerber apartó la suya, sintiéndose culpable.

–No, de nadie –dijo ella, pero era evidente que estaba omitiendo algo.

Probablemente el policía también se dio cuenta.

–No suele suceder a menudo, pero a veces algunos actos vandálicos son solo el principio –afirmó.

Era una clara advertencia.

–¿El principio de qué? –preguntó Silvia, alarmada.

El hombre permaneció callado un segundo de más antes de contestar:

–Si se salen con la suya la primera vez, normalmente vuelven a intentarlo.

Después de cenar, aprovechando la excusa de que iba a acostar al pequeño, Silvia se fue a dormir sin esperar a Pietro. Todavía estaba impresionada y quizás también resentida con él; no podía reprochárselo.

Lo había encubierto al contarle una patraña a la policía. Ambos sabían que la historia de las llaves olvidadas en la cerradura no era creíble. Pero sin duda era menos incómoda que la de «mi marido está tratando a una esquizofrénica y, no se sabe por qué, está dejando que invada nuestra vida».

Silvia se había comportado como la mujer engañada que, por vergüenza, niega públicamente la culpabilidad del cónyuge adúltero. Pero, cuando el agente preguntó si sospechaban de alguien, en su mirada se condensó el peso de la humillación y una rabia silenciosa.

Gerber no podía descartar que la desagradable intrusión en su hogar fuera obra de Hanna Hall, pero tampoco se veía capaz de echarle la culpa sin tener pruebas. A pesar de que la paciente hacía cualquier cosa para convertir lo que la rodeaba en un misterio, no necesariamente todo lo que le ocurría a él dependía de ella. Transformar cualquier acontecimiento en el fruto de un engaño o de un complot estaba precisamente en la naturaleza de sus obsesiones. Pero la paranoia era el primer paso hacia el precipicio de la locura, y él debía permanecer lúcido.

Después de recoger la cocina, se sentó a la mesa con el álbum familiar con la intención de volver a colocar las fotos en sus respectivos compartimentos y guardarlo para siempre, sabiendo que no volvería a abrirlo nunca. Para hacerlo, se vio obligado a recorrer momentos del pasado que empezaban a desdibujarse en su memoria.

«¿Se ha fijado en que, cuando se le pide a un adulto que describa a sus padres, nunca te cuenta cómo eran de jóvenes, sino que tiende a describir a dos viejos?».

Hanna Hall tenía razón. Al repasar las instantáneas en las que aparecía junto a su padre y su madre, Pietro se dio cuenta de lo cohibidos e inexpertos que parecían a causa de su edad. Tal vez Marco, algún día, se sorprendería al descubrir que él y Silvia también habían sido jóvenes.

Al seguir hojeando las páginas de las fotografías, aparecieron detalles en los que Gerber no pensaba desde hacía mucho tiempo. La sonrisa de su madre, por ejemplo. Como murió cuando él era todavía muy pequeño para acordarse, el único testimonio de que se alegraba de haberlo traído al mundo estaba encerrado en aquellas pocas imágenes que los inmortalizaban juntos en sus dos primeros años de vida. Al parecer, su padre no era de la misma opinión, teniendo en cuenta que había sentido la necesidad de emplear los últimos segundos que le quedaban para hacerle la peor de las revelaciones.

«La palabra secreta del "señor B."».

¿Por qué no se había llevado consigo ese secreto a la tumba? ¿Qué le había hecho para que lo tratara así?

«Me culpaba a mí de la muerte de mamá –se dijo, dando forma a un pensamiento que le rondaba desde hacía mucho–. No sé cómo, pero me consideraba responsable de la enfermedad que la mató». Algo parecido a Hanna Hall, que estaba convencida de ser la asesina de su hermano.

«No, es peor. Mucho peor».

Todavía le quedó más claro cuando se topó con una foto de sus padres de antes de su nacimiento. En su madre eran ya evidentes los signos de la enfermedad que se la llevaría al cabo de unos años. Hasta ese momento, Gerber había pensado que la evolución había sido mucho más rápida.

Ella expresó su deseo de tener un hijo antes de morir. El «señor B.» simplemente lo aceptó, aun sabiendo que tendría que criar él solo a ese niño.

Ese era el motivo de la desafección que su padre siempre había sentido por él. Por eso, antes de morir, había querido vengarse revelándole el secreto que Pietro todavía no tenía valor de compartir con nadie.

Para Gerber fue un descubrimiento mucho más atroz que saber que nunca había sido querido, porque quizás, si hubiera estado en el sitio de su padre, habría sentido lo mismo ante un hijo que siempre le recordaría el dolor de su pérdida.

Un hijo que era una condena para no olvidar.

No pudo retener las lágrimas que empezaron a deslizarse por su rostro, silenciosas. Se secó las mejillas con el dorso de la mano, como si quisiera alejar cualquier debilidad. A continuación, acabó de ordenar las fotos del álbum.

Fue entonces cuando se dio cuenta de que faltaba una.

Ante el espacio vacío se preguntó si se estaba equivocando, porque podía ser que allí nunca hubiera habido una fotografía. La idea de que alguien pudiera haberse llevado la imagen intencionadamente, sin embargo, estaba destinada a echar raíces en su cabeza, lo sabía. Se vería obligado a pensar en ello continuamente, preguntándose qué escena inmortalizaba y si tenía un significado especial.

Dio un puñetazo en la mesa, maldiciendo la oscuridad y a Hanna Hall. En ese momento su móvil empezó a sonar.

—¿Le llamo demasiado tarde?

—No, doctora Walker. Me alegro de oírla.

—Tras nuestra discusión del otro día, no habría puesto mi mano en el fuego.

—Siento haber levantado la voz –le aseguró–. Tengo que admitir que la situación con Hanna no es fácil.

—Tenía la esperanza de que me dijera que la terapia está obteniendo resultados satisfactorios.

—Por desgracia, no.

—¿Ha ocurrido algo más?

—Puede que los padres de Hanna estuvieran internados en un hospital psiquiátrico.

—Eso explicaría el origen de sus trastornos mentales.

—Sí, pero no creo que se puedan localizar sus casos. Cuando cerraron las instalaciones, los documentos se perdieron... Y hay algo que no me cuadra. Si Hanna vivió con ellos hasta los diez años...

—¿Hasta la noche del incendio, quiere decir?

—Exacto... Decía: si así ocurrió, entonces después alguien se haría cargo de ella; en otro caso no se explica que llegara a Australia y que adoptara la identidad que tiene ahora.

—En Italia no hay constancia de que la hubieran adoptado, ¿es lo que está intentando decirme?

—No, pero tal vez usted podría comprobarlo.

—Por supuesto, lo haré.

—Hanna, cuando era pequeña, vio el contenido de la caja que siempre llevaban consigo.

—¿De verdad? ¿Y cuál fue su reacción?

–Describió al pobre Ado diciendo que era como si simplemente estuviese durmiendo, como si la muerte no hubiese hecho mella en él.

–Típico mecanismo de ajuste de la realidad.

–Sí, yo también lo pensé.

–¿Alguna singularidad más?

–Habló de una bruja.

–¿Una bruja?

–Se refirió a ella llamándola «la viuda violeta». Repitió la historia de la «niña especial» y añadió que por eso la bruja la estaba buscando.

–La bruja y los extraños –ponderó la doctora Walker–. ¿Qué piensa hacer?

–Yo dejaría que la cosa se enfriara. Estoy harto de oír hablar siempre de fantasmas y otras tonterías paranormales. Obligaré a Hanna Hall a salir a la luz. Creo que a esa mujer se le ha metido en la cabeza que está aquí con el objetivo de reconstruir la verdad sobre lo que le ocurrió a Ado, pero también para ayudarme.

–¿Ayudarle?

–Solo le diré que se ha permitido algunas injerencias en mi vida personal.

–Estoy perpleja, no me lo esperaba.

–Tranquila, estoy siguiendo su consejo. Siempre grabo nuestras sesiones y siempre estoy alerta.

–Excelente... Pues me despido. Tengo un paciente esperándome.

–¿Por casualidad sigue en contacto con Hanna?

–No –afirmó ella–. Se lo habría dicho.

Sin embargo, Gerber tuvo la clara sensación de que no era sincera.

—Gracias por la llamada, me pondré en contacto con usted lo antes posible —dijo.

—Una última cosa, doctor Gerber...

—Dígame...

—Yo en su lugar profundizaría en la historia de la viuda violeta.

—¿Por qué?

—Porque me parece que es importante.

Pietro Gerber estaba a punto de responder, pero al otro lado de la línea, Theresa Walker hizo algo que no había hecho antes.

Se encendió un cigarrillo.

25

—O sea, que hasta ahora siempre has estado hablando por teléfono con Hanna Hall...

A Silvia le costaba creer que Hanna Hall hubiese estado fingiendo desde el principio que era Theresa Walker y él no se hubiese dado cuenta antes; Pietro Gerber no podía censurarla.

—Obviamente, en cuanto he empezado a sospechar, he llamado enseguida a la consulta de la doctora Walker en Adelaida... ¿Y sabes qué he descubierto?

—¿Qué? —preguntó ella, en ascuas.

—He hablado con su ayudante y me ha dicho que la psicóloga está en la montaña, en un seminario sobre hipnosis que imparte a algunos pacientes y que no quiere que la molesten al móvil... De modo que le he dejado mi número y le he pedido que le diga que me llame.

—Así pues, no estás seguro de que Hanna se haya hecho pasar por la doctora. —Silvia parecía decepcionada.

Pero Gerber se reservaba un pequeño golpe de efecto.

—Cuando le he preguntado a la ayudante si por casualidad la hipnotizadora fumaba, tras un instante de desconcierto, me ha contestado que Theresa Walker detesta incluso ver un cigarrillo encendido.

Había despertado a su mujer en mitad de la noche para ponerla al corriente de la inquietante novedad.

El hecho de involucrarla los había acercado. Ahora estaban sentados en la oscuridad, el uno frente al otro, con las piernas cruzadas en la cama de matrimonio. Hablaban en voz baja, con prudencia, como si en las sombras que los rodeaban se ocultara una presencia invisible que podía oírlos. Aunque ninguno de los dos se lo había dicho al otro todavía, ambos estaban asustados.

—Llegados aquí, podría ser que Hanna Hall no fuera su verdadero nombre —exclamó Silvia.

Tenía razón, no sabían nada de ella.

Pietro Gerber se había visto obligado a ir hacia atrás en su memoria para reconstruir los sucesos de los últimos días, interpretándolos a la luz de los recientes descubrimientos. La primera llamada telefónica de Theresa Walker en que su colega le había anunciado la llegada de Hanna a Florencia y le había rogado que se ocupara de ella. La revelación del probable homicidio de su hermano Ado. El intento de secuestro del bebé en un cochecito cometido por Hall unos años atrás. Hasta la grabación de la primera sesión en Adelaida era falsa. Quizás en esas circunstancias, Gerber podría haberse dado cuenta de que era la misma persona la que hablaba por ambas, pero se había dejado atrapar por el relato.

«¡Qué estúpido!». Por lo demás, se justificó diciéndose que no se había dado cuenta de que la voz de Hanna y de la doctora Walker eran parecidas porque con la primera hablaba en italiano y con la segunda, en inglés.

El psicólogo también pensó en toda la información que le había transmitido involuntariamente a la falsa hipnotizadora y que había favorecido el papel de la paciente. También le había hablado de Emilian. Pero lo que más rabia le daba era que le había revelado detalles de su vida privada.

Aunque Hanna Hall tenía razón en una cosa. Los fantasmas existían de verdad. Ella misma era uno de ellos. Por eso él no había encontrado documentación relativa a la adopción de una niña italiana por parte de una familia de Adelaida con ese nombre. Esa identidad no existía.

No pudo evitar echarse a reír.

–¿Qué pasa? –preguntó Silvia, irritada.

–La doctora Walker incluso me dijo que hay otras dos Hanna Hall en Australia, nuestra paciente y una bióloga marina de fama internacional... Por lo que sabemos, esa mujer ni siquiera viene de allí.

–Para –le conminó su mujer, aunque ella también encontraba tragicómica su situación.

Se miraron y se pusieron serios.

–¿Y qué haremos ahora? –preguntó Silvia, intentando ser práctica.

Pietro Gerber la admiraba por eso. Ante la adversidad, no perdía el tiempo inútilmente buscando responsabilidades o atribuyendo culpas; Silvia se armaba de buena voluntad y mantenía unido al equipo.

–Pensaba que tenías razón sobre el hecho de que Hanna Hall es esquizofrénica, pero tu diagnóstico es erróneo... –le dijo–. Esa mujer es una psicópata.

Gerber notó que su mujer cambiaba de expresión. Ahora estaba aterrorizada.

–No podemos denunciarla porque no ha cometido ningún delito y, aunque se hubiera metido en nuestra casa, no tenemos pruebas –afirmó él.

–Entonces, ¿cuál es la solución?

–Voy a comportarme como con los locos de los chistes... –Detestaba esa palabra. Su padre le había enseñado lo degradante que era referirse de ese modo a un paciente y, sobre todo, a un ser humano. Sin embargo, ahora la comparación le servía para explicar su plan.

–Le seguirás el juego... –concluyó Silvia, asombrada.

–Hasta que descubra cuál es su verdadero propósito –admitió él.

–¿Y si sencillamente quiere que te obsesiones y destruir nuestra vida?

Ya lo había considerado, y era un riesgo plausible.

–Hanna Hall tiene un objetivo –dijo–. Está intentando contarme una historia... Al principio pensaba que yo era simplemente un espectador. Ahora sé que juego un papel concreto, aunque todavía no sé cuál es.

–¿Cómo puedes estar seguro de que lo que te ha dicho hasta ahora sea verdad? Podría tratarse solo de un montón de mentiras...

–Pues entonces es que no confías en mis dotes de hipnotizador –dijo irónicamente–. Si mintiera mientras está en trance, me daría cuenta... Hanna es capaz de introducir cualquier información en su relato de los acontecimientos para hacerme dudar o para confundirme. Como con el cascabel en el tobillo de Marco. Lo hace para demostrarme que ella controla la terapia y, en consecuencia, a mí. Pero creo que el planteamiento de su historia es real: muchas de esas cosas ocurrieron... Al igual que una niña que fantasea con brujas y fantasmas, Hanna Hall quiere obligarme a descubrir qué parte de su infancia es inventada y qué parte, en cambio, es dolorosamente real.

Silvia pareció persuadirse de que había un modo de resolver su problema. Pero Gerber no había terminado. Exhaló un profundo suspiro. Ahora llegaba la peor parte.

–Creo que, al encenderse el cigarrillo por teléfono, Hanna ha querido desvelarme a propósito que era la doctora Walker.

–¿Por qué? –exclamó su esposa, obviamente atemorizada por esa posibilidad.

–Para asustarme. O tal vez para hacerme saber que disponemos de un segundo canal para comunicarnos. En cualquier caso, continuaré con la ficción para mantenerlo abierto. Aunque Hanna se haya servido de este truco para obtener alguna información, el *alter ego* de la psicóloga me parece más razonable que la paciente. Además, ya me ha proporcionado indicaciones valiosas sobre cómo conducir la terapia.

–¿Te refieres a la historia de la viuda violeta?

–Hanna utiliza a la doctora Walker para señalarme el camino que he de seguir, por eso en la próxima sesión empezaremos por la bruja.

–¿Y yo cómo puedo ser útil?

–Marchándote con Marco a Livorno a casa de tus padres hasta que no resuelva todo esto –le dijo enseguida.

–Ni hablar –replicó ella, con su habitual tono beligerante. Y menos ahora que habían recuperado la armonía.

Gerber le cogió la mano. Debía confesarle que, sin que él se diera cuenta o pudiera oponerse, Hanna Hall se le había metido dentro.

–Tengo miedo por ti y por nuestro hijo –le dijo, en cambio, cobardemente–. Ahora estoy seguro de que Hanna Hall es peligrosa.

Silvia comprendió al instante que era una excusa, pero no tenía argumentos para oponerse. Su marido había decidido no confiar en ella y con eso tenía bastante. Gerber, sin embargo, no sabía cómo explicarle que no se trataba de la habitual transferencia médico-paciente; sentía que algo lo ataba a Hanna Hall y, hasta que no deshiciera el nudo, no podría volver a ser el de antes.

Silvia apartó lentamente la mano de la suya. La sensación táctil que tuvo Gerber fue peor que cualquier insulto o que una bofetada en la cara. Su mujer se había hecho ilusiones pensando que su conversación nocturna era una manera de cerrar filas; en cambio, solo había servido para llegar a ese punto. Ahora su reacción era de frío desapego y el psicólogo no podía impedirlo. El hecho de que se obsesionara con una enferma mental lo convertía también a él en un enfermo.

—¿Por qué nos haces esto? —preguntó Silvia, casi susurrando.

No tenía respuesta.

Su mujer se levantó de repente y salió decidida de la habitación, sin dedicarle ni una mirada. Aun así, Gerber podía adivinar toda su rabia en la tensión de sus hombros, en los puños apretados. Estuvo tentado de detenerla, de intentar arreglarlo, de retractarse. Pero ya no podía.

De lo que acababa de hacer no había vuelta atrás.

26

Se despertó poco antes del amanecer y descubrió que estaba solo en la cama. En el momento en que puso los pies en el suelo, supo por el silencio que no había nadie en casa.

Silvia se había marchado llevándose a Marco consigo. Ni siquiera los había oído salir.

Mientras se lavaba los dientes sin tener el valor de mirarse al espejo del baño, recordó todo lo que había ocurrido esa noche. En pocos días, su vida y la de sus seres queridos se había torcido. Si una semana antes, alguien le hubiese pronosticado que acabaría así, Gerber se habría reído en su cara. Se preguntó cuánto de esa desestabilización era obra de Hanna Hall y cuánto, en cambio, había dependido de él. Por eso era justo que ahora se hubiese quedado solo. Solo con sus propios demonios.

Todavía había un modo de salvarse. Tenía una tarea que llevar a cabo.

Tendría que encontrar a la mujer misteriosa que su padre intentó presentarle cuando era niño y que, como había descubierto, en aquella época trabajaba en el San Salvi. Ahora debía preguntarse qué importancia tenía la desconocida para Hanna Hall, pero también qué relación había entre ella y el «señor B.». ¿Realmente tenían una relación sentimental, como había creído hasta ahora, o bien se trataba de otra cosa? No iba a ser fácil obtener respuestas, ya que no sabía nada de ella y no tenía ni idea de cómo localizarla.

Y además estaba el asunto de la foto desaparecida del viejo álbum familiar. «Si la ha cogido Hanna Hall, entonces es importante», se dijo.

Calculó que había dormido como mucho un par de horas. El insomnio era así. Te hundías en una especie de limbo comatoso durante un tiempo limitado y, a continuación, emergías en un estado de semiconfusión, sin saber si estabas despierto o no.

Antes de dirigirse a la consulta, se tomó otro Ritalin. Para estar seguro de mantenerse despejado, esta vez aumentó la dosis a dos pastillas.

Cuando llegó a la gran buhardilla, Gerber se dirigió rápidamente a su despacho. Había pensado en cómo iba a recibir a Hanna Hall. Se mostraría tranquilo, nada turbado por los últimos acontecimientos. Con esa actitud le transmitiría un mensaje claro. Le seguía el juego. Estaba dispuesto a dejarse guiar allí donde ella tuviera intención de llevarlo. «Cueste lo que cueste», se repitió con convicción.

Encendió la chimenea, preparó té, pero a la hora de la cita, Hanna todavía no había llegado. Pasaron veinte minutos, Gerber empezaba a ponerse nervioso. Normalmente la paciente era puntual. ¿Qué podía haber pasado?

Hanna apareció una hora más tarde. A pesar de que en su ropa se veían las señales de la presunta agresión que había sufrido un par de noches atrás, no había modificado su vestimenta. Tenía una expresión extraña, parecía más serena en comparación con las visitas anteriores.

—Llega tarde —le hizo notar.

Pero, por el aire de suficiencia de Hanna, Gerber intuyó que la mujer era perfectamente consciente de ello y que, es más, lo había hecho aposta para que él se preguntara qué había sido de ella.

—Veo que el morado de la cara empieza a curarse —le dijo Gerber para demostrarle que no le interesaba dónde había estado.

—Primero era amarillo y verde, después empezó a ponerse negro. He tenido que taparlo con maquillaje —contestó.

La mujer se sentó en la mecedora y encendió el habitual cigarrillo. Se volvió a mirar por la ventana. Después de unos días de tormenta, el sol se había asomado a Florencia. Una luz dorada se esparcía por la consulta, deslizándose por los tejados de las casas. La Piazza della Signoria se escondía como una joya en el laberinto de edificios del casco antiguo.

Hanna estaba inmersa en sus propios pensamientos y se le escapó una breve sonrisa. Gerber la captó y sintió una punzada en su interior. Comprendió que tendría que averiguar qué o quién había provocado ese instante de insólita felicidad.

–¿Qué sucede? –se le ocurrió preguntar.

Hanna sonrió de nuevo.

–Ayer, cuando me marché de aquí, conocí a alguien.

Simuló desinterés.

–Bien –comentó, únicamente. Sin embargo, no estaba bien en absoluto.

–Estaba en un bar y me preguntó si podía sentarse conmigo –prosiguió la mujer–. Me invitó a tomar algo y estuvimos charlando. –Hizo una pausa–. Hacía mucho que no hablaba así con nadie.

–¿Así cómo? –se sorprendió preguntando, sin saber de dónde había salido la cuestión.

Hanna lo miró, fingiendo sorpresa.

–Usted ya sabe cómo, claro que lo sabe... –replicó, con malicia.

–Me alegro de que haya hecho amistad con alguien. –Confio en que su tono no sonara demasiado falso.

–Me llevó a dar una vuelta turística por Florencia –continuó la mujer–. Me enseñó la Loggia dei Lanzi desde donde puede verse el autorretrato de Benvenuto Cellini en la nuca del *Perseo*. Después me mostró el perfil de un condenado a muerte esculpido en una pared exterior del Palazzo Vecchio, tal vez de Miguel Ángel. Al final fuimos a la «rueda del abandono» del Ospedale degli Innocenti, donde en la Edad Media los padres dejaban a sus hijos recién nacidos que no querían...

Al oír enumerar las etapas del *tour* que hasta pocos años antes él hacía a las chicas que quería conquistar, Pietro Gerber se vio arrollado por una nueva oleada de confusión.

–He mentido –dijo Hanna–. Usted me dijo que visitara esos lugares, ¿no lo recuerda?

En efecto, no lo recordaba y le parecía imposible. La paciente quería demostrarle una vez más que sabía muchas cosas de él y de su pasado.

El hipnotizador se había dicho que estaba dispuesto a jugar en la partida de esa mujer, fuera lo que fuese lo que estuviese en juego. Pero ahora se daba cuenta de que no tenía ni idea de cuál era la apuesta perversa de Hanna Hall.

–La viuda violeta –dijo solo Pietro Gerber, anunciando el tema de la sesión de ese día.

Hanna lo escrutó con ojos tranquilos.

–Estoy lista –afirmó.

27

Me llamo Aurora y no quiero seguir estando sola.

Lo decido un día a finales del verano, mientras juego con mi muñeca de trapo. Estoy harta de inventar juegos para mí sola. Y mamá y papá siempre tienen demasiadas cosas que hacer para estar conmigo. Esa misma noche se lo digo. Quiero a alguien, un compañero de juegos. Un niño o una niña que esté conmigo. Quiero un nuevo hermanito o una hermanita. Ado está bajo tierra y ya no puede hacer de hermano. Así que quiero otro. Lo exijo. Mamá y papá sonríen ante mi petición y hacen como si nada, esperando que se me pase. Pero no se me pasa e insisto. Se lo repito cada día. Entonces intentan explicarme que nuestra vida ya es complicada siendo tres, que si fuésemos cuatro sería demasiado dura. Pero no me rindo. Cuando se me mete algo en la cabeza, me pongo muy pesada hasta que lo consigo. Como aquella vez que decidí dormir con la cabra y al final acabé con piojos. Los atormento hasta tal punto que un día me llaman para hablar conmigo.

–De acuerdo –me dice papá–. Vamos a hacerte caso.

Me pongo a saltar de alegría. Pero por su expresión comprendo que hay una condición y que no me gustará.

–Cuando papá haya puesto un hermanito o una hermanita en mi tripa, tendremos que separarnos durante un tiempo –me explica mamá.

–¿Cuánto? –pregunto enseguida con el corazón roto, porque no quiero estar lejos de ella.

–Durante bastante tiempo –se limita a repetir.

–¿Por qué? –Siento que mis ojos se llenan de lágrimas.

–Porque así es más seguro –me dice papá.

–La viuda violeta me está buscando –digo–. Es por eso por lo que siempre estamos huyendo...

Ellos me miran sorprendidos.

–La nombró el Neri, cuando me tenía en su regazo en el cementerio.

–¿Y qué te dijo exactamente? –pregunta mamá.

–Que la viuda violeta me está buscando.

–Es una bruja –especifica rápidamente papá y mira a mamá, que enseguida asiente.

–La bruja manda a los extraños –añade ella–. Por eso debemos estar alejados de ellos.

Está decidido: tendré un hermanito o una hermanita. Al principio será muy pequeño o pequeña y no podré jugar con él o ella. Pero después crecerá y estaremos siempre juntos. Me muero de ganas. Mamá y papá no me dicen cuándo será. Pasan los días, y no ocurre nada. Después, una mañana, mamá viene a despertarme.

–Te he preparado tu desayuno favorito –me dice. Tiene una voz extraña. Triste.

Nos sentamos los tres alrededor de la mesa. Es muy temprano, fuera todavía está oscuro. Mientras me como el pan caliente con miel, veo que mamá y papá se buscan con la mirada, como si tuvieran que hacer acopio de valor el uno del otro.

–Ahora mamá se irá –me anuncia papá.

No digo nada. Ya sé todo lo que tengo que saber y tengo miedo de echarme a llorar, de cambiar de idea y de pedirle que no se vaya.

Mamá ha puesto sus cosas en una mochila y al amanecer la vemos alejarse de la casa de las voces. Recorre el campo sola, de vez en cuando se vuelve y nos saluda. Y nosotros nos quedamos allí hasta que desaparece en el horizonte y se hace de día.

El tiempo pasa. Pasa el otoño y después llega el invierno. Papá y yo nos las apañamos bien, pero echamos de menos a mamá. Me siento culpable para con él. Sé que, si no se lo hubiese pedido, ella todavía estaría con nosotros. Pero papá es bueno y no me lo echa en cara. Hablamos poco de ella, porque nos da miedo que el recuerdo empeore las cosas. Poco a poco hemos aprendido a prescindir de su presencia. Incluso he empezado a cocinar, repitiendo los gestos que le he visto hacer millones de veces. Algunas noches papá y yo nos sentamos junto al fuego. Me gustaría oírlo tocar la guitarra. Pero él ni siquiera la coge desde que ella no está. Las cosas bonitas ya no son agradables y se enmohecen de melancolía.

La primavera está terminando y yo estoy jugando en la explanada de la casa de las voces. Estoy persiguiendo una mosca, levanto la mirada y veo una figura a lo lejos que viene hacia mí. Levanta un brazo como si me conociera. El sol me deslumbra y no puedo distinguirla bien. Pero entonces la veo: es mamá. Lleva una especie de fardo atado a la cintura. Su sonrisa es más radiante, sus ojos más límpidos. Llamo a papá y corro enseguida a abrazarla. Cuando me ve, se agacha y me abraza con fuerza. Siento que algo se mueve en el fardo. Ella abre un borde de la tela y me muestra a un niño pequeñísimo.

–Tienes que elegir un nombre para él –me dice–. Es un varón.

Me toca decidir cómo vamos a llamarlo. Como tengo nombre de princesa, él no puede ser más que un príncipe.

–Azul –anuncio, contenta.

Azul no sabe ni hablar. Intento enseñarle cosas, pero él no las entiende. Solo sabe dormir, comer y hacérselo todo encima. De vez en cuando ríe, pero suele llorar ininterrumpidamente. Sobre todo de noche. Por las noches no nos deja dormir. Creía que todo sería más bonito con un hermano en casa. El único momento que me gusta de verdad es cuando papá coge la guitarra y toca para que esté tranquilo. Desde que mamá está aquí de nuevo, también ha vuelto la música. Pero las atenciones ya no son solo para mí. No lo tuve en cuenta cuando pedí un hermano, quizá debería haberlo pensado mejor, porque ahora no me apetece que el sitio en medio de la cama de matrimonio sea solo para él. No me parece bien tener que compartirlo todo con el último en llegar. Así que un día lo tengo claro.

Odio a Azul.

Si pudiera volver atrás, me gustaría que papá no lo pusiera en la tripa de mamá. Como no se puede regresar al pasado, tal vez pueda solucionarlo de alguna manera. Mamá dice que, si deseas intensamente una cosa, los espíritus te la regalan. Pues ya está, este es mi deseo para los espíritus.

Quiero que pongan a Azul en la caja con Ado.

Los espíritus han escuchado mis plegarias porque una noche Azul empieza a toser. Por la mañana sigue tosiendo y continúa así durante días. Arde de fiebre y no quiere comer. Mamá y papá se turnan para sostenerlo en brazos, para que respire mejor. Están exhaustos y veo que no saben qué hacer. Mamá le ha preparado una infusión con hierbas y le pone compresas calientes en el pecho. Los remedios no funcionan. Azul está muy mal.

–¿Qué pasará ahora? –pregunto a papá una noche.

Él me hace una caricia y sé que está a punto de llorar. Me mira y me dice:

–Creo que Azul se irá.

Soy pequeña, pero sé lo que significa. Azul pronto acabará en una caja, y entonces tendremos que llevarlo con nosotros, como a Ado. Mamá parece más fuerte que papá, pero presiento que está a punto de derrumbarse. Me siento culpable, me gustaría hacer algo. Entonces suplico de nuevo a los espíritus y les pido que libren a Azul y a todos nosotros de este dolor. Pero esta vez los espíritus no me escuchan.

Como he sido yo quien ha hecho enfermar a Azul, me corresponde a mí arreglarlo. Desde hace tiempo me digo que, si la viuda violeta no me estuviese buscando, tal vez llevaríamos una vida distinta. Si yo no estuviera, quizás mamá, papá y Azul vivirían en una ciudad, con otras personas, y no tendrían miedo de los extraños. Y, lo más importante, en la ciudad hay médicos, medicinas y hospitales para poder curarle la tos a mi hermano. No quiero que Azul muera. Pero también sé que mamá y papá no lo llevarán nunca a la ciudad para que lo curen. Porque deben protegerme. Yo soy la niña especial. De modo que una mañana, mientras papá está fuera buscando más hierbas medicinales y mamá está durmiendo al lado de Azul, entro en la habitación y cojo a mi hermanito, lo envuelvo en el portabebés tal y como he visto hacer a mamá y me lo ato bien fuerte. Me alejo de la casa de las voces antes de que puedan darse cuenta. Hay un sendero más allá de los campos y el bosque de granados; lo vi en el mapa. La línea negra lleva a un puntito rojo. Me encamino hacia allí sin saber cuánto tardaré. Azul al principio es ligero, aunque después pesa cada vez más. Pero tengo que conseguirlo. Azul tose, si bien después se queda dormido. Sin embargo, su sueño es extraño. Es demasiado tranquilo. Pero yo sigo adelante. Por fin veo la ciudad. No es como me la esperaba. Hay edificios, luces, coches. Es todo un gran caos. Me voy adentrando y enseguida me doy cuenta de que no sé adónde tengo que ir. Hay personas, muchas personas. Pasan a mi lado y ni siquiera me ven. Quién sabe si entre ellas hay algún extraño. Yo soy un fantasma. Camino y miro a mi alrededor. No sé qué hacer. ¿Dónde están los médicos y las medicinas? ¿Y dónde está el hospital? Me siento en un escalón. Y encima empieza a llover. Ahora me gustaría volver a casa, pero no sé cómo. Me he perdido. Tengo ganas de llorar. Echo un vistazo a Azul en el portabebés, todavía duerme resguardado de la lluvia, entonces intento despertarlo. Pero él no se despierta. A continuación, le pongo un dedo debajo de la nariz. Todavía respira, pero su respiración es débil. Parece un pajarito con un ala rota. Entonces ocurre algo. Levanto la mirada y veo a mamá. Está atravesando un río de coches a través de la lluvia para venir a buscarnos. Contenta, me pongo de pie. «Perdóname», pienso mientras me dirijo hacia ella. Está muy nerviosa. Puede que también enfadada conmigo.

—No vuelvas a hacerlo nunca más —me riñe mientras me abraza. Está alterada y al mismo tiempo contenta de habernos encontrado. Solo una madre sabe sentirse feliz y enfadada al mismo tiempo. A continuación, me quita el portabebés para atárselo a la cintura y me coge de la mano para irnos.

—No quiero que Azul termine en la caja —le digo entre sollozos—. Quiero que se cure y se quede con nosotros.

Mamá se dispone a consolarme, pero se queda paralizada. Veo que está sucediendo algo porque, sin darse cuenta, me aprieta la mano con fuerza. Miro hacia donde ella mira y veo lo que está viendo.

La viuda violeta está al otro lado de la calle. Y nos mira. Es como si solo ella pudiera vernos.

Va toda vestida de violeta. Los zapatos que lleva son violetas. La falda, el impermeable y lo que lleva debajo. Hasta el bolso. Mamá no aparta los ojos de ella. Entonces hace una cosa que no comprendo. Empieza a desatarse el portabebés con Azul. Lentamente, lo deja en el suelo. No sé por qué lo hace. La gente lo pisará. Entonces lo comprendo: lo hace por la bruja, para que ella lo vea. Mamá se vuelve hacia mí.

—Ahora tienes que correr —me dice.

Tira de mí y salimos corriendo, dejando a Azul en el suelo. Mamá se vuelve para ver lo que ocurre a nuestra espalda. Yo hago lo mismo. La viuda violeta ha cruzado la calle y se dirige hacia Azul. Lo coge en brazos antes de que alguien lo pise. Pero así ya no podremos reunirnos con él. Mamá ha tenido que escoger. O Azul o yo. Y la bruja ha tenido que hacer la misma elección.

Ahora Azul está con los extraños. Mamá se lo ha dado a la viuda violeta para salvarme.

28

Hanna abrió los ojos y miró a su alrededor, aturdida. Había estado llorando sin darse cuenta. Gerber le tendió un pañuelo de papel.

–¿Cómo estás? –le preguntó, solícito.

Advirtió que la mujer no se acordaba de lo que acababa de ocurrir. Hanna se pasó una mano por el rostro y, a continuación, miró la palma de esa mano como preguntándose de dónde habían salido esas lágrimas.

–Azul –dijo el hipnotizador para evocarle el recuerdo de la sesión.

La expresión de la paciente se descompuso mostrando primero incertidumbre, después sorpresa y al final aflicción.

–Azul –repitió, como para tomar conciencia–. Ya no volví a verlo...

–En su opinión, ¿qué fue de él? Como mínimo se lo habrá imaginado, supongo.

–Los extraños se llevan a las personas –rebatió, molesta–. Ya se lo dije... Los cogen y nadie sabe qué es de ellos.

–Pero en este caso, usted lo sabe muy bien, Hanna.

La mujer se puso tensa.

–¿Por qué debería saberlo?

–Porque es lo mismo que le ocurrió a usted después de la noche del incendio, ¿verdad?

–Yo tomé el agua del olvido con mi madre –se justificó.

Decidió seguirle la corriente y no insistió.

–Me parece que ya es suficiente.

Hanna pareció sorprendida que el tiempo del que disponía se hubiese agotado tan pronto.

–¿Quedamos mañana?

–A la misma hora –le aseguró el psicólogo–. Pero esta vez sea puntual.

La mujer se levantó y recogió su bolso.

–A propósito, ¿cuánto tiempo tiene intención de permanecer en Florencia?

–¿Usted cree que no haremos progresos? –Estaba confusa.

–Creo que debería empezar a considerar la posibilidad de que la terapia no le dé todas las respuestas que busca.

Hanna se quedó pensativa. Únicamente dijo:

–Nos vemos mañana.

La oyó salir y cerrar la puerta de la consulta tras ella. Una vez solo, se puso a pensar en el relato que había escuchado. El hermanito, la viuda violeta, esa especie de sacrificio humano con el que la madre había abandonado a su bebé para salvarla a ella. Pero ¿salvarla de qué?

Repasando con detenimiento la historia, por primera vez le pareció que la alegoría de la bruja y de los extraños encubría un significado tangible. Se esforzó en relacionarlo con su propia experiencia, preguntándose quién o qué podían representar estas figuras en el mundo de una niña. Habían sustituido algo o a alguien, de eso estaba seguro. Emilian también había reemplazado a su familia adoptiva y al cura por animales. Muchos menores a los que trataba hablaban de ogros y lobos malvados para describir a los adultos que les hacían daño o a los que simplemente temían.

Una mujer siempre vestida completamente de violeta, se repitió, aunque no encontraba ninguna correspondencia en la realidad.

Ese nuevo elemento habría sido un excelente tema de debate con Theresa Walker..., en el caso de que la hipnotizadora hubiese sido de verdad quien decía ser. Gerber consideró que en las últimas horas había perdido sus puntos de referencia. Primero su colega australiana; después, Silvia.

Tendría que arreglárselas solo.

Esa reflexión lo condujo inmediatamente a otra. Recordó el álbum familiar, las viejas fotografías esparcidas en el suelo de su casa. El «señor B.», después de enviudar, también se vio obligado a «arreglárselas solo».

Ahí lo tenía. Todo seguía llevándolo a él. A ese padre

que tal vez había vuelto en forma de ectoplasma para desordenarle el salón.

Gerber sonrió ante esa idea absurda, pero más por costumbre que por convicción. No obstante, fue precisamente relacionando ese pensamiento con las conversaciones nocturnas mantenidas con la doctora Walker cuando le volvió a la cabeza lo que la psicóloga le había repetido hasta la saciedad: que grabara las sesiones con Hanna como precaución.

«Se lo digo en serio. Soy más vieja que usted, sé de lo que hablo».

¿Por qué había insistido tanto? Una vez más, la paciente le estaba enviando un mensaje a través de su *alter ego*. Gerber tuvo la intuición de revisar las filmaciones para ver si se le había escapado algo. Aunque era consciente de que iba a buscar el momento en que la mujer le había birlado del bolsillo las llaves para introducirse en su casa.

Y puede que ya supiera cuándo había sucedido.

La sesión en cuestión correspondía a su encuentro anterior, cuando socorrió a Hanna después de la presunta agresión.

Al revisar la escena en el portátil, Gerber se dio cuenta de que Silvia nunca había visto el aspecto que tenía su rival. Había un abismo entre las dos. Hanna no poseía ni una pizca de la elegancia y la gracia de su mujer. Se veía descuidada, desaliñada. Silvia conseguía que los hombres se volvieran cuando pasaba; había sorprendido a muchos cortejándola con la mirada. Hanna Hall, en cambio, era invisible. Pero quizás precisamente porque solo él había tenido la oportunidad de fijarse en ella, Gerber había visto algo que los demás no sabían identificar y se sentía un privilegiado.

En la pantalla se sucedían las imágenes de los minutos precedentes a la hipnosis, mientras examinaba el golpe que la mujer tenía en la cara y luego le ponía hielo. Sus cuerpos y sus rostros estaban muy cerca. El psicólogo se sintió incómodo al revivir ese momento de indefinible intimidad con la paciente. Se dio cuenta de que el efecto era ambiguo, perturbador. Pero estaba convencido de que lo que había creído que era un acto de autolesión en realidad escondía otra cosa. Era el astuto pretexto maquinado por Hanna para acercarse a él y quitarle las llaves de su casa sin que se diera cuenta.

Gerber visionó varias veces la grabación. Gracias a las muchas cámaras instaladas en su despacho, podía verla desde diferentes ángulos; aun así, no encontró nada extraño. Era frustrante. El universo conspiraba contra él para que se convenciera de que en realidad el asunto de las fotos era obra del fantasma de su padre. O tal vez la única intención era volverlo loco. De repente, sopesó un aspecto que todavía no había tenido en cuenta.

¿Y si había sido él mismo quien dejó las llaves puestas en la puerta principal para que Hanna Hall lo aprovechara? «Ella me sigue –se dijo–. Me observa. Lo sabe todo de mí». ¿Y si, inconscientemente, le hubiese facilitado la entrada a su casa? ¿Hasta tal punto estaba obsesionado con esa mujer?

Sí, lo estaba.

Hanna sabía cosas de él y también del «señor B.» que presagiaban la revelación de una verdad. Quería implicarlo en su historia. Gerber no sabía por qué, pero el modo más fácil de lograrlo era, sin duda utilizar, a su padre. Porque era sensible al tema y porque era una herida todavía abierta. La jueza Baldi lo había puesto en guardia acerca de la capacidad que tenían algunos estafadores de manipular a la gente. Pero si Hanna Hall no buscaba dinero, entonces, ¿qué quería de él? No solo se trataba de llamar la atención...

Aunque duró una fracción de segundo, Gerber vio con claridad el pequeño objeto brillante que había caído de la mano de Hanna directamente sobre la alfombra. Instintivamente, apartó la vista de la pantalla y la dirigió hacia abajo. Pero a los pies de la mecedora no había nada.

«No puede haber desaparecido –se dijo–. Tiene que estar aquí».

Se puso manos a la obra. Apartó los muebles e incluso miró en los rincones más ocultos, preguntándose al mismo tiempo qué estaba buscando. Al final, descubrió el misterioso indicio junto a una de las patas de la mesita de cerezo.

Era una pequeña llave de hierro.

La contempló. Era demasiado pequeña para abrir una puerta. Parecía de un candado o de la cerradura de una taquilla. Se imaginó que era de la consigna de equipajes de la estación, pero después descartó dicha opción porque le vino a la cabeza algo más elemental.

–Una maleta –exclamó para sí mismo.

Gerber ponderó atentamente esa posibilidad. «Hanna Hall no tiene maleta», se dijo. Al fin y al cabo, desde que la conocía, siempre llevaba la misma ropa. Pero quizás esa era precisamente la cuestión... Si había comprendido cómo funcionaba la mente de la mujer, para ella nada era casual. Al llevar siempre la misma ropa, Hanna quería sugerirle que su equipaje contenía otra cosa. Era una posibilidad; Gerber no podía descartarla. Pero eso comportaba también una grave consecuencia.

Nadie podía confirmarle que existiera una maleta. Tendría que comprobarlo en persona.

29

El hotel Puccini era tal como Pietro Gerber lo imaginaba: un ruinoso hotelito de una estrella que se remontaba a los años setenta. Letrero vertical de neón, parcialmente fundido. Carpintería de formica marrón. Entrada por la parte trasera de un edificio en las inmediaciones de la estación de tren.

Había vigilado la entrada desde el coche durante casi una hora, esperando ver salir a Hanna Hall. Para asegurarse de que estaba allí, llamó a la recepción y pidió que le pasaran con su habitación con la intención de colgar en cuanto reconociera su voz. Pero no contestó nadie. Sin embargo, un rato después, la vio fugazmente mientras pasaba por delante de una ventana de la tercera planta.

Intentaba convencerse de que, tarde o temprano, saldría y le dejaría el campo libre. Después de todo, Hanna quería que buscara la maldita maleta, no le cabía ninguna duda.

Suspiró. Le molestaba encontrarse en esa situación, si bien era culpa suya. O tal vez culpa de su padre, que nunca lo había querido. Se preguntó cómo sería su vida ahora sin el peso de su última revelación.

La palabra secreta del «señor B.».

Incluso la separación de Silvia parecía depender de dicha palabra. Y es que él nunca había sospechado que todos los gestos de afecto de su progenitor escondieran su desasosiego. Así que había apartado a su esposa con una excusa porque en estos momentos no sabía si era peor ser odiado o falsamente amado. Primero necesitaba aclarar las ideas sobre lo que sentía. No quería que Silvia lo descubriera por sí misma años más tarde. De ese modo, cualquier cosa del pasado junto a él le habría parecido falsa. Tal vez era por eso por lo que Gerber no lograba decidir si el relato de Hanna Hall era cierto o no. Aunque la pregunta crucial era otra.

¿Por qué tenía la tentación de confiar el secreto de su padre a una extraña y no a la mujer con quien se había casado?

«Porque Hanna ya lo sabe», se dijo. No era capaz de explicarse cómo, pero sin duda ella conocía la palabra con la que el «señor B.» había trastocado su vida. Y tenía miedo de preguntárselo y descubrir que era exactamente así.

«... Es por lo que le dijo su padre, ¿verdad?».

Gerber vio una figura familiar que salía del hotel. Hanna Hall se encendió un cigarrillo y se alejó por la acera.

El psicólogo bajó del coche y se dirigió a la entrada del hotel. Esperó a que el portero se ausentara un momento en la oficina de detrás de la recepción y entró. Se asomó al mostrador para leer el nombre de los clientes registrados y averiguar el número de la habitación que le interesaba. Tras encontrar lo que buscaba, cogió la llave del casillero.

Subió a la tercera planta, dio con la puerta correspondiente y se introdujo furtivamente en la habitación antes de que alguien pudiera advertir su presencia. Una vez dentro, se apoyó con la espalda en la pared.

¿Qué estaba haciendo? Era de locos.

La habitación estaba a oscuras, excepto por la luz procedente de un pequeño televisor que, curiosamente, permanecía encendido. Gerber miró a su alrededor esperando que los ojos se acostumbraran a la penumbra. El espacio estaba ocupado por una cama de un cuerpo y medio, una mesilla de noche y un armario demasiado grande para esa estancia minúscula. Una pequeña puerta daba acceso a un baño angosto.

Olía a ella. Cigarrillo, sudor rancio y, una vez más, algo dulce que no pudo identificar.

Cuando se hubo calmado, dio un paso adelante. El desconocido apareció frente a él sin preaviso. Gerber se sobresaltó, pero entonces se dio cuenta de que había topado con su propio reflejo en un espejo de pared. Se miró y descubrió en ese mismo momento que por la mañana se había puesto la misma ropa que el día anterior y, probablemente, la misma que dos días antes.

Inconscientemente, había adoptado las costumbres de la paciente. Parecía desaliñado y decadente, como ella.

Antes de empezar a buscar, fue al baño. Se sorprendió porque en la repisa del lavabo no había maquillaje, ni perfume. Ni siquiera un cepillo de dientes. Bien mirado, aparte de la oprimente sensación olfativa, no había nada en esa habitación que remitiera a Hanna Hall.

Era como si la mujer nunca hubiese estado allí. «Un fantasma», se dijo.

Se dispuso a buscar la maleta. No esperaba que estuviese en el armario; de hecho, estaba vacío. La única posibilidad que quedaba era debajo de la cama.

Allí la encontró.

Tiró del asa de la maleta y la sacó. Era vieja y pesada, de piel marrón.

De rodillas en la moqueta desgastada, se metió una mano en el bolsillo y cogió la pequeña llave de hierro que había encontrado en la consulta, deseoso de descubrir si correspondía a la cerradura. Y, justo cuando estaba a punto de introducirla, su ansiedad se diluyó sin razón aparente.

Ya no tenía prisa.

Se puso de nuevo de pie y se dejó caer encima del colchón. Se quedó allí sentado un rato, mirando el equipaje de Hanna Hall, envuelto por la cálida y seductora penumbra. Descubrió que estaba exhausto. Era el efecto de bajada del Ritalin; lo conocía perfectamente. Además, también era consciente de otra cosa: cuando abriera la maleta, se desataría una vorágine bajo sus pies que lo atraparía para siempre, ineludiblemente.

Por lo que sabía, allí dentro podía haber un bebé muerto.

Decidió concederse unos minutos para reflexionar. Apartó las mantas y se tumbó de lado, apoyando la cabeza en la almohada. Inspiraba y espiraba lentamente. Poco a poco, sin darse cuenta, se quedó dormido acunado por los sonidos y las vocecitas de unos dibujos animados.

Soñó con Hanna Hall. Soñó con el «señor B.». Soñó con la viuda violeta y los extraños, que no tenían rostro. Soñó que estaba en la caja de Ado, bajo tierra. Y de repente dejó de respirar.

Cuando volvió a abrir los ojos, braceando, la tenue luz del día se había apagado del todo y en el cuarto solo penetraba otra fría y sutil procedente del cartel exterior del Puccini. Se incorporó y recuperó el aliento, pero se fijó en que la oscuridad impenetrable no era la única novedad de la habitación.

También había un insólito silencio. Alguien había apagado el televisor.

¿Hanna había vuelto a la habitación? Imaginó la escena de ella tendiéndose a su lado, mientras dormía. Se quedaba mirándolo con sus profundos ojos azules, intentando adivinar sus sueños. Instintivamente, Gerber buscó el interruptor de la lámpara de la mesilla de noche. La encendió. Estaba solo. Pero cuando se volvió hacia la almohada que estaba junto a la suya, vio un cabello rubio en la funda.

En el suelo, la maleta de piel seguía esperándolo.

Pietro Gerber esta vez cogió la llave y la probó. No se había equivocado. Cuando abrió el equipaje se quedó perplejo. No había ningún bebé muerto. Ninguna monstruosidad aparente. Solo un montón de periódicos viejos amarillentos. Cogió uno y leyó el título de un artículo que alguien había remarcado.

La verdad era mucho más simple de lo que había imaginado. Y, precisamente por eso, aún más terrorífica.

30

Esperó a que fuera más de medianoche para llamar a Theresa Walker.

Había reflexionado durante mucho tiempo y, al final, decidió que era el mejor paso que podía dar. Tenía que afrontar con Hanna el tema relativo al contenido de los periódicos de la maleta, pero era demasiado delicado hacerlo directamente con ella. Su *alter ego*, en cambio, era perfecta para tal cometido. Cuando Hanna se convertía en Theresa Walker, era como si colocara un filtro entre ella y su propia historia. Ponerse en la piel de la psicóloga era un modo de enfrentarse a todo con distancia, con seguridad, evitando hacerse daño.

—¿No puede dormir, doctor Gerber? —empezó diciendo la mujer con un tono alegre.

—La verdad es que no —admitió él.

La doctora Walker de repente parecía temerosa.

—¿Qué sucede? ¿Está usted bien?

—Hoy he descubierto una cosa sobre Hanna.

—Dígame, le escucho...

Gerber estaba sentado en el salón de su casa, en la oscuridad.

—Hanna Hall es su verdadero nombre y, efectivamente, nunca la adoptaron.

—No me parece un gran descubrimiento —declaró ella.

—He encontrado unos periódicos de hace veinte años... Hablan de la famosa noche del incendio.

Su colega se quedó callada, Gerber se dio cuenta de que estaba autorizado a seguir con la historia.

—Hanna y sus padres se habían instalado en una casa de campo cerca de Siena. Una noche, los extraños rodearon la casa de las voces. Los del interior se percataron de su presencia. El padre de Hanna había ideado un sistema para esconder a la familia: había una trampilla en la chimenea que conducía a un habitáculo subterráneo. El plan era incendiar la casa y esconderse allí hasta que los intrusos se hubieran marchado al creer que habían muerto bajo las llamas. —Hizo una pausa—. Antes de que los extraños irrumpieran en la casa, el padre de Hanna esparció queroseno por el suelo y después lanzó un cóctel molotov. Mientras tanto, la madre condujo a la niña al refugio subterráneo. El padre no logró reunirse con ellas porque fue capturado. —Buscaba el valor de continuar, mientras al otro lado de la línea solo había silencio—. La madre no tenía ninguna intención de dejarse atrapar y, menos aún, de dejar que se llevaran a su hija. De modo que le hizo beber el contenido de una botellita de la que ella también bebió... El agua del olvido.

—¿Qué sucedió después? —preguntó la doctora Walker con voz débil, atemorizada.

—Era extracto de mandrágora... La mujer murió enseguida. La niña pudo salvarse.

La doctora Walker se concedió unos segundos para recuperarse. Gerber podía oírla respirar.

—¿Y la caja con Ado? —preguntó después.

—Los periódicos no dicen nada, por eso supongo que nadie la ha encontrado nunca.

—Así, pues, no sabemos si Hanna es o no la asesina de su hermano Ado...

—Yo creo que, en realidad, Hanna nunca mató a nadie.

—¿Cómo es posible? —preguntó ella—. ¿Y sus recuerdos del homicidio, entonces?

—La respuesta gira en torno a la figura de los extraños —afirmó Gerber—. Pero ahora sé que la viuda violeta existió de verdad.

Había pasado varios días en una unidad oscura, conectada a unas solícitas máquinas que no había visto antes y que respiraban por ella, la alimentaban y la limpiaban por dentro. Lo único que tenía que hacer era descansar; se lo repetían continuamente.

Ahora la habían cambiado de planta. Tenía una habitación para ella sola, incluso había una ventana. En el pasado, nunca había estado tan cerca del mundo de los extraños. No estaba acostumbrada a tener a tantas personas a su alrededor ni al sonido de sus voces.

Todos se mostraban amables, especialmente las enfermeras. La colmaban de atenciones y le hacían regalos. Una de ellas le trajo un huevo de chocolate. No sabía qué sabor tenía, nunca lo había probado.

–Cuando empieces a comer por ti misma, podrás probar un trocito –le prometieron.

Su estómago todavía no era capaz de digerir alimentos sólidos, solo líquidos. El doctor le había explicado que iba a necesitar más tiempo del previsto. No tenía muy clara qué enfermedad padecía, nadie se lo decía. Lo único que sabía era que sus pulmones habían respirado demasiado humo. Puede que fuera verdad porque, si inspiraba por la nariz, todavía podía notar el hedor. El fuego, en cambio, no había llegado hasta el refugio.

No recordaba casi nada del incendio, todo se diluyó cuando mamá le hizo beber el agua del olvido. Se preguntaba qué había ocurrido después y le contaron que alguien la había encontrado allí abajo antes de que el fuego la alcanzara y la había sacado de la casa de las voces cuando empezaba a derrumbarse. Mamá se lo había prometido antes de darle a beber el contenido del frasco de cristal: «Nos dormiremos y, cuando despertemos, todo habrá terminado». Efectivamente, era un alivio no recordar los momentos en que había tenido miedo.

Desde que estaba allí, intentaba no violar las cinco reglas. No podía evitar que los extraños se acercaran a ella y no podía escapar, pero no hablaba con ellos y, lo más importante, no le había dicho a nadie que se llamaba Blancanieves.

Esperaba que, comportándose así, volvería a ver pronto a mamá y papá. Los echaba muchísimo de menos y quería estar con ellos. Aunque quería decirles que el mundo de los extraños no estaba tan mal. Tal vez no eran tan malos como creían, a pesar de que se los hubiesen llevado de la casa de las voces.

Al recordar su última vivienda, le entraron ganas de llorar porque ya no quedaba nada de la vieja casa de campo. El fuego la había engullido. Y aunque nunca se encariñaba de los lugares, estaba contenta ante la idea de que, en alguna parte, todas las casas de las voces en las que había vivido siguieran existiendo junto al recuerdo de lo feliz que había sido junto a mamá y papá.

El llanto agotó las pocas fuerzas que le quedaban y se durmió sin darse cuenta. Cuando se despertó, se encontró con una sorpresa. Su muñeca de trapo la miraba con su único ojo. Alargó inmediatamente los brazos para cogerla, pero se frenó porque advirtió que estaba sobre las rodillas de una vieja conocida.

La viuda violeta estaba sentada junto a su cama y le sonreía.

–Hola –la saludó–. ¿Cómo te encuentras hoy? ¿Estás mejor?

Ella permaneció callada, observándola con recelo.

–Me dicen que todavía no quieres hablar con nadie –siguió diciendo ella–. Lo comprendo, ¿sabes?, yo en tu lugar también haría lo mismo. Espero que no te moleste que haya venido a verte...

No movió ni un músculo, no quería que la mujer interpretara cualquier gesto que hiciera como una señal de apertura.

–Todavía no has dicho tu nombre –continuó la bruja–. Aquí todo el mundo se está volviendo loco porque no saben cómo llamarte... Así que he venido porque nosotras ya nos conocemos. ¿Verdad, Blancanieves?

La revelación la dejó paralizada. De modo que había sido la bruja quien pronunció su nombre la noche del incendio cuando estaba a punto de dormirse.

–Llevaba una semana observándoos –dijo la viuda–. Esperando el momento adecuado para venir a salvarte.

«¿Salvarme de qué?», pensó. Pero fingió no saber de qué le hablaba.

–Nos vimos aquel día bajo la lluvia, ¿recuerdas? –insistió ella.

Claro que lo recordaba. Fue el día en que la viuda violeta cogió a Azul.

–Me habría gustado salvarte, pero tenía que ocuparme del bebé que dejasteis en la calle... A propósito, está bien. Ha vuelto a casa.

¿Ha vuelto a casa? ¿Qué quería decir? Aun así, se sintió aliviada ante la idea de que su hermanito se hubiera curado de la tos, a pesar de no saber si podía fiarse de las palabras de la bruja. Las brujas eran buenas creando engaños y sortilegios; mamá se lo había explicado.

–Te estoy buscando desde entonces, me alegro de haberte encontrado.

«Yo no, fea bruja mala».

–Tus padres te han enseñado cómo tienes que comportarte, ¿verdad? Por eso no le quieres decir a nadie cómo te llamas.

La bruja sabía lo de las reglas. ¿De qué más estaba al corriente? Debía ser sensata.

–Estoy convencida de que eres una niña bien educada, que no quiere desobedecer a mamá y a papá.

Pues claro que no; era muy escrupulosa.

—Entiendo que te no confíes en nadie. A mí de pequeña también me decían que no me fiara de los desconocidos.

Pero yo te conozco. A pesar de que ahora pareces amable, fuiste tú quien se me llevó.

—He estado pensando mucho en cómo enfocar esta charla contigo... Después me he dicho que, al fin y al cabo, tienes diez años y ya no eres una niña pequeña. Así que creo que voy a hablarte como a una adulta y seré sincera, estoy segura de que me entenderás. Ya has perdido mucho tiempo.

¿Qué significaba esa última frase? ¿De qué estaba hablando?

—Antes que nada, quiero aclarar un punto... No son los demás quienes no conocen tu nombre, eres tú quien no lo sabe.

Pero yo sé cómo me llamo.

—Tu nombre es Hanna.

Mi nombre es Blancanieves.

—Naciste en un país muy lejos de aquí: en Australia. Cuando eras muy pequeña, tus padres vinieron a visitar Florencia contigo. Era verano y, mientras paseabais por un parque, alguien te cogió del cochecito y se te llevó.

¿Qué estaba diciendo? ¡No era verdad!

—Las personas que hicieron eso tan feo son a los que tú ahora llamas mamá y papá.

Le pareció que se le paraba el corazón. Sin darse cuenta, empezó a negar con la cabeza para apartar el maleficio de la bruja.

–Lamento que te enteres de este modo, pero creo que es lo más justo... Han avisado a tus verdaderos padres y están viniendo desde Adelaida para saludarte. Te han estado buscando sin parar, ¿sabes? Nunca se han resignado a la idea de haberte perdido. Cada año regresaban aquí para continuar con la búsqueda.

Sentía que le faltaba el aire.

–Lo que te ha ocurrido a ti también le ha ocurrido a otro niño.

Comprendió que de nuevo estaba hablando de Azul.

–Solo que él ha sido más afortunado y no recordará nada de esta experiencia.

¡No es cierto! ¡No es cierto! ¡No es cierto! ¡Quiero volver a la casa de las voces! ¡Quiero estar con mamá y papá! ¡Llevadme enseguida con ellos!

–Sé que ahora me odias porque te estoy diciendo estas cosas. Lo veo en tus ojos. Pero espero que dentro de poco tengas ganas de hablar conmigo.

Sollozaba, el llanto le impedía reaccionar. Tenía ganas de saltar al cuello de la bruja y estrangularla. Tenía ganas de gritar. En cambio, estaba paralizada y lo único que era capaz de hacer era agarrarse a la sábana.

La viuda violeta se puso de pie y, antes de irse, le entregó la muñeca de trapo.

–Cuando sientas que estás lista, volveré para darte todas las explicaciones que quieras... Solo tienes que preguntar por mí. Me llamo Anita, Anita Baldi.

31

Consiguió interceptarla mientras salía de casa para ir al juzgado. Anita Baldi se quedó parada en la escalera y Gerber advirtió que le costaba reconocerlo.

–¿Qué te ha pasado? –le preguntó, preocupada.

El psicólogo era consciente de que no tenía muy buen aspecto. Hacía días que no dormía y ya no recordaba la última vez que había comido algo decente, ni cuánto hacía que no se duchaba. Pero tenía prisa por llegar hasta el final; lo demás pasaba a un segundo plano.

–Hanna Hall –dijo, seguro de que la jueza había comprendido por sí sola el motivo de su visita a una hora tan intempestiva–. ¿Por qué no me dijo que la conocía?

Cuando Gerber la había nombrado por primera vez, un par de noches antes en el salón de su casa, su vieja amiga se puso tensa. Lo recordaba claramente.

–Hace muchos años hice una promesa... –fue su lacónica respuesta.

–¿A quién?

—Ya lo entenderás —afirmó con decisión, para que comprendiera que sobre esa cuestión de honor no admitía réplicas—. Pero contestaré a cualquier otra pregunta, te lo juro. Bueno, ¿qué más quieres saber?

—Todo.

La jueza Baldi dejó el bolso de piel en un escalón y se sentó.

—En aquella época, como ya te conté, trabajaba sobre el terreno. Con los niños nunca es fácil, tú lo sabes perfectamente. Lo más difícil es convencerlos de que confíen en un adulto cuando los adultos son precisamente los monstruos de los que deben protegerse... Pero en la fiscalía teníamos varios truquitos para lograr el objetivo. Por ejemplo, escogíamos un color con el que vestirnos, algo vistoso para que los niños se fijaran en nosotros. Yo elegí el violeta. Después íbamos por la calle a buscarlos. Menores con problemas, maltratados o acosados por conocidos o familiares. Debían reparar en nosotros sin que los mayores lo supieran y, en caso necesario, pedirnos ayuda. El contacto visual era importante. Así fue como reparé en Hanna la primera vez. Y así fue como ella se fijó en mí.

—Entonces, ¿no la estaba buscando?

—Nadie la buscaba.

—¿Cómo es posible? —Gerber no podía creerlo.

—Los Hall denunciaron el secuestro de su hija de apenas seis meses. En aquellos tiempos no había cámaras por todas partes como ahora y, además, el hecho se produjo en un parque público, sin testigos.

El presunto secuestro cometido por Hanna en Adelaida, en realidad, se produjo en Florencia muchos años antes. Y ella no era la artífice, sino la víctima.

—De modo que no creyeron a los Hall —afirmó el psicólogo, ansioso por conocer el resto de la historia.

—Al principio sí, pero la policía empezó a suponer que se lo habían inventado todo para tapar la muerte del bebé, ocurrida accidentalmente o por un homicidio. La madre de Hanna padecía una ligera depresión posparto y, después de todo, su marido había organizado las vacaciones a Italia para distraerla. Se consideró un móvil suficiente.

—Cuando los Hall sospecharon de que estaban a punto de acusarlos, huyeron de Italia.

—El Estado pidió la extradición a Australia, pero sin éxito.

—Y mientras tanto nadie se tomó la molestia de buscar a Hanna.

—Los Hall regresaron a Florencia varias veces en el transcurso de los años, clandestinamente. No se daban por vencidos.

Gerber no podía imaginar qué inenarrables tormentos habían vivido.

—Los dos secuestradores procedían del San Salvi, ¿verdad?

—Mari y Tommaso eran dos pobres inadaptados que habían pasado gran parte de su vida en el hospital psiquiátrico. Se conocieron entre esas paredes y se enamoraron... Mari era estéril por culpa de los fármacos, pero deseaba enormemente tener un hijo. Tommaso la contentó robando una recién nacida para ella. Después se dieron a la fuga.

–Como todos sospechaban de los Hall y no de ellos, consiguieron salirse con la suya durante años, viviendo de manera clandestina, vagabundeando de un sitio a otro, siempre aislados del resto del mundo. Invisibles. –A Gerber le costaba creer ese disparate de historia–. ¿Cuándo empezaron a sospechar de ellos?

–Cuando secuestraron al otro bebé, Martino –dijo la jueza Baldi.

«Azul», la corrigió mentalmente el hipnotizador.

–Creyeron que habían sido muy listos al separarse para reunirse después al cabo de unos meses, pero Hanna mandó al traste sus planes... Ya estábamos batiendo el territorio buscando al pequeño, cuando me alertaron de que había una extraña niña que llevaba un bebé. Fui a comprobarlo: parecía perdida, asustada, necesitaba ayuda. Pero su madre, Mari, fue más rápida que yo en encontrarla. Abandonó en el suelo al pequeño para crear una distracción y escapar juntas.

–Y usted no se dio por vencida, ¿verdad, jueza?

–Comprendí por la mirada de la niña que algo no iba bien. Empecé a pensar que ella también era víctima de un secuestro. Volvimos a poner en marcha la búsqueda para encontrarla.

–Los extraños de los que habla Hanna eran ustedes.

La jueza asintió.

–Gracias a una serie de investigaciones, la policía dio con una casa de campo abandonada en la zona de Siena.

La rodearon una noche con la intención de irrumpir en ella y liberar a la rehén... Yo también estaba, pero algo salió mal.

—Fue la misma Hanna quien alertó a sus padres, ¿verdad? Creía que estaba en peligro.

—A Tommaso lo arrestaron: murió en la cárcel años después. Por Mari no se pudo hacer nada: se suicidó. Hanna bebió el mismo veneno, pero se recuperó tras unas semanas en el hospital. Fui a verla para contarle la verdad, y sin duda fue lo más difícil que he hecho en mi vida.

Gerber trató de recuperar el aliento. No era una historia fácil de digerir. No obstante, todavía quedaba un aspecto controvertido.

—Hanna afirma que había un hermano más pequeño, Ado. Y que estaba dentro de una caja que llevaban siempre consigo.

—Oí esta historia por primera vez hace tres noches cuando me la contaste tú, pero en esa época no salió nada al respecto.

—¿Cree que mi paciente se lo ha inventado? ¿Incluido el homicidio del hermanito, cometido por ella misma cuando todavía era pequeña?

—Excluyo que haya tenido hermanos aparte de Martino. Como ya te he dicho, Mari no podía traer niños al mundo y, hasta la fecha, no consta ningún otro menor secuestrado en el mismo periodo que Hanna Hall.

Seguía dudando, pero había llegado el momento de hacer la pregunta más difícil.

–¿Mi padre tuvo alguna relación con esta historia?

La jueza Baldi parecía molesta.

–¿Por qué me lo preguntas?

–Porque Hanna Hall sabe muchas cosas de mi pasado y, francamente, no me parece que sea solo fruto de la casualidad –replicó él, irritado.

–Puedo decirte una cosa, pero no sé si te será útil... –prosiguió su amiga–. Los que Hanna pensaba que eran sus padres, en realidad eran poco más que dos niños. Mari y Tommaso tenían catorce y dieciséis años cuando la raptaron.

32

Dos niños.

Por lo que Hanna Hall había contado durante las sesiones de hipnosis, este importante detalle no se podía deducir. O tal vez sí, pero él no lo había sabido interpretar.

«¿Se ha fijado en que, cuando se le pide a un adulto que describa a sus padres, nunca te cuenta cómo eran de jóvenes, sino que tiende a describir a dos viejos?».

Todos solían imaginarse a sus padres con más edad de la que tenían. Era un modo de considerarlos más maduros, y así más expertos. Si Hanna Hall hubiese sido consciente de que los suyos eran dos chiquillos, tal vez se habría planteado algunas preguntas más sobre su situación.

Él también había cometido el mismo error con su padre. Ahora que tenía la misma edad que él cuando enviudó, comprendía lo incapaz que podía sentirse al tener que ocuparse él solo de un niño de dos años. A pesar de todo, Pietro Gerber no podía perdonarlo.

Había un vínculo entre el «señor B.» y Hanna Hall, estaba seguro de ello. Porque cada vez que pensaba en él, le venía ella a la cabeza. Para saber de qué se trataba, tenía que continuar la terapia, debía convencerla de que Ado nunca había existido. Solo así podía librarla del sentimiento de culpa por haberlo matado.

La esperó en la consulta como cada mañana. Hanna se presentó puntual. Entre ellos flotaban demasiadas verdades calladas: desde la visita de Gerber al hotel Puccini hasta las revelaciones de la jueza Baldi. Pero ambos necesitaban interpretar ese papel.

–Me gustaría probar una cosa distinta –le anunció.

–¿A qué se refiere?

–Hasta ahora nos hemos concentrado en lo que pasó antes de la noche del incendio, ahora me gustaría explorar la memoria de lo que sucedió después.

Hanna se puso a la defensiva.

–Pero así nos alejaremos del recuerdo del homicidio de Ado –protestó–. ¿Qué sentido tiene?

Gerber esperó a que se encendiera un Winnie para el embate final.

–Desde que hablamos de ello, ¿ha pensado en ir a ver a Azul? –preguntó.

Hanna bajó los ojos.

–Estuve ayer en su casa –admitió–. De entrada, no quería verme.

–¿Y qué os dijisteis?

–Al principio fue embarazoso porque ninguno de los dos sabía qué decir. Después empezamos a hablar de nuestras vidas. Azul ahora tiene otro nombre, igual que yo. Se llama Martino y cumplió veintiún años el pasado abril. Trabaja en una fábrica como mozo de almacén. Me enseñó algunas fotos, es muy bonita.

—¿Qué efecto te causó volver a verlo?

Hanna se quedó pensando.

—No sabría decirle... Me alegro de que esté bien.

—Usted le salvó la vida cuando eran pequeños. Lo sabe, ¿verdad?

Hanna sacudió la ceniza del cigarrillo en la manualidad de plastilina. No parecía tener ganas de admitir lo que había hecho por ese niño.

—Por él quebrantó la primera regla de sus padres —la hostigó Gerber—. «Confía solo en mamá y papá» —repitió para ambos.

Notó la incertidumbre en la mirada de la mujer. Hanna vacilaba ante esa evidencia.

—¿Cómo se puede violar una regla y aun así hacer lo correcto? —le preguntó—. Puede que haya algo que no cuadre. Puede que alguien esté equivocado, o que haya mentido.

Lo peor que cualquier niño podía descubrir era que mamá y papá no eran infalibles. Cuando adquiría esa consciencia, también comprendía que estaba un poco más solo a la hora de enfrentarse a las insidias del mundo.

Los ojos de la paciente se volvieron líquidos y tristes.

—¿Por qué me hace esto? —preguntó, con voz temblorosa.

—Sus padres querían protegerla de los extraños... ¿Nunca se le pasó por la cabeza que los extraños podían ser ellos?

Un denso silencio se cernió entre los dos. Gerber podía ver el Winnie de Hanna consumiéndose lentamente en su mano, mientras volutas de humo fluctuaban hacia arriba.

—A veces tenemos todos los elementos para saber la verdad, solo que en realidad no queremos saberla —dijo el hipnotizador.

Hanna pareció haberse convencido.

—¿Qué quiere que haga?

—Me gustaría que volviera conmigo a lo ocurrido después de que la viuda violeta fuera a verla al hospital...

Gerber puso en marcha el metrónomo. Hanna Hall empezó a balancearse en la mecedora.

33

Me han hecho ponerme un vestido azul y un par de botines rosa con unas estrellitas. Nunca había tenido unos zapatos así. A pesar de que todavía no puedo andar bien con ellos, son muy bonitos. Me han preguntado si quiero cortarme el pelo. He contestado «No, gracias» porque normalmente es mamá quien lo hace y solo ella sabe cómo me gusta. Me han explicado que debo portarme bien porque hoy vendrán a verme mis verdaderos padres. No paran de decirme que han hecho un largo viaje y todos temen que los decepcione. No sé cómo, ya que ni siquiera los conozco.

Nadie me ha preguntado si estoy de acuerdo.

La habitación es fría y demasiado grande. No me gusta cuando hay tanto espacio. Llevo un rato sentada en una silla muy incómoda; a mi espalda hay una mujer que no me cae bien. No para de sonreírme y de decirme que no debo preocuparme. Estamos esperando la llegada de mis «nuevos padres»; estarán aquí enseguida. Yo no quiero unos nuevos padres, todavía me gustan los que tenía hasta ahora.

La puerta se abre y entra un grupito de personas a las que no había visto nunca. Dos de ellas van cogidas de la mano. Un hombre y una mujer que, en cuanto me ven, aflojan el paso. No saben qué hacer; lo comprendo porque yo tampoco sé cómo comportarme. Entonces el hombre viene a mi encuentro tirando de la mujer que me sonríe, pero está a punto de llorar. Se arrodillan delante de mí. Es todo muy raro. Hablan una lengua que no he oído antes y alguien detrás de ellos me repite lo que acaban de decir, así puedo entenderlos. Se presentan, dicen sus nombres. Son nombres complicados. Insisten en llamarme Hanna. Ya se lo he dicho a todo el mundo que no me gusta, que quiero ser una princesa.

Parece que no le interesa a nadie.

La señora Hall quiere que la llame mamá. Pero dice que puedo tomarme todo el tiempo que necesite para decidir cuándo empezar a hacerlo. Aunque no me ha preguntado si yo quiero. Me gustan sus cabellos rubios, pero su ropa tiene pocos colores. Me hace un montón de caricias, pero sus manos siempre están sudadas. El señor Hall también es rubio, si bien solo tiene pelo a los lados de la cabeza. Es alto y tiene tripa. Siempre está alegre y cuando ríe su estómago va arriba y abajo y se le pone la cara colorada. Por suerte, no me pide que lo llame papá.

Vienen a verme todos los días y pasamos la tarde juntos. Cada vez me traen algo. Un libro, un horno de juguete donde puedo preparar galletas, pegatinas, lápices y colores, un osito de peluche. Son amables, pero todavía no sé lo que quieren de mí.

El sitio donde estoy es una «casa de acogida». Yo prefería las casas de las voces. Hay otros niños, pero nunca juego con ellos. Ellos también esperan que su mamá y su papá vengan a recogerlos. Una niña muy mala dice que mi mamá y mi papá no vendrán a buscarme porque mamá está muerta y papá encerrado en un sitio llamado cárcel y no lo dejarán salir nunca más. La niña mala también dice que mamá y papá son malos. Comprendo que no es la única: todos piensan lo mismo, solo que no lo dicen cuando yo estoy delante. Me gustaría poder convencerlos de que no es cierto, de que mamá y papá nunca han hecho daño a nadie. A mí, por ejemplo, siempre me han querido. No sé dónde está realmente papá, pero estoy segura de que mamá no está muerta. Si estuviese muerta, vendría a verme mientras duermo, como hacía Ado. Cuando hablo de estas cosas, los otros niños se ríen de mí. Nadie cree que los fantasmas existan. Piensan que estoy loca.

Con todo, mamá y papá sí se equivocaban en una cosa. Los extraños tenían que cogerme a mí y, sin embargo, los han cogido a ellos.

Hoy la señora y el señor Hall me han traído unas fotos del sitio donde viven. Está muy lejos, en la otra punta del mundo. Para llegar allí hay que coger tres, y a veces incluso cuatro aviones. Su casa está en medio de una ensenada. Está rodeada de un prado y tienen una perra amarilla que se llama Zelda. Entre las fotos que me muestran está la de mi habitación. Está llena de juguetes y de muñecas y la ventana da al mar. El señor Hall dice que en el garaje hay una bicicleta esperándome. No sé si me apetece visitar ese lugar y todavía no sé si mamá y papá vendrán con nosotros. Cuando se lo pregunto a la señora Hall, no sabe qué contestarme.

De tanto en tanto, cuando estoy con el señor y la señora Hall, la señora Hall sale corriendo y se esconde para llorar.

El señor Hall me ha dicho que, en su ciudad, que se llama Adelaida, casi siempre es verano. El señor Hall tiene un velero y le gusta el mar. Me ha contado que en Australia hay animales rarísimos que no he visto nunca. El señor Hall es simpático, no como el resto. Por ejemplo, cuando le he hablado de los fantasmas, no se ha puesto a reír. Es más, ha dicho que él también cree en ellos y que los ha visto en el mar. Criaturas sin sombra, así los ha llamado. Peces, gambas, sepias. Como al otro lado de la barrera de coral no hay muchos refugios para esconderse de los depredadores, estos animales han aprendido a hacerse invisibles. Se han vuelto transparentes. Su estómago, por ejemplo, es muy delgado y está hecho de una gelatina que refleja las cosas como un espejo. Así pueden ocultar incluso el trozo más pequeño de comida. Pero los depredadores también se han adaptado: han desarrollado unos ojos para ver a estas criaturas y no morir de hambre.

Me dicen que debo preparar mis cosas porque dentro de unos días me iré con el señor y la señora Hall. Volveremos a casa, a Adelaida. Explico que hay un error, porque esa no es mi casa. Dicen que sí que lo es, a pesar de que ya no me acuerdo porque cuando me marché de allí era demasiado pequeña. No quiero irme a Australia, pero parece que a nadie le interesa lo que yo quiero o no quiero. Nadie sabe lo que me pasa, creen que estoy enferma. Mejor así. Por fin a alguien se le ocurre preguntármelo.

—Quiero hablar con la viuda violeta —digo solamente.

La bruja viene a verme al día siguiente. Siempre es amable, pero no me fío.

—¿Qué ocurre? —me pregunta.

—¿Puedo ver a mi mamá?

—Tu mamá es la señora Hall —me responde.

—Mi mamá de verdad —insisto.

La viuda violeta se queda un rato pensando. A continuación, se levanta y se va.

Cuando se me mete algo en la cabeza, resulto muy insistente hasta que lo consigo, como aquella vez que decidí que quería dormir con la cabra y acabé llena de piojos, de manera que sigo negándome a comer.

La viuda violeta viene a verme otra vez y sé que está enfadada. Me dice:

—Vas a venir conmigo a un sitio, pero después volverás a comer, ¿entendido?

El sitio del que me habla es gris y triste y las puertas son de hierro con barrotes. Y está lleno de guardias. No sé de qué sitio se trata y tampoco sé por qué alguien querría estar en un lugar semejante. Me llevan a una habitación sin ventanas. Solo hay una mesa y dos sillas. En ese momento me dicen que voy a ver a papá. Estoy tan contenta que me gustaría ponerme a cantar. Pero me explican que no podré abrazarlo y tampoco tocarlo. No comprendo por qué, pero me dicen que son «las reglas» de este sitio. A pesar de que no son «mis» reglas, sé que debo aceptarlo. La puerta de hierro se abre y dos guardias hacen entrar a un hombre sujetándolo por los brazos. El hombre lleva una cadena alrededor de las muñecas y camina con dificultad. Me cuesta un poco reconocerlo porque lleva el pelo muy corto y la piel de la cara está como consumida. El fuego de la noche del incendio fue el que le hizo esto. Pero es papá. En cuanto me ve, le caen las lágrimas. Yo me olvido de que no debo abrazarlo y corro hacia él, pero alguien me coge y me lo impide. Entonces me siento y él también se sienta al otro lado de la mesa. Nos quedamos un rato así, mirándonos sin decir nada, con las lágrimas cayéndonos sin que podamos controlarlas.

–¿Cómo estás, amor mío? –me pregunta papá.

Me gustaría decirle que estoy fatal, que los echo de menos a él y a mamá. Sin embargo, contesto «Estoy bien», aunque sé que no debería decir mentiras.

–Me han dicho que no quieres comer. ¿Por qué?

Me da vergüenza, no quería que lo supiese.

–Me alegro de que hayas venido a verme.

–Quiero volver a la casa de las voces.

–Me parece que no va a ser posible.

–¿Es una especie de castigo? ¿He sido mala? –pregunto entre sollozos.

–¿Por qué dices eso? Tú no has hecho nada malo.

–Es porque maté a Ado y ocupé su lugar. Me lo dijo la niña del jardín, aquella vez que tenía fiebre y me dolía tanto la barriga.

–No sé quién te ha metido eso en la cabeza –me dice papá–. Tú no has matado a nadie; Ado murió cuando nos lo llevamos.

–Os lo llevasteis ¿de dónde?

–De un sitio feo –me contesta.

–Los tejados rojos –digo.

Él asiente con la cabeza.

–Pero sucedió antes de que tú llegaras a nuestras vidas, amor mío. Tú no tienes nada que ver.

–¿Quién lo mató?

–Lo mataron los extraños. –Por un instante, papá parece perderse en sus pensamientos–. La noche en que mamá y yo nos fuimos de los tejados rojos, cogimos a Ado de su cuna. Pensábamos que estaba durmiendo. No sé cuánto tiempo estuvimos caminando con el miedo de que los extraños nos encontraran. Pero nos parecía que éramos felices porque por fin éramos libres y éramos una familia. –Papá se ensombrece–. Al amanecer nos paramos en una granja abandonada, en medio del campo. Estábamos exhaustos, solo queríamos dormir un poco. Mamá intentaba despertar a Ado para darle de comer, pero cuando intentó llevárselo al pecho él estaba frío e inmóvil. Entonces mamá empezó a gritar, nunca olvidaré sus gritos y su dolor... Le cogí a Ado de los brazos e intenté insuflarle aire en sus pequeños pulmones, pero fue inútil... Entonces lo envolví en su manta y fui a buscar madera para construir una caja. Lo metimos allí dentro y cerré la tapa con brea.

Me he acordado de cuando el Neri pensaba que dentro de la caja había un tesoro y se la hizo abrir a Ternero y a Luciérnaga y contemplé por primera vez el rostro de mi hermanito.

–Cuando lo vi, parecía que todavía dormía –digo para consolar a papá.

–Ado es el nombre que mamá y yo elegimos. –Se queda pensando–. Nos parecía muy bonito porque no lo tenía nadie.

En ese momento nos dicen que la visita se ha terminado y que debemos despedirnos. Papá se levanta primero, están a punto de llevarlo fuera de la habitación. Me gustaría darle un beso, pero no me está permitido. Se vuelve una última vez hacia mí.

–Tienes que comer, tienes que seguir adelante –me

pide–. Eres lo bastante fuerte para apañártelas sin nosotros.

Sé que le cuesta mucho decirme todo esto. Se aguanta las lágrimas, pero está sufriendo.

–Te quiero, pequeña... Oigas lo que oigas sobre mí o sobre mamá, no olvides nunca lo mucho que te queremos.

–Prometido –logro decir con una voz que a duras penas sale de mi garganta. Y en ese momento comprendo que no volveremos a vernos nunca más.

He intentado explicarle a todo el mundo que no quiero ir a Australia con el señor y la señora Hall. Me gustaría seguir viviendo con papá y mamá en la casa de las voces. Pero nadie me escucha. Lo que yo quiero no cuenta.

Nadie quiere escuchar realmente lo que los niños tienen que decir.

34

—... cinco... cuatro... tres... dos...

Al final de la cuenta atrás, Hanna Hall regresó de su viaje al pasado con un semblante relajado, por fin en paz.

Gerber solo podía imaginarse lo difícil que le había sido empezar una nueva vida en Australia junto a los Hall. Hay historias que acaban con un final feliz. El bien triunfa, los medios de comunicación están exultantes, la gente se conmueve. Pero nadie sabe nunca lo que sucede después de ese momento. Y a pocos les interesa. Pensándolo bien, nadie está dispuesto a que le estropeen un bonito final con la dura realidad. La niña que, según el parecer de muchos, había sido «salvada», creció al lado de unos desconocidos.

«Los extraños se llevan a las personas».

Fue lo que le dijo Hanna en uno de sus encuentros. Efectivamente, los extraños no solo habían conseguido llevársela del único mundo que conocía, de la familia en que había aprendido a amar y a ser amada, sino que ahora además se habían convertido en «mamá y papá».

Pero este era un aspecto completamente secundario para los amantes del «Vivieron felices y comieron perdices». Y, en el fondo, ¿a quién le importaba? El resultado era la mujer atormentada que Pietro Gerber ahora tenía delante.

–Así pues, no maté a Ado –dijo.

Parecía aliviada, pero todavía había algo que no la convencía.

Gerber paró el metrónomo. Había llegado el momento de aclarar también ese asunto.

–Ado nunca existió, Hanna –afirmó el hipnotizador, intentando ser delicado–. La mujer que la raptó era estéril.

Ella, sin embargo, no conseguía entenderlo.

–Entonces, ¿por qué mis padres se inventaron esa mentira?

–Para justificar lo que les habían hecho a los Hall.

–Justificarse ¿con quién?

–Con usted, Hanna. Y consigo mismos, para sentirse mejor. –Hizo una pausa–. Ojo por ojo, es la regla más vieja del mundo –dijo, haciendo una analogía con las cinco que le impusieron a la paciente de pequeña.

–¿Ojo por ojo? ¿Mi padre y mi madre me secuestraron para vengarse? Se equivoca: mis padres nunca habrían hecho daño a los Hall.

–No a los Hall en concreto –le concedió Gerber–. No tenían nada contra ellos, sino contra la sociedad. Por desgracia, está comprobado que quien ha sufrido abusos tiene más tendencia a devolver el daño recibido comparado con alguien a quien siempre han querido. Esos dos chicos seguramente no recibieron un buen trato en el San Salvi, por eso consideraban que el mundo exterior estaba en deuda con ellos... Les debía una familia.

Era típico de muchas conductas criminales, recordó el psicólogo. Pero la mujer no se resignaba.

—Pero mi padre en la cárcel dijo que Ado había muerto cuando se lo habían llevado de los tejados rojos y yo recuerdo perfectamente haber visto su cadáver en la caja. A pesar del tiempo transcurrido, se había conservado bien.

—Cuando miró en la caja, usted estaba en una situación de mucho estrés —le recordó Gerber—. Me contó que estaba sentada en las rodillas del Neri y que no sabía dónde estaban sus padres. A todo ello hay que añadir su tierna edad, la incapacidad de comprender el significado de lo que tenía delante de los ojos a causa de una elemental falta de experiencia y, en fin, también al hecho no menor de que han pasado muchos años desde entonces. El recuerdo actual está inevitablemente alterado.

—Pero gracias a la hipnosis ahora lo he recordado todo —objetó Hanna.

Gerber detestaba esa parte de su trabajo, cuando se veía obligado a decepcionar a los pacientes. Decidió emplear el mismo ejemplo que usaba con los niños.

—Le explicaré el objetivo de nuestra memoria, que no es simplemente el de almacenar cosas... Cuando de pequeños tocamos por primera vez el fuego, sentimos un dolor que no olvidaremos nunca. De este modo, cada vez que veamos una llama, tendremos cuidado.

—Recordamos el pasado para prepararnos para el futuro —afirmó Hanna, que había comprendido el mecanismo.

—En consecuencia, olvidamos todo lo que no nos sirve —le confirmó Gerber—. La hipnosis no es capaz de recuperar determinados recuerdos de nuestra mente por la sencilla razón que, al considerarlos inútiles, nuestra memoria los ha borrado irremediablemente.

—Pero papá dijo que Ado estaba vivo y que después murió...

—Sé lo que dijo —la interrumpió—. Pero no es la verdad.

Hanna se ensombreció.

—Al principio, usted prometió que escucharía a la niña que hay en mi interior... Pero nadie quiere escuchar realmente lo que los niños tienen que decir —repitió, como cuando estaba bajo hipnosis.

Pietro Gerber sintió una enorme pena por ella. Habría querido levantarse, acercarse y abrazarla, estrechándola con fuerza para que ese momento pasara deprisa. Pero Hanna lo sorprendió, porque todavía no estaba dispuesta a rendirse.

—Usted quiere que odie a mi padre solo porque usted odia al suyo, ¿verdad? —lo fulminó, mirándolo con rabia—. No le parece bien que yo guarde un buen recuerdo de él solo porque tiene cuentas pendientes con el suyo... ¿Alguien está en deuda con usted, doctor Gerber? «Ojo por ojo».

—Se equivoca, no tengo cuentas pendientes —contestó él, herido.

Pero Hanna todavía no había terminado.

–Dígame, ¿todavía siente en el oído las cosquillas de la muerte mientras su padre le susurra la verdad en la cama de hospital?

Sin darse cuenta, Gerber se echó hacia atrás en el sillón.

–Una palabra –dijo, con seguridad–. Su padre solo pronunció una palabra y con ese poco bastó para que usted perdiera la inocencia... ¿Qué es mejor, las fantasías de una niña que cree en brujas y fantasmas, o la idea de que solo existe este mundo cínico y racional en el que la muerte es realmente el final de todo y en el que alguien decide por nosotros lo que está bien y lo que está mal sin siquiera interpelarnos? Puede que realmente esté loca, porque creo en ciertas historias, pero a veces es solo cuestión de cómo se observa la realidad, ¿no le parece? No olvide que a los que su mundo llama monstruos para mí eran mamá y papá.

Gerber no podía hablar. Se sentía perplejo e impotente.

–Ado es real –afirmó Hanna Hall levantándose y recogiendo su bolso–. Todavía está enterrado allí, bajo el ciprés al lado de la casa de las voces. Está esperando a que alguien vaya a buscarlo.

A continuación, se dirigió hacia la puerta con la intención de marcharse. El hipnotizador quería impedírselo, decirle algo, pero no se le ocurría nada. Al llegar al umbral, la mujer se detuvo y se volvió de nuevo hacia él.

–La palabra secreta de su padre es un número, ¿verdad?

Paralizado por la verdad, Pietro Gerber no pudo hacer más que asentir.

–Vamos, Pietro, ven aquí...

Antes de ese momento, nunca había entrado en el bosque de su padre. Siempre se había quedado en el umbral admirando los árboles de cartón piedra con la copa dorada, unidos entre sí por largas lianas. Era un lugar solo para «niños especiales», decía siempre el «señor Baloo». También ese nombre era especial y a él no le estaba permitido usarlo.

–¿Por qué hemos venido? –preguntó, perplejo.

–Porque hoy cumples nueve años –dijo su padre, solemnemente–. Y quiero hacerte un regalo.

Pietro, sin embargo, no se fiaba. Todo aquello tenía la apariencia de un correctivo, si bien no podía saber de qué tipo. ¿Sería a causa del asunto del helado y de la mujer con la que se había comportado de manera tan descortés el domingo anterior? Tenía miedo de preguntárselo a su padre, así que se preparó para aceptar estoicamente cualquier castigo que su padre tuviera previsto para él.

—El regalo consiste en una sesión de hipnosis —afirmó un poco por sorpresa el «señor Baloo».

—¿Por qué?

—No puedo explicártelo, Pietro, es demasiado difícil. Pero un día lo entenderás, te lo prometo.

Intentó imaginar qué había que entender un día lejano que no pudiera comprender ahora, pero no se le ocurrió. Así que pasó a una cuestión más práctica.

—¿Y si no me despierto nunca más?

—Es una preocupación muy común, todos mis pequeños pacientes me hacen la misma pregunta. ¿Y sabes cómo los tranquilizo?

Negó con la cabeza, sintiéndose ya mucho menos estúpido.

—Les digo que cuando estás hipnotizado en realidad puedes despertarte en cualquier momento, porque solo depende de ti. Por eso, si notas que algo no va bien, basta con que cuentes hacia atrás y después abres los ojos.

—Está bien —dijo Pietro.

El padre lo cogió de la mano y se adentraron entre los falsos árboles. Era agradable estar allí. Hizo que se tendiera sobre el césped de moqueta y le puso una mullida almohada bajo la nuca. Seguidamente se dirigió hacia el tocadiscos que estaba en una esquina sobre una mesita. Con gestos elegantes y experimentados, extrajo un vinilo de la funda y lo colocó en el plato, después accionó la palanca y el brazo con la aguja giró automáticamente para situarse sobre el surco.

Busca lo más vital animó el bosque con las voces del oso Baloo y de Mowgli.

Su padre se tendió a su lado. Estaban el uno junto al otro, boca arriba y con las manos cruzadas sobre la tripa, admirando un cielo de nubecitas blancas y estrellitas luminosas. Estaban en paz.

–Probablemente algún día me odies por esto, pero espero que no –dijo su padre–. El hecho es que estamos tú y yo solos, y yo no viviré para siempre. Perdóname si he elegido esta manera de hacerlo, pero de otro modo nunca me hubiera atrevido. Y, además, así está bien.

Pietro seguía sin comprender; aun así, decidió confiar en él.

–Y bien, ¿estás listo?

–Sí, papá.

–Pues ahora cierra los ojos...

35

Gerber entró en su casa vacía a primera hora de la tarde. Ya no era capaz de atender las citas con los demás pacientes. No tenía la serenidad necesaria para escucharlos y para explorarlos a través de la hipnosis. Por eso había preferido cancelar completamente su agenda.

Se dirigió a su dormitorio con una migraña terrible. Se dejó caer sobre las almohadas sin desnudarse y sin siquiera quitarse los zapatos y se arrebujó en el impermeable porque, de repente, le había entrado frío. Eran los efectos colaterales del Ritalin. Permaneció en posición fetal a la espera de que se le pasaran los embates lacerantes que se abatían regularmente contra las paredes internas de su cráneo. En cuanto empezaron a remitir, se durmió de golpe.

Se vio proyectado a un caleidoscopio de sueños agitados. Fluctuaba en un oscuro abismo habitado por peces luminosos, pero también por las criaturas sin sombra del señor Hall. Fantasmas marinos que habían aprendido a adaptarse a la hostilidad del ambiente en el que habían nacido volviéndose transparentes.

Hanna era como ellos. Siempre vestida de negro, porque la vida le había enseñado a hacerse invisible.

En ese mar también estaba su madre, la mujer del «señor B.». Mostraba la sonrisa fija de las fotos familiares. Como una estatua de cera: inmóvil e indiferente. La llamaba «mamá», pero ella no contestaba.

«Nadie quiere escuchar realmente lo que los niños tienen que decir». Volvió a oír la voz melancólica de Hanna Hall. «La palabra secreta de su padre es un número, ¿verdad?».

Entonces sonó el móvil y Gerber abrió los ojos.

–¿Dónde te has metido? –preguntó la jueza Baldi molesta.

¿Qué quería de él? ¿Y por qué estaba enfadada?

–Son las diez y todavía no estás aquí –le reprochó ella, impaciente.

–¿Son las diez? –preguntó, con la boca pastosa.

Comprobó la hora. En efecto, era exacta. Pero se trataba de las diez de la mañana. ¿Cuántas horas había dormido? Demasiadas, fue la respuesta. De hecho, todavía estaba aturdido.

–Te estamos esperando –lo asedió la magistrada–. Solo faltas tú.

–¿Habíamos quedado?

No se acordaba.

–Pietro, ¿te pasa algo? Cuando te llamé anoche, dijiste que te iba bien y que vendrías.

No recordaba ninguna llamada. Por lo que él sabía, había dormido ininterrumpidamente desde la tarde.

–Emilian –dijo la mujer–. Debes venir a casa del niño, también están los asistentes sociales.

–¿Por qué? ¿Qué ocurre? –preguntó, alarmado.

–Debes confirmar tu opinión. Gracias al cielo, los padres adoptivos quieren que se quede con ellos.

Llegó jadeando. Como no podía remediar el retraso, tuvo que prescindir de arreglarse antes de presentarse. Aparte de la ropa arrugada, sabía que no despedía buen olor. Además, sentía que las prendas le quedaban un poco anchas, señal de que había perdido por lo menos un par de kilos en los últimos días.

Estaba seguro de que, al verlo en ese estado, la jueza Baldi lo fulminaría con una de sus célebres miradas. En cambio, en los ojos de la viuda violeta advirtió sobre todo preocupación.

Todavía le resonaban en la cabeza las palabras de la jueza cuando se negó a responder la pregunta sobre por qué no le había revelado que conocía a Hanna Hall la primera vez que se la había nombrado.

«–Hace muchos años hice una promesa...

»–¿A quién?

»–Ya lo entenderás».

Solo había aplazado la respuesta, por eso no insistió demasiado. Pero, al final de la mañana, iba a volver a la carga con ella para que se lo dijera. Mientras tanto, intentó recuperar la lucidez para dedicarse lo mejor posible a su trabajo. No era fácil. Estaba hecho polvo.

La dirección correspondía a una casita en un barrio de la periferia cuyo núcleo central era la parroquia.

A pesar de que las personas que habían adoptado a Emilian eran bastante jóvenes, tenían la casa decorada con un estilo anticuado, probablemente el de sus padres. Era como si los dos cónyuges no se hubieran emancipado todavía, desarrollando su propio gusto. Suelo de mármol claro, muebles lacados, lámparas de cristal y un popurrí de fruslerías y estatuillas de cerámica.

El plato fuerte eran los ornamentos religiosos. A los habitantes de esa casa les gustaba hacer gala de su fe. Había crucifijos por todas partes y cuadros con escenas de los Evangelios. Dominaban los santos y varias imágenes de la Virgen María. Obviamente, no faltaba una reproducción de la Última Cena, colocada encima de una chimenea con fuego falso.

Los asistentes sociales realizaban una inspección rutinaria para comprobar si se daban las condiciones para entregarles de nuevo al niño bielorruso. Mientras tanto, Gerber recorría las habitaciones con aire distraído, intentando sobre todo que no se notara demasiado su presencia. Sentía como si tuviera resaca la mañana después de una juerga, cuando el malestar y la vergüenza ocupaban el sitio de la euforia alcohólica.

La jueza Baldi se había apartado con los padres adoptivos de Emilian. La mujer y el marido se cogían de la mano. El tema de conversación era la anorexia del niño. El psicólogo infantil captó distraídamente algunos fragmentos.

–Hemos hablado con varios médicos –estaba diciendo la madre de Emilian–. Consultaremos con otros, pero creemos que nuestro hijo necesita más que nada nuestra atención y nuestro amor, además de la ayuda de Dios.

Gerber recordó la escena que había presenciado al final de la última sesión, cuando el padre Luca reunió a todos en un corro elevando una oración por él. La madre había sonreído con los ojos cerrados, cuando los demás miembros de la congregación no podían verla.

Mientras pensaba en ello, el hipnotizador se distrajo al ver una puertecita que conducía al sótano de la casa, el sitio donde Emilian había dicho que había presenciado una especie de orgía pagana entre sus padres, sus abuelos y el cura, que llevaban puestas máscaras de animales.

Un gato, una oveja, un cerdo, un búho y un lobo.

«¿Qué había pasado por la mente de Emilian?», se preguntó Gerber. Los niños también podían ser sádicos y crueles; el psicólogo lo sabía perfectamente. Él y la jueza Baldi habían llegado a la conclusión de que, después de una vida de abusos en Bielorrusia, tal vez el pequeño había querido experimentar lo que se sentía al estar en la piel del verdugo.

Empezó a subir la escalera imaginando que arriba estaría el cuarto del niño. De hecho, estaba justo al lado de la habitación de sus padres. Dio un paso hacia el interior y miró a su alrededor. Una cama, el armario, el pequeño escritorio y muchos juguetes y peluches. Daba la sensación de que habían arreglado el dormitorio con esmero y cariño, para que el recién llegado se sintiera enseguida en casa. En las paredes, las fotos enmarcadas de los momentos felices de Emilian junto a su familia italiana. Una excursión a la playa, un parque de atracciones, el pesebre de Navidad.

Pero también había otra cosa. Encima de una mesita al lado de la puerta, había una serie de objetos.

Un hisopo para bendecir y un recipiente con agua bendita. Varitas de incienso y un quemador. Un frasco de aceite de unción. Imágenes sacras y varios rosarios. Una Biblia. Un crucifijo de plata. Una estola sacerdotal.

Gerber se imaginó la escena. Los miembros de la congregación religiosa a la que pertenecía el matrimonio que había adoptado a Emilian, reunidos alrededor de la cama del niño entonando cantos y recitando liturgias para liberarlo de una posesión.

Sacudió la cabeza ante lo absurda que era esa idea y ya se disponía a salir del cuarto cuando se fijó en que algo lo miraba desde un cajón de la cómoda ligeramente entreabierto.

Se acercó y lo abrió del todo, descubriendo el retrato del mismo rostro que Emilian había dibujado durante su último encuentro, mientras estaba bajo hipnosis. Es más, había varias versiones en diversas hojas, todas muy parecidas.

Ojos afilados pero sin pupilas, boca enorme y dientes puntiagudos.

Tal vez en contraste con la abundancia de imágenes y símbolos religiosos que había visto, parecía una figura demoníaca.

«El monstruo Maci», dijo para sus adentros, recordando el nombre que le había puesto Emilian.

Por primera vez, sin embargo, el psicólogo pensó que la palabra también podía esconder un significado. Cogió su móvil, fue a la aplicación del traductor automático y escribió la palabra. El resultado lo dejó de piedra.

«Maci» en bielorruso significaba «mamá».

Así era como Emilian llamaba a su madre biológica. Probablemente, en los rasgos monstruosos del retrato se escondía todo el horror que el niño había vivido con su familia de origen.

En ese momento reparó en las voces que procedían del piso de abajo y decidió ir a ver lo que estaba ocurriendo. Al mirar por la barandilla del rellano, descubrió que una asistente social acababa de traer a Emilian.

Los padres adoptivos habían corrido a recibirlo. Ahora estaban los tres, abrazados y de rodillas, rodeados por la mirada benévola de los presentes.

Mientras Gerber se encontraba todavía a mitad de la escalera, el niño levantó los ojos hacia él. Parecía decepcionado y también enfadado. Al fin y al cabo, era normal que sintiera rencor hacia quien había desmontado su mentira. Sin embargo, al psicólogo le incomodó que lo mirara así. Decidió hacerle frente. Se acercó sonriendo.

–Hola, Emilian, ¿cómo estás?

El niño no dijo nada. Pero al cabo de unos instantes, se contrajo en una arcada y le vomitó en los pantalones.

La escena impresionó a todos. La madre de Emilian se precipitó a ocuparse de su hijo.

—Lo lamento —dijo la mujer a Gerber, pasando a su lado—. Estas crisis son imprevisibles, las tiene ante emociones fuertes.

El psicólogo no contestó.

Después de asegurarse de que Emilian estaba mejor, la madre lo invitó a santiguarse y a recitar una oración para apartar el recuerdo de lo ocurrido.

—Ahora rezaremos juntos el Ángel de la guarda y habrá pasado todo —prometió.

Gerber todavía estaba turbado. La jueza Baldi se acercó y le tendió unos pañuelos de papel para que se limpiara, pero él se escabulló, abrumado.

—Discúlpeme —dijo, dirigiéndose a la cocina.

Se encontró ante un ambiente aséptico. El suelo brillaba y los fogones estaban limpísimos, como si nunca los hubiesen usado. La mujer de la casa hacía alarde de su maestría como ama de casa. Pero la traicionaba el olor persistente de la comida que había cocinado, disimulado inútilmente con un ambientador químico de flores del campo.

Gerber se acercó al fregadero y cogió un vaso del escurridor: abrió el grifo y, después de llenarlo con la mano temblorosa, bebió unos sorbos. Después se apoyó con ambos brazos en la encimera, dejando de fondo el agua que seguía fluyendo. Cerró los ojos. Tenía que irse de allí, no iba a resistir mucho más en ese lugar. «Estoy a punto de derrumbarme —se dijo—. No quiero que nadie presencie el espectáculo que daré de mí mismo».

«Nadie quiere escuchar realmente lo que los niños tienen que decir».

La frase de Hanna Hall irrumpió entre sus pensamientos. Sonaba como una acusación e iba dirigida principalmente a él, al adormecedor de niños. Gerber la apartó; había hecho todo lo posible por Emilian. Si no hubiera descubierto que se había inspirado en un libro de cuentos para calumniar a quienes lo habían acogido prometiéndole que le querrían siempre, probablemente ahora unos inocentes todavía estarían en la picota. Así pues, ¿por qué se sentía culpable?

«Mi merienda siempre está mala».

Eran las últimas palabras de Emilian antes de que lo despertara de la hipnosis. Una especie de justificación por el mal que había hecho a sus nuevos familiares. La coartada perfecta de un niño.

A Gerber le asaltó una intuición. Abrió los ojos y se volvió de nuevo a mirar la cocina inmaculada. Conectó la imagen con los objetos sagrados que había visto arriba, en el cuarto. Alguien estaba intentando purificar el alma de Emilian. La congregación religiosa.

«No –se dijo–. Ellos, no. Solo su madre».

«La apariencia es muy importante para esta mujer», se dijo. Alguien que no ha podido tener hijos propios se muere de ganas de demostrar a los demás que, en el fondo, se merece que la llamen «mamá».

Dada su profunda religiosidad, para ella la maternidad no era un hecho biológico. Era una vocación.

La mejor madre es la que decide ocuparse del fruto que ha parido el vientre de otra. Aunque sea un niño imperfecto, aunque tenga anorexia. Es más, ella soporta los sufrimientos de su hijito enfermo como si fueran suyos. Una madre así no se queja. Sonríe complacida mientras reza. Porque sabe que hay un dios que la observa y aprueba su fe.

«Mi merienda siempre está mala», repitió para sus adentros Pietro Gerber.

Empezó a abrir todos los armarios, buscando frenéticamente una confirmación. La encontró en lo alto de un estante. Crema de avellanas para untar. Abrió el tarro y observó el contenido. Normalmente, ningún adulto prueba un alimento dedicado en exclusiva a un niño.

Por eso nadie descubriría el secreto de la madre de Emilian.

Solo había un modo de obtener la prueba definitiva. Metió un dedo en aquella blanda masa y se lo metió en la boca.

Cuando reconoció el ácido en el fondo del dulce, escupió instintivamente en el suelo.

Emilian nunca habría podido contar la verdad, no le habrían creído. Por eso se inventó la historia de las orgías satánicas y había implicado a toda la familia. No había tenido elección.

Porque nadie quería escuchar realmente lo que los niños tienen que decir. Ni siquiera Gerber.

36

El «señor B.» citaba a menudo el caso de una niña que, estando bajo hipnosis, obligaba a un elefante de trapo a tomar medicinas y, si él se negaba, ella lo amenazaba con dejar de quererlo. Ese comportamiento le había permitido identificar en la madre un trastorno llamado «síndrome de Münchhausen por poderes»: la mujer suministraba a escondidas a su hijita dosis masivas de fármacos con el único objetivo de hacerla enfermar y de este modo atraer sobre ella la atención de amigos y familiares, a cuyos ojos quedaba como una madre buena y solícita.

El hipnotizador, sin embargo, no lo recordó hasta que Anita Baldi le citó el asunto para persuadirlo de que solo era mérito suyo el haber descubierto lo que le estaba pasando a Emilian.

–Es probable que tu subconsciente te haya sugerido qué hacer –insistió la jueza, refiriéndose a la crema de avellanas envenenada con un simple jabón para lavar los platos.

Pero Gerber estaba convencido de que el niño bielorruso debía su salvación a Hanna Hall. Por eso fue enseguida a buscarla. Sabía perfectamente que, más que nada, era una excusa para verla fuera de la consulta. Descubrió que ya no tenía suficiente con quedar con ella en ocasiones determinadas. Como un enamorado loco, le hacían falta imprevistos y casualidades.

Cuando llegó al hotel Puccini se precipitó hacia el portero para preguntar por ella, con la esperanza de que estuviera en su habitación.

—Lo lamento, la señora se marchó anoche —dijo el hombre.

La noticia dejó a Gerber helado. Le dio las gracias y se dirigió a la salida, pero entonces cambió de idea y desanduvo sus pasos.

—¿Cuánto tiempo se ha alojado la señora Hall en este hotel? —preguntó, tendiéndole un billete.

Estaba convencido de que Hanna había llegado a Florencia mucho antes de meterse en su vida, con el objetivo de recabar información sobre él. En otro caso no se explicaba cómo podía saber tantas cosas de su pasado.

—Ha estado aquí solo unos días —contestó, en cambio, el portero.

El psicólogo no se lo esperaba. Al advertir su sorpresa, el hombre añadió un detalle:

—La señora cogió la habitación, pero nunca pasaba la noche aquí.

Gerber se quedó con la información, le dio de nuevo las gracias y salió apresuradamente, atónito. Pero esa era la confirmación indirecta de que no se había equivocado. Si Hanna Hall dormía en otra parte, no podía saberse desde cuándo estaba en la ciudad. La mujer había preparado durante mucho tiempo la puesta en escena, y la miserable habitación en el hotel Puccini también formaba parte de ella.

«Todavía está aquí», se dijo.

Pero ya estaba harto de ese engaño, por eso ahora era fundamental que hablara con ella. Le vino a la cabeza una posibilidad y se metió una mano en el bolsillo para coger el móvil.

Llamó enseguida a Theresa Walker.

Una voz pregrabada le comunicó en inglés que en ese momento el usuario no podía atender la llamada.

Lo intentó varias veces, incluso después de llegar a casa. El resultado fue el mismo en cada intento. Al final, nervioso y abatido, apoyó la espalda en la pared del pasillo y se dejó caer despacio hasta el suelo. Permaneció así, sentado en la oscuridad. Debía rendirse a la evidencia, pero no lo lograba.

Hanna Hall no iba a volver.

En el desesperado intento de encontrarla, se le ocurrió buscarla en el único lugar que le quedaba. Internet. La doctora Walker le había dicho que existían dos mujeres de unos treinta años con ese nombre en Australia. Una era bióloga marina de fama internacional; la otra era su paciente.

Gerber abrió el navegador del móvil y escribió el nombre de la mujer en el motor de búsqueda. Cuando aparecieron los resultados se acordó de las criaturas sin sombra del señor Hall. Precisamente, del abismo de la red, había emergido algo que no se esperaba y que, en cambio, habría podido sospechar fácilmente si no se hubiera dejado engañar por las apariencias.

La bióloga marina de fama internacional que aparecía en las fotos de la pantalla tenía el rostro de su paciente.

Nunca había habido dos Hanna Hall.

Si bien la única que existía no era una mujer desaliñada y descuidada. Su cabello rubio ondeaba al viento mientras estaba al timón de un velero. Sonreía como nunca había sonreído mientras estaba con él y eso le provocó una pizca de celos. Pero, por encima de todo, aunque su aspecto era idéntico, era una mujer completamente distinta.

Era feliz.

Debería haberse alegrado de que Hanna –la verdadera Hanna– hubiera superado el trauma de haber sido secuestrada y después reubicada en una familia de desconocidos. Debería haberse sentido orgulloso de ella por cómo había reconducido su vida sin dejarse condicionar por lo que le había ocurrido. En cambio, solo podía pensar en por qué Hanna Hall había representado ese papel para después desaparecer de repente. Apostó consigo mismo a que en realidad era una persona muy sana y, normalmente, ni siquiera fumaba.

«La palabra secreta de su padre es un número, ¿verdad?».

En ese momento, alguien llamó al timbre de su casa. Gerber se puso de pie de un salto para ir a ver quién era, rogando que se tratara de ella. Pero el rostro que se le apareció en cuanto abrió la puerta lo desengañó al instante.

Y aun así le era familiar.

A pesar de que había envejecido mucho desde las dos únicas veces en que se habían visto en persona, reconoció igualmente a la amiga de su padre: la mujer misteriosa del helado de cuando él era niño, la que había vuelto a ver de adulto en el cabecero del lecho de muerte del «señor B.».

—Me parece que esto es suyo –dijo la exempleada del San Savi con voz ronca por el exceso de cigarrillos.

A continuación, le tendió la mano en la que sujetaba la vieja foto robada del álbum familiar. En ella aparecía el pequeño Pietro Gerber recién nacido.

37

Salieron de casa y se metieron en un pequeño bar de la Via della Burella, el único que estaba abierto a esa hora de la noche. El local era un punto de encuentro de humanos que huían de la luz del día: insomnes, traficantes, prostitutas.

Sentados a una mesa apartada, delante de dos pésimos cafés, la misteriosa amiga del «señor B.» se encendió un cigarrillo, segura de que en un sitio como aquel nadie tendría nada que objetar. Gerber se fijó en que fumaba Winnie.

El psicólogo sostenía en las manos la vieja fotografía.

–¿Quién se la ha dado?

–La encontré en el buzón.

–¿Cómo supo que ese bebé era yo?

La mujer se lo quedó mirando.

–Nunca podría olvidarlo.

–¿Por qué?

Ella se quedó callada. Una sonrisa. Otro secreto. Otra pregunta sin respuesta, como la jueza Baldi que, a saber por qué motivo, no había querido revelarle enseguida que conocía a Hanna Hall.

—¿Qué relación tenía con mi padre? —preguntó, de forma descortés.

—Éramos buenos amigos —se limitó a decir la mujer, dando a entender también que no iría más allá de esa banal explicación. Por otra parte, hasta ese momento, no había querido decirle ni su nombre.

—¿Por qué ha venido a verme? Y no me diga que solo ha sido para devolverme esta foto...

—Fue su padre quien me dijo que me presentara en caso de que usted me buscara... Pensaba que la fotografía era una invitación por su parte.

¿El «señor B.» había organizado ese encuentro? Gerber se quedó atónito.

—¿Usted y mi padre tenían una relación sentimental? —preguntó.

La mujer se rio con una ronca carcajada que pronto se vio sofocada por un ataque de tos.

—Su padre estaba tan enamorado de su esposa que siguió siéndole fiel incluso después de muerta.

Gerber experimentó un sentimiento de culpa con respecto a Silvia. Después de los acontecimientos de los últimos días, tal vez él ya no podía considerarse un marido devoto.

—Su padre era un hombre íntegro, una de las personas más correctas que he conocido nunca —siguió diciendo la desconocida.

Pero Gerber, interpretándolo como un reproche, hizo oídos sordos y la cortó:

—Mari y Tommaso.

Al oír los dos nombres, la mujer dejó de hablar.

—No me interesa nada más, solo ellos —puntualizó él, decidido.

La mujer dio una larga calada al cigarrillo.

—El San Salvi era un mundo aparte, con sus propias reglas. Se vivía y se moría según esas reglas.

Gerber volvió a pensar en las cinco que le habían impuesto a Hanna Hall desde niña.

—Cuando en el 78 se promulgó la ley para cerrar todos los hospitales psiquiátricos, a nadie se le ocurrió imaginar que las normas del mundo exterior no servían en el nuestro. No era suficiente con ordenarnos que desalojáramos, porque muchas de las personas que habían pasado gran parte de su vida entre aquellos muros no sabían adónde ir.

Gerber recordó que el guarda del San Salvi le había dicho lo mismo cuando fue a hacer una visita para buscar documentación.

—Los mantuvimos allí, en silencio. Obviamente, fuera todo el mundo lo sabía, pero preferían ignorarlo. Creían que, al morir los últimos prisioneros locos, el problema se resolvería por sí mismo. Solo debían dejar pasar el tiempo...

—Y no fue así...

—Los burócratas ignoraban que, en sitios como el San Salvi, la vida encontraba el modo de seguir adelante a pesar de todo... Y entonces era cuando yo entraba en escena.

–¿A qué se refiere?

–¿Se ha preguntado qué hacían dos menores de edad en el manicomio?

Tommaso tenía dieciséis años; Mari, catorce.

–No, de hecho, no me lo he preguntado.

La mujer se levantó y apagó la colilla en lo que quedaba en la taza de café.

–Las respuestas que busca las encontrará en el pabellón Q.

Gerber, sin embargo, no se esperaba que se fuera tan pronto. Y, además, había algo que no cuadraba. La cogió del brazo.

–Espere un momento... Los pabellones del San Salvi van de la A a la P. No existe ninguna Q.

–Efectivamente –confirmó la mujer, mirándolo–. No existe.

38

Franqueó la alta valla perimetral por la Via Mazzanti, en el punto donde parecía más fácil saltarla. Cayó dentro de un espacio lleno de hierba, esquivando por poco un cuello de botella roto que estaba allí desde no se sabía cuándo. El terreno estaba cubierto de viejos desperdicios; tenía que ir con cuidado de dónde ponía los pies.

Vigilado por la luna, empezó a caminar por el bosque.

Los árboles que custodiaban el lugar parecían no hacer caso de su presencia. Ondeaban al unísono en la brisa nocturna, liberando en el aire un coro de susurros.

Gerber por fin encontró un caminito asfaltado que, como el afluente de un estuario, lo conduciría sin duda al centro del complejo. Mientras continuaba avanzando, observaba los edificios que componían la ciudad abandonada del San Salvi.

Cada uno llevaba una letra grabada en la fachada.

Siguiendo las indicaciones de ese alfabeto, fue a parar delante de un edificio blanco. El único que no contaba con ninguna letra que lo distinguiera.

«El tristemente famoso pabellón Q», se dijo el psicólogo. Solo había un modo de comprobarlo: entrar.

No fue fácil, ya que unas gruesas barras de metal impedían el paso por las ventanas rotas. Pero en la parte trasera había una puerta que ya había sido forzada y Gerber consiguió introducirse en el edificio.

Su presencia resonó en el silencio de un amplio espacio. Sus pasos crujían sobre cristales y escombros. El suelo se había levantado en varios puntos y, entre las baldosas de cerámica, despuntaban obstinados arbustos que habían conseguido abrirse camino en el cemento. Los rayos de luna se precipitaban por las grietas del techo, una especie de neblina luminosa quedaba suspendida en el aire.

Gerber tuvo la clara sensación de que no estaba solo. Ojos invisibles lo observaban, ocultos en los rincones o entre los escombros. Los oía susurrar entre sí.

«También les gusta mover las sillas». Fue lo que dijo el guarda, refiriéndose veladamente a las almas inquietas que habitaban ese lugar. «Las suelen poner delante de las ventanas, encaradas al jardín». Incluso muertos, sus costumbres no habían cambiado: una pequeña platea de sillas vacías estaba dispuesta delante de una cristalera.

Pero la verdadera sorpresa fue cuando Gerber entró en el primer dormitorio. El tamaño de las camas era distinto al habitual. Eran más pequeñas. Camas de niños.

El hipnotizador siguió explorando, preguntándose dónde había ido a parar y por qué siempre habían mantenido en secreto ese lugar. Al llegar a los pies de una escalera de ladrillos, se dispuso a subir al piso de arriba. Pero se detuvo. Algo lo impulsó a mirar hacia abajo, donde los escalones se perdían en una especie de abismo.

Había huellas de pasos en el polvo.

Gerber no llevaba ninguna linterna y se maldijo por no haberlo pensado. Solo disponía de la del móvil. Alumbrándose con el teléfono, empezó a descender hacia el sótano.

Al final del último tramo esperaba encontrar un almacén, o bien un viejo cuarto de calderas. En vez de eso, había un largo pasillo con una única puerta al fondo. A medida que se acercaba a ella, iba mirando las paredes que lo flanqueaban, donde estaban pintados alegres personajes de los cuentos.

Hizo mil conjeturas sobre la función de ese lugar. Pero ninguna lo confortó.

Cuando cruzó el último umbral, barrió la estancia con el haz de luz. Algo le devolvió un insólito destello. Miró con más atención y lo que vio lo dejó perplejo.

Una silla de partos de acero cromado, con el respaldo bajado y los apoyapiernas levantados.

En un principio pensó que se trataba de una alucinación, pero después se convenció de que todo era real. Avanzó lentamente y advirtió que, justo después, había otra gran habitación. Cuando entró se encontró delante cuatro hileras de cunas de metal, lavaderos y cambiadores.

Una sala de recién nacidos.

Obviamente, las cunas estaban vacías, pero, de todas maneras, podía imaginar sus cuerpecitos dormidos.

Gerber estaba abrumado, no se lo podía creer. Aunque una parte de él quería salir corriendo de allí, otra no podía moverse. Una tercera ansiaba explorar el absurdo panorama que tenía frente a él. Decidió hacerle caso a esta última, porque si no llegaba hasta el fondo del asunto, si como mínimo no encontraba una respuesta, no se quedaría tranquilo.

Al volverse se encontró delante la garita de los médicos y las enfermeras. A través del cristal divisorio, pudo distinguir un escritorio y un pequeño fichero.

No sabía cuánto tiempo de batería le quedaba al móvil, estaba demasiado ocupado hojeando los expedientes que había apilados sobre la mesa. ¿Cuánto tiempo llevaba allí sentado? No podía parar. Su curiosidad era ávida. Pero no solo era eso. Sentía que tenía un deber hacia los inocentes que habían transitado por ese lugar insensato, del que pocos fuera de allí conocían su existencia. Una minoría que había mantenido el terrible secreto, como una camarilla.

«En sitios como el San Salvi, la vida encontraba el modo de seguir adelante a pesar de todo».

La amiga misteriosa del «señor B.» había usado justamente esas palabras. Y, removiendo los papeles, Pietro Gerber empezaba a comprender el significado de la frase.

El pabellón Q estaba dedicado a la maternidad.

Recordó que el hospital psiquiátrico era una ciudad en sí misma. La existencia de la infraestructura tenía lugar independientemente del mundo exterior. Había una pequeña central eléctrica. Un acueducto separado del de Florencia. Un servicio de comedor para ocuparse de la comida. Un cementerio, porque quien entraba allí no tenía esperanzas de salir, ni siquiera muerto.

Pero la autarquía también servía para algo más.

Los pacientes se conocían, se enamoraban, decidían compartir sus existencias. Y, a veces, traían al mundo una nueva vida.

El San Salvi también estaba preparado para estas eventualidades.

En el transcurso de los años, el hospital psiquiátrico había albergado no solo a enfermos mentales declarados, sino también a personas aquejadas de alguna dependencia o a los parias de la sociedad, que eran recluidos por el único motivo de ser distintos. Los locos y los sanos de mente tenían en común las mismas exigencias afectivas. A veces, todo ello tenía lugar en un contexto de relaciones consentidas. Otras veces, desgraciadamente, no.

A menudo, estos actos acababan en embarazo. Y tanto si eran deseados como si no, había que ocuparse de ellos.

«Entonces era cuando yo entraba en escena».

Eso fue lo que dijo la amiga del «señor B.».

Por los expedientes que tenía delante, Gerber descubrió que la mujer misteriosa era obstetra. Gracias a sus apuntes, pudo reconstruir la historia de las parturientas y de los recién nacidos.

Muchos morían a causa de los fármacos o de las terapias a las que estaban sometidas las madres y después eran enterrados en una fosa común del cementerio. Pero la mayoría sobrevivía.

Quien llegaba de ese modo al interior del San Salvi estaba destinado a permanecer allí, exactamente como los demás.

«Nadie habría adoptado a los hijos de los locos», se dijo Gerber. Por el miedo comprensible a que esos niños incubaran el mismo mal oscuro de quien los había engendrado.

Pero fuera no se podía hablar de que generaciones de hijos e hijas habían empezado su existencia entre aquellos muros solo por haber nacido. Ocupaban el lugar de sus padres, unas veces heredaban su patología, otras enloquecían al cabo del tiempo.

Entre los documentos personales que estaba consultando, Gerber encontró los de Mari.

El psicólogo leyó su breve historial. Ella y Tommaso eran hijos del San Salvi, lo refrendaba también la joven edad de ambos. Podían contarse entre los «afortunados» que habían sobrevivido al parto. Los dos crecieron juntos en ese infierno y se enamoraron. De la pareja, ninguno presentaba síntomas de enfermedad mental, solo la penalidad de haber nacido allí. Cuando él tenía dieciséis años y ella catorce, tuvieron un hijo.

Mari no era estéril. La jueza Baldi había mentido.

Le pusieron al niño el nombre de Ado. Pero, por desgracia, murió pocas horas después de venir al mundo.

Gerber se imaginó que Tommaso y Mari, al no poder aceptar la triste realidad, huyeron del San Salvi llevándose consigo el cadáver de su bebé.

«Ado es real», había dicho Hanna Hall.

Pero Ado murió, pensó Pietro Gerber.

«Mamá intentaba despertar a Ado para darle de comer».

Fue lo que Tommaso le contó a Hanna cuando ella fue a verle a la cárcel.

«Pero cuando intentó llevárselo al pecho él estaba frío e inmóvil. Entonces mamá empezó a gritar, nunca olvidaré sus gritos y su dolor... Le cogí a Ado de los brazos e intenté insuflarle aire en sus pequeños pulmones, pero fue inútil... Entonces lo envolví en su manta y fui a buscar madera para construir una caja. Lo metimos allí dentro y cerré la tapa con brea».

Gerber repasaba la macabra secuencia de acontecimientos y mientras tanto seguía leyendo la documentación. A causa de complicaciones imprevistas durante el parto, Mari nunca podría tener hijos. Por ese motivo, ella y Tommaso raptaron a Hanna y después a Martino. Como ya había pensado, su conducta criminal era una revancha frente al destino que les había impedido ser padres.

Pietro Gerber tuvo la sensación de haber llegado al final de la historia. De ahora en adelante, las respuestas solo las tenía Hanna Hall. La que más le interesaba era, obviamente, la relación que existía entre la paciente y su padre y por qué sabía tantas cosas sobre el «señor B.».

Mientras hacía estas reflexiones, el ojo del psicólogo

fue a parar al sello oficial y a un pie de firma en el certificado de nacimiento y de muerte del pequeño Ado. Conocía la caligrafía y el significado de la rúbrica.

Era el sello del tribunal de menores, acompañado por la firma de Anita Baldi: ratificaba que los hechos habían tenido lugar exactamente como aparecía en el acta.

¿Qué clase de coincidencia era esa? No podía ser solo una casualidad. El hecho de que en esa historia aparecieran cíclicamente siempre los mismos personajes le daba la sensación de que debajo había algo más. Un engaño. O bien una verdad manipulada.

La jueza Baldi introducía de nuevo a su padre en la escena.

«Hace muchos años hice una promesa...».

¿El «señor B.» era el destinatario de la promesa de la jueza? ¿Quién si no?

En ese momento, Pietro Gerber comprendió que se equivocaba, porque la solución del misterio no solo estaba en manos de Hanna Hall.

Después de veinte años, la respuesta seguía estando enterrada, en una tumba junto a la casa de las voces.

39

No fue demasiado difícil encontrar la casa de campo de la noche del incendio. Le bastó con seguir las indicaciones de los artículos del periódico hallados en la maleta de Hanna Hall.

La vio surgir en el parabrisas del coche. A la luz candente del alba parecía que todavía ardiera. Ahora ya solo era una ruina en la cima de una colina, absorbida por la hiedra y custodiada por dos cipreses solitarios. Para llegar hasta allí, Gerber había tenido que recorrer nueve kilómetros por un camino de tierra.

Detuvo el automóvil, se apeó y miró a su alrededor. La campiña de Siena se extendía desierta hasta el horizonte. Pero lo que más le impresionó fue la completa falta de sonidos.

No se oía el canto de los pájaros saludando al nuevo día ni una brisa que acariciara la vegetación invernal. El aire parecía inmóvil y denso. Ese lugar hacía pensar en la muerte.

Se encaminó por el sendero que bordeaba la casa,

sin saber exactamente dónde buscar. Pero entonces bajó distraídamente la mirada al suelo y reconoció la colilla de un Winnie. Después una segunda y también una tercera. Era como una estela. Las siguió para ver adónde lo conducían.

La prueba de que Hanna Hall había estado allí era un paquete de cigarrillos vacío, abandonado en la base de uno de los cipreses. Pietro Gerber ahora ya sabía dónde cavar.

Se había llevado consigo una pala y la clavó en el suelo, endurecido por el frío de la mañana. A medida que avanzaba, iba recordando lo que había ocurrido en ese lugar la noche en que Hanna fue apartada de su familia. El asedio de los extraños guiados por la viuda violeta, el fuego prendido por Tommaso para ahuyentarlos, pero también como distracción para tener tiempo de esconderse en la habitación de debajo de la chimenea de arenisca, el agua del olvido que Mari le había hecho beber a su hija, a la que no quería renunciar.

Casi a un metro de profundidad, la punta de la pala chocó con algo.

Gerber bajó al hoyo con la intención de terminar la labor con las manos. Hundiendo los dedos en la tierra, notó la silueta de la caja de madera. Hanna tenía razón, como mucho tenía tres palmos de longitud. Antes de sacarla del todo, limpió la tapa con la palma de la mano y reconoció el nombre que Tommaso había grabado con un cincel oxidado.

«ADO».

La pequeña caja estaba sellada con brea. El psicólogo cogió una llave y empezó a rascar desde la cavidad. Cuando terminó el trabajo, esperó unos segundos para recobrar el aliento. Seguidamente levantó la cubierta.

El recién nacido se echó a llorar.

Gerber perdió el equilibrio y se cayó hacia atrás, aterrizando dolorosamente sobre la espalda. El terror lo atravesó como un calambre, de los pies hasta el cráneo.

El llanto empezó a menguar, convirtiéndose en una especie de estertor sordo y desafinado. Entonces Gerber se acercó de nuevo para verlo mejor.

No era un niño; era un muñeco.

Un juguete con un mecanismo interno que reproducía el llanto de un bebé. Debería habérselo imaginado después de la descripción de Hanna, cuando el Neri y sus «hijos» abrieron la caja en busca de un improbable tesoro. Había dicho que Ado todavía parecía vivo, que la muerte no lo había tocado.

Pero ¿qué clase de historia era esa?

Regresó al coche, molesto y desorientado. Se encerró en el habitáculo, pero no arrancó. Permaneció sentado mirando al vacío, y tuvo la impresión de que incluso su corazón se negaba a latir.

El timbre del móvil lo sacó de su ensimismamiento.

Dejó que sonara, pensando que era Silvia. Le habría gustado escuchar su voz, pero en ese momento no tenía palabras para explicarse. El aparato dejó de sonar y el silencio ocupó el espacio a su alrededor. Pero después volvió a sonar, insistente. Entonces Gerber lo cogió con la intención de hacerlo callar.

Se quedó paralizado, el número de la pantalla era el de Theresa Walker.

—Y bien, ¿cómo ha ido? ¿Ha habido suerte? —preguntó su colega con la voz de Hanna Hall.

—Ado es un muñeco —dijo.

—Ado es un fantasma —lo contradijo ella.

—Basta ya, los fantasmas no existen —replicó, brusco, a pesar de que las palabras a duras penas le llegaban a su garganta reseca. Gerber no entendía por qué Hanna quería atormentarlo de esa manera. ¿Cuál era su objetivo?

—¿Está seguro? —preguntó ella, con voz sinuosa—. Hay muchos fenómenos que no podemos explicar y a menudo están relacionados con nuestra materia de estudio: la mente humana. —Hizo una pausa teatral—. Los fantasmas, en ocasiones, se esconden en nuestra mente...

¿Qué quería esa mujer de él? ¿Por qué seguía fingiendo que era psicóloga?

—Piense en la hipnosis —siguió diciendo ella, impertérrita—. La hipnosis es un paso abierto hacia lo desconocido. Algunos quieren explorarlo; otros no se atreven porque tienen miedo de descubrir «algo» o a «alguien» allí abajo.

Gerber estaba a punto de decir que ya tenía suficiente de aquella payasada, pero Hanna lo interrumpió una vez más:

—¿Cuál es el mayor miedo de nuestros pacientes?

—No poder despertarse —dijo sin saber por qué aún le seguía el juego.

—¿Y cómo los tranquilizamos nosotros?

—Diciendo que pueden hacerlo en cualquier momento, porque solo depende de ellos. —El «señor B.» fue quien se lo enseñó.

—¿Se ha sometido alguna vez a hipnosis? —preguntó la mujer, dejándolo perplejo.

Gerber se irritó.

—¿Y eso qué tiene que ver ahora?

—Al adormecedor de niños ¿lo hipnotizaron alguna vez siendo niño?

En ese momento, a Pietro Gerber le pareció oír en el teléfono la música del viejo disco: *Busca lo más vital,* distorsionado y a lo lejos. Se rindió.

—El día de mi noveno cumpleaños, mi padre me sometió a una sesión.

—¿Por qué lo hizo? —preguntó con calma la doctora Walker.

—Era un regalo.

«No puedo explicártelo, Pietro, es demasiado difícil. Pero un día lo entenderás, te lo prometo».

—Mi padre me hizo tenderme en el bosque y se puso a mi lado. Estábamos juntos, tranquilos, admirando un cielo de nubecitas blancas y estrellitas luminosas.

«Probablemente algún día me odies por esto, pero espero que no. El hecho es que estamos tú y yo solos, y yo no viviré para siempre. Perdóname si he elegido esta manera de hacerlo, pero de otro modo nunca me hubiera atrevido. Y, además, así está bien».

–¿Cuál es el número secreto de su padre? –preguntó Hanna Hall.

Él titubeó.

–Vamos, doctor Gerber, ha llegado el momento de decirlo; de otro modo nunca sabrá el regalo que él quiso hacerle.

El hipnotizador no se sentía capaz de decirlo.

–Cuando su padre habló con usted, ya estaba mirando hacia otra dimensión. Ese número viene del más allá –insistió Hanna.

Gerber se vio obligado a revivir la escena. El «señor Baloo» murmuraba algo, pero la máscara de oxígeno le impedía entenderlo. Entonces se acercó y su padre se esforzó en repetir lo que acababa de decir. La revelación cayó como un mazo en su joven corazón. Sin poder creerlo y completamente impresionado, se apartó de su padre moribundo. Lo que vio en los ojos del «señor Baloo» no fue pesar, sino alivio. Un alivio despiadado y egoísta. Su padre –el hombre más pacífico que había conocido– se había desembarazado de su secreto. Ahora era todo suyo.

–¿Cuál es el número? –lo apremió Hanna Hall–. Dígalo y obtendrá la verdad... Dígalo y será libre...

Pietro Gerber temblaba y lloraba. Cerró los ojos y pronunció la palabra con un hilo de voz:

–Diez...

–Bien –dijo ella complacida–. Ahora continúe: ¿qué viene después del número diez?

–... nueve...

–Excelente, doctor Gerber, excelente.

–... ocho, siete, seis...

–Continúe, es importante.

–... cinco, cuatro, tres...

–Estoy orgullosa de usted.

–... dos... uno.

La cancioncilla cesó y el silencio llegó como un premio. Esa especie de encantamiento se desvaneció y emergió la verdad que su padre había ocultado en su memoria con esa única sesión de hipnosis.

El regalo.

–Mi madre ya estaba mal antes de que yo naciera. –Recordó que, en las viejas fotos del álbum familiar, había identificado en ella las señales de la enfermedad–. Antes de morir, quería tener un hijo. Como por culpa de su corazón no podía, mi padre la contentó de otra manera.

De repente, Pietro Gerber lo recordó todo.

40

El 22 de octubre por la noche hay una tormenta.

Y yo ahora estoy allí.

Los internos del San Salvi siempre están más inquietos de lo normal durante los temporales; a los enfermeros les cuesta mucho mantenerlos bajo control. Muchos se esconden asustados, pero la mayoría merodean por los pabellones gritando y desvariando; parecen atraer la energía que satura el aire. Y cada vez que un rayo cae en el parque que rodea el centro, las voces de los locos se elevan al unísono como un saludo de los fieles al dios de la oscuridad.

Hacia las once, Mari está tendida en su cama, en el dormitorio. Intenta dormir con una almohada encima de la cabeza para no oír el alboroto de los perturbados que se mezcla con el estruendo de los truenos. En ese momento empieza a notar las primeras contracciones. Aparecen fuertes y repentinas, como las descargas que hienden el cielo. Invoca a Tommaso, aun sabiendo que él no podrá ayudarla; los extraños, los que no creen en su amor, los han separado.

La camilla con Mari gritando corre por los pasillos vacíos mientras la transportan al sótano del pabellón Q.

La obstetra de turno esa noche es la mujer misteriosa del helado. Antes de prepararse para extirpar al bebé del vientre de la chiquilla, se retira a la garita de las enfermeras para hacer una llamada.

–Ven, aquí está todo listo...

Mari pare sin ningún tipo de ayuda farmacológica, sintiendo todo el dolor que comporta traer al mundo a un hijo. No sabe que esa será su única ocasión de ser madre, porque al ser tan joven hay complicaciones que le impedirán tener más hijos. Aunque lo supiera, no le interesaría. Lo que cuenta ahora es abrazar a su Ado.

Pero cuando por fin el sufrimiento cesa y reconoce el llanto de su dulce niño, mientras tiende las manos para que la dejen abrazarlo, Mari ve que la comadrona se aleja con el pequeño sin que ella ni siquiera pueda ver su rostro.

La chica se desespera, nadie se preocupa de consolarla. Y es entonces cuando aparece una figura sonriente.

Es el «señor Baloo», el amable caballero que ya hace algún tiempo viene a verla a ella y a Tommaso a los tejados rojos. Es el adormecedor de niños. Él la ayudará, él es su amigo. De hecho, le trae a Ado envuelto en una mantita azul. Pero cuando se le acerca, Mari se da cuenta de que es solo un muñeco. El «señor Baloo» intenta colocarlo entre sus brazos.

–Bueno, Mari, este es tu niño –le dice.

Pero ella lo aparta enseguida, con rabia.

–¡No, no es mi Ado!

Entonces, en algún lugar de la sala, alguien pone un disco. La cancioncita de Mowgli y del oso. El «señor Baloo» posa una mano en la frente de la muchacha.

–Tranquila –afirma–. Hemos hablado mucho de todo esto contigo y con Tommaso, ¿te acuerdas?

Mari solo recuerda que ambos se abandonaron a una especie de sueño agradable, guiados por la voz del «señor Baloo».

–Ahora ha llegado el momento para el que nos hemos estado preparando tanto –anuncia el adormecedor de niños.

A continuación, con palabras afectadas y voz cariñosa, empieza a convencerla de que el muñeco que tiene entre los brazos es real.

La consciencia de Mari se va desvaneciendo poco a poco, disolviéndose en algo oscuro e ilusorio. El «señor Baloo» le asegura que pronto ella y Tommaso podrán acunar juntos a su hijito.

Una vez terminada su tarea de encantador, el hipnotizador sale de la sala de partos y encuentra a la comadrona en el pasillo esperándolo con un hatillo.

–No le digas nunca que no es hijo tuyo –le aconseja la mujer.

–No sabría cómo explicarle que procede de aquí –la tranquiliza él–. Pero si un día viniera a buscarte...

–No tengas escrúpulos –lo interrumpió ella–. Estamos haciendo lo correcto: lo estamos salvando, no lo olvides.

¿Qué futuro tendría aquí dentro? Acabaría como Mari y Tommaso.

El «señor Baloo» asiente, a pesar de que está turbado ante lo que le espera.

–¿Tu amiga jueza ha preparado los documentos?

–Sí –confirma él–. Será un Gerber a todos los efectos.

La comadrona sonríe para diluir la tensión.

–A propósito, ¿cómo vais a llamarlo?

–Pietro –le contesta–. Lo llamaremos Pietro.

Luego mi padre y yo nos alejamos juntos del infierno de los tejados rojos. Directos hacia una nueva casa, una familia falsa y un futuro por inventar.

41

En ese momento, al cabo de un buen rato, en ese coche en medio de la campiña desierta, el recuerdo que su padre le había insertado en la mente el día de su noveno cumpleaños se fijó definitivamente en la memoria consciente de Pietro Gerber. Y fue como si siempre lo hubiera sabido.

–El «señor B.» persuadió mediante hipnosis a Tommaso y a Mari de que el muñeco era su hijo. Pero si la falsedad creada por sus propias mentes podía subsistir entre las paredes del San Salvi, fuera de allí perdía consistencia. Era el hospital psiquiátrico lo que la hacía real. De ese modo, los dos se convencieron de que su pequeño había muerto durante su fuga.

–Por eso, después del número que le reveló en su lecho de muerte, estaba enfadado con su padre –afirmó la falsa psicóloga al otro lado de la línea–. La rabia le servía para negar la verdad, así se convenció de que su padre no le quería.

–El «señor B.» no me preguntó si quería saber esa verdad o prefería seguir viviendo engañado –rebatió–. Antes de morir, simplemente empezó la cuenta atrás para descargar ese secreto de su alma.

–Como Hanna Hall, ella tampoco tuvo la oportunidad de elegir –convino–. Porque, si Hanna hubiera podido, tal vez habría querido seguir viviendo con los que creía que eran su madre y su padre.

Pietro Gerber se vio obligado a interrogarse sobre el destino que los había unido muchos años antes de conocerse.

Él y Hanna Hall eran hermanos.

Aunque no llevaran la misma sangre, habían tenido los mismos padres. A él lo trajeron al mundo Mari y Tommaso. Ella había sido criada por ellos en su lugar. Ambos estaban unidos por el hecho de que, arbitrariamente, alguien había querido «salvarlos».

–Hanna se lo inventó todo para que descubriera mi verdadera historia –afirmó Pietro Gerber.

–Interesante –dijo la falsa doctora Walker–. De modo que Hanna Hall vino desde Australia no para liberarse, sino para liberarlo a usted.

Seguía dándole la razón, porque estaba asustado. No sabía qué habría pasado si hubiera puesto fin a esa farsa. Ahora se vería obligado a reescribir su vida basándose en esa verdad. Pero también comprendió algo que le sirvió de consuelo.

En la tarea de poner en orden los recuerdos del pasado, no iba a estar solo.

Hanna estaría a su lado, guiaría su memoria para sanar las heridas de la infancia, alejaría su dolor de niño como solo saben hacer las personas que nos quieren de verdad.

A pesar de que Pietro Gerber todavía no tenía fuerzas para levantar los párpados y salir de la madriguera confortable de la oscuridad, sabía que ella estaba allí, en alguna parte, muy cerca. Tal vez a pocos metros del parabrisas, de pie y de espaldas, con el teléfono en la oreja mientras miraba al horizonte.

–Va todo bien, Pietro –dijo la mujer con voz serena, tranquilizadora–. Todo ha terminado: ahora ya puedes volver a abrir los ojos.

AGRADECIMIENTOS

A Stefano Mauri, editor, amigo. Y, junto a él, a todos los editores que me publican en el mundo.

A Fabrizio Cocco, Giuseppe Strazzeri, Raffaella Roncato, Elena Pavanetto, Giuseppe Somenzi, Graziella Cerutti, Alessia Ugolotti, Ernesto Fanfani, Diana Volonté, Giulia Tonelli y a la valiosísima Cristina Foschini.

A mi equipo.

A Andrew Nurnberg, Sarah Nundy, Barbara Barbieri y a las extraordinarias colaboradoras de la agencia de Londres.

A Tiffany Gassouk, Anais Bokobza, Ailah Ahmed.

A Vito, Ottavio, Michele. A Achile.

A Giovanni Arcadu.

A Gianni Antonangeli.

A Alessandro Usai y Maurizio Totti.

A Antonio y Fiettina, mis padres. A Chiara, mi hermana.

A Sara, mi «eternidad presente».

Esta primera edición de *La casa de las voces,*
de Donato Carrisi, se terminó de imprimir
en *Grafica Veneta S.p.A. di Trebaseleghe* (PD) de
Italia en junio de 2021. Para la composición del
texto se ha utilizado la tipografía Sabon diseñada
por Jan Tschichold en 1964.

Duomo ediciones es una empresa comprometida
con el medio ambiente. El papel utilizado para
la impresión de este libro procede de bosques
gestionados sosteniblemente.

Este libro está impreso con el sol. La energía
que ha hecho posible su impresión procede
exclusivamente de paneles solares.
Grafica Veneta es la primera imprenta
en el mundo que no utiliza carbón.